LES AMOURS

AU SÉRAIL

I

LIBRAIRIE DE E. DENTU ÉDITEUR

DU MÊME AUTEUR

L'ABBESSE DE MONTMARTRE, 2 vol. . . . . 6 »

LE MOUSQUETAIRE DU CARDINAL, 2 vol. . . . . 6 »

LES OUBLIETTES DU VIEUX LOUVRE, 1 vol . . . . 3 »

LA VENGEANCE D'UNE COMÉDIENNE, 1 vol . . . . 3 »

F. Aureau. — Imprimerie de Lagny.

LES AMOURS
AU SÉRAIL

PAR

HENRI AUGU

I

LES VOLEURS DE FEMMES

PARIS

E. DENTU, ÉDITEUR

LIBRAIRE DE LA SOCIÉTÉ DES GENS DE LETTRES

PALAIS-ROYAL, 15-17-19, GALERIE D'ORLÉANS

1883

LES
AMOURS AU SÉRAIL

PREMIÈRE PARTIE

LES VOLEURS DE FEMMES

I

LE KAIRE SOUS LES MAMELOUKS

Dans une obscure boutique du Kaire, le barbier Ibn-Hâni, tout en affilant son rasoir, disait à demi-voix à celui dont il s'apprêtait dans le moment à rafraîchir le menton, après lui avoir déjà tondu le crâne autour de la petite touffe de cheveux de rigueur :

— Par Allah ! c'est vrai, sidi El-Hécham ! Et sans ce vieil hypocrite Abou-Chanfara, le santon, dont je me défie et qui peut nous entendre de la porte qu'il a décidément choisie pour son divan, je vous en raconterais de belles, seigneur Maggrebin, sur le compte de ces beys mamelouks !

— Parlez, Ibn-Hâni ! répondit celui qu'on appelait le

Maggrebin ou habitant des États Barbaresques. Le derviche ne paraît occupé qu'à réciter ses prières.

— Vous croyez ! Je ne m'y fie pas, moi. C'est un rusé coquin. Vous êtes étranger : vous ne le connaissez point.

— Et que me direz-vous des beys ?

— Demandez un peu, sidi El-Hécham, à ces dignes voisins, mes pratiques, ce qu'ils en pensent.

Le barbier montrait plusieurs graves personnages assis contre le mur sur des nattes de Syène, et attendant leur tour pour être rasés. Ils fumaient et jouaient nonchalamment avec leur babouches (pantoufles).

— Oui, demandez-leur, reprit le barbier, un des plus réputés du quartier, ce qu'ils pensent de ces Mamelouks, qui se croient tout permis dans notre malheureuse Égypte, volent leurs récoltes aux fellahs, extorquent des piastres aux marchands, enlèvent toute belle esclave qui leur plaît, et par-dessus encore...

— Nous font donner la bastonnade par leurs domestiques, interrompit l'une des pratiques d'Ibn-Hâni. Témoin, l'autre jour, Hassan-Hadji, le riche orfèvre du bazar Nâhhassyn, qui venait d'acheter à l'*oqual* (marché) des Gellabs une jeune esclave servienne, belle comme une houri, légère et gracieuse comme une gazelle...

— Vous l'avez vue sans son voile, sidi Othman ? demanda un petit vieillard au teint fleuri, et dont l'œil s'était allumé.

— Hé ! n'était-elle pas à vendre ? Je me trouvais à l'oqual, quand le marchand, pour faire admirer la merveille, la montrait au pieux Hassan, qui envoya encore, la lune dernière, une vingtaine de cierges à notre grande mosquée.

Les mahométans comptent par lunes, et non par mois.

— Un saint homme ! fit un des assistants.

— Hassan, avec son trésor, qu'accompagnait une vieille femme vendue comme appoint, traversait la place de Birket-el-Fil, lorsque le puissant Ibrahim le rencontra...

— Ibrahim, le bey des Mamelouks ?

— Lui-même. Sur un signe du bey, les officiers de sa suite se jetèrent sur l'esclave, et comme l'orfèvre criait et protestait, le bey fit bâtonner l'orfèvre.

— C'est cela : ni plus ni moins qu'un nègre.

— Sans nul égard pour son titre de hadji, de saint... car sidi Hassan a visité le tombeau du Prophète. Ibrahim-bey n'y regarde pas de si près. Pourvu qu'il vole et se gorge d'or, c'est tout ce qu'il lui faut.

— Le mécréant ! Que le feu de la Géhenne le dévore !

— Mais ce n'est pas tout. Écoutez le plus fort.

— Quoi encore, sidi Othman ? demanda-t-on.

— Survint Mourad-bey, au moment où deux officiers allaient conduire l'esclave au harem d'Ibrahim, dans son splendide palais de la place Ezbekyeh. Mourad arracha le voile de la Servienne et, ébloui de sa beauté, il en devint aussitôt amoureux... Vous connaissez tous Mourad-bey ?

— Oui, oui : fougueux comme le vent du Khamsin, quand il souffle des déserts du Soudan, entêté comme un chacal qui tient un os entre ses dents.

— Il voulut l'esclave pour lui. On se disputa, on fut prêt à tirer le cimeterre...

— Ah ! l'histoire se complique.

— Mais les crocodiles de la Thébaïde se mangent-ils entre eux ? D'ailleurs Ibrahim ne tient pas à l'esclave, mais seulement au profit qu'il en pourra retirer en la vendant. Tout finit par un arrangement.

— Lequel?

— On résolut de mettre la Servienne en lieu sûr et neutre, et de la jouer aux échecs.

— Et lequel des deux gagna?

— Il paraît que la partie dure encore. Les deux beys sont de rudes et habiles joueurs.

— Où a-t-on conduit la belle esclave?

— Elle est confiée à un *kachef* (officier subalterne), qui l'a enfermée dans sa maison de la rue Kanatâr-el-Sebaa, avec la vieille femme, la nourrice de la belle Servienne, avec deux eunuques et toute une volée d'odalisques, envoyés par les deux beys jaloux. Elle y est, attendant que la partie commencée décide si elle sera la kadine de Mourad ou celle d'Ibrahim.

— Sait-on le nom de cette merveilleuse beauté si bien gardée?

— Un aga m'a dit qu'elle se nommait Zaïra, fille de Kalila.

En entendant ce dernier nom, le Maggrebin fit un soubresaut qui faillit faire faire au rasoir d'Ibn-Hâni une entaille dans son menton.

— De Kalila! répéta-t-il vivement. Et vous dites, sidi Othman, que cette esclave est Servienne?

— Des environs de Belgrade.

— Quel âge?

— Si elle a vu dix-sept printemps, c'est tout au plus, et une houri du Prophète serait jalouse de ses yeux noirs taillés en amande, de ses longs cheveux et de sa peau blanche comme le nénuphar qui croît dans nos *wadis* (vallées qu'inonde le Nil).

El-Hécham pouvait à peine cacher son émotion, et un nom vint expirer sur ses lèvres.

Ce nom eût certes paru bien étrange aux clients

arabes du barbier, s'ils avaient pu l'entendre, d'autant plus que le Maggrebin avait le type, l'accent et toute l'apparence d'un Turc et d'un musulman.

— Ah ! Kléber ! avait-il murmuré.

Le barbier, de son côté, avait élevé les bras au ciel.

— Dans quel temps vivons-nous ? disait-il. Nous avons pourtant dans Masr un pacha du sultan Sélim III, qu'Allah protège !

— C'est vrai, repartit Othman ; mais le pacha du Kaire, Abou-Beker, est un vieillard sans énergie et sans autorité. Ceci est la faute du padischa de Stamboul (Constantinople) lui-même. Il donne bien à son pacha d'Égypte une troupe de janissaires ; mais, de crainte que celui-ci ne devienne trop puissant et ne cherche à se rendre indépendant comme celui d'Acca (Saint-Jean-d'Acre), il le fait surveiller par le divan du Kaire, et dans ce divan les Mamelouks sont les maîtres.

— Surtout Mourad-bey et Ibrahim-bey, auxquels obéissent aujourd'hui tous les autres Mamelouks.....

— Un vil ramassis d'esclaves ! comme l'indique leur nom même, qui leur est venu du vieux mot arabe *mémalik*.

— Vous êtes savant, sidi Othman, en votre qualité de serviteur d'un iman de notre grande mosquée El-Azhar.

— Vous me flattez, Ibn-Hâni ! Mais si je sers les docteurs syriens d'El-Azhar, je n'en suis pas moins resté un véritable Arabe du Nil, un enfant de notre vieille Égypte, et je souffre de voir notre beau pays pressuré depuis des siècles par ces rapaces Mamelouks, par cette milice de démons, de vrais *djinns*.

— Plus bas, sidi Othman ! interrompit vivement le barbier. Je crois que le santon a tourné la tête de notre côté.

Ibn-Hâni éleva la voix pour s'adresser au derviche en repos, voulant s'assurer s'il avait entendu quelque chose de l'entretien :

— Eh bien ! digne et saint serviteur du Prophète, lui cria-t-il, que dites-vous de tout cela ?

Le moine vagabond daigna à peine lever la tête pour répondre d'une voix âcre et gutturale, sans rien perdre de sa gravité musulmane :

« — Il n'y a d'autre dieu que Dieu, et Mahomet est son prophète. »

Puis il ajouta sentencieusement ce verset du Coran :

« — Celui que Dieu conduit marche dans le vrai chemin. »

— Vieil hypocrite ! murmura le barbier. Il a entendu.

Ibn-Hâni avait terminé sa délicate besogne. Il salua le Maggrebin, comme pour l'en prévenir. Celui-ci sortit d'une bourse de soie, tirée de sa ceinture, un sequin d'or, avec lequel il pria le barbier de se payer.

En lui rendant la monnaie de sa pièce avec cet empressement obséquieux que ses pareils témoignent toujours aux étrangers dont ils ont deviné l'opulence aux pièces d'or qui gonflent leur bourse, le barbier dit d'une voix onctueuse :

— J'ose espérer, sidi, que vous êtes encore pour quelque temps dans Masr, et que j'aurai l'honneur de continuer de vous raser, comme je l'ai fait, à votre satisfaction, sans doute, depuis une demi-lune.

— Cela dépend, répondit le Maggrebin, en tordant d'un air distrait ses longues moustaches, encore noires comme du jais.

— Vous demeurez toujours au kan, près de la porte du quartier des Francs ?

Les *kans* ou *oquals* sont de vastes bâtiments solides, remplis de magasins et de petites chambres, à l'usage des marchands étrangers visitant le Kaire.

— Oui, mais je songe à changer de logis.

— Oserai-je vous demander pourquoi, seigneur Maggrebin ?

— Ce quartier est menacé, dit-on, depuis que l'amiral anglais Nelson, prévenu par un bâtiment ragusais, a annoncé la prochaine arrivée d'une flotte ennemie.

— La flotte des Français !

— On disait ce matin que les beys, dans leur colère, avaient déjà imposé aux négociants français de la ville une avanie de 6,000 piastres ; qu'ils se proposaient de les faire arrêter tous, avec leurs femmes et leurs enfants, et de les enfermer dans *el kâlah* (la citadelle) sur le Mokattam.

On appelle avanies, dans l'Orient, les impositions que les pachas, les beys ou autres chefs de province, mettent arbitrairement sur leurs administrés.

— Dans la citadelle où réside le pacha Abou-Beker ! s'écria le barbier. Mais le pacha des Osmanlis, le représentant du sultan de Stamboul, consent-il à cette avanie et à cette mesure, qui va jeter l'effroi dans tout le quartier des Francs ?

— Allah est grand ! se contenta de répondre le Maggrebin.

Puis il souhaita le bonsoir au barbier et à ses pratiques, et quitta la boutique.

Ce prétendu Maggrebin, qui intriguait assez vivement le barbier et ses pratiques, était un homme de quarante et quelques années, de bonne mine et aux traits accentués; son air ouvert et franc, bien que mitigé par la contenance digne et presque solennelle qui convient à tout vrai musulman, le rendait sympathique à quiconque entrait en rapport avec lui. Toutefois, une expression de mélancolie voilait par moments son œil limpide et ajoutait alors au maintien réfléchi et composé, qui est la physionomie de convenance des Orientaux.

Il était vêtu d'un *enteri*, ou veste de soie violette rayée, et d'une longue culotte de soie bleue, avec un *kanjar*, ou poignard, passé à sa ceinture de laine rouge.

La boutique du barbier Ibn-Hâni, dans laquelle avait eu lieu la conversation que nous venons de rapporter, est située dans une des rues le plus étroites et les plus tortueuses du Kaire.

Non loin de cette rue s'élève *El Afrang*, ou le quartier des Francs.

A la porte de la boutique est assis, fumant et les jambes croisées, le personnage équivoque dont se méfiait le barbier.

C'est un *santon*, ou derviche, au teint jaune, dont le *caftan* (longue robe) est presque réduit en loques sur ses jambes grêles et nues, et dont le *kaouk* monumental en drap rouge qui orne sa tête est entouré d'une mousseline de blancheur fort équivoque.

Tout en fumant son *chibouk*, ou pipe à long tuyau, il égrène dévotement son chapelet et, de temps en temps, dirige un regard béat vers la petite mosquée voisine, du côté du *mihrab*, point de direction sur la Mecque.

Mais, par moments, le santon suspect avait lancé également un regard sournois dans l'intérieur de la boutique du barbier.

Est-ce uniquement afin de jouir de la fraîcheur du soir, après les ardeurs torrides de la journée, que le derviche en haillons se tient accroupi de la sorte devant la boutique du barbier Ibn-Hâni, plutôt que de faire entendre sa voix chevrotante dans l'intérieur, pour y réciter des cantiques, suivant l'habitude de ses pareils, et y récolter quelques paras usés? C'est ce que nous ne tarderons sans doute pas à savoir.

Le fait est que la lune de Doul-Kadah (le mois du repos) était commencée, et que déjà le Nil avait gonflé ses eaux limonéuses. La chaleur avait été ardente dans la journée, par le vent qui soufflait du Habbesch (Abyssinie).

Mais, du haut des minarets du Kaire, les muezzins avaient annoncé, avec leur accent nasillard, aux fidèles musulmans, le quatrième et avant-dernier ezam, ou appel à la prière, et toute la population d'El Kahira, la victorieuse, appelée aussi Masr par les Arabes, sortait de ses palais comme de ses petites maisons de briques séchées au soleil, pour se répandre dans les rues poudreuses non pavées, sur les places, et dans les birkets ou étangs encore à sec.

On se hâtait d'aller respirer l'air plus frais du soir, chargé des senteurs du Delta.

En passant devant le santon vagabond, celui qu'Ibn-Hâni avait nommé le Maggrebin lui jeta deux bourdes de cuivre, en lui adressant ce salut musulman :

— Louanges à Dieu!

Le saint homme se contenta d'incliner la tête en signe de remerciement, et continua à fumer et à tourner son chapelet; mais son œil eut un fauve éclair, et tandis que le Maggrebin s'éloignait, il le suivit d'un regard en dessous.

Dès qu'il l'eut vu disparaître derrière la fontaine aux ablutions de la mosquée, le derviche Abou-Chanfara se leva lentement et prit la même direction.

A trente pas de la maison du barbier, le moine vagabond, après s'être assuré que de la boutique on ne l'ob-

1.

servait point, accéléra vivement sa marche jusqu'à ce qu'il eût revu le turban du Maggrebin; puis il suivit ce dernier de loin.

Évidemment l'étranger se dirigeait vers Boulacq, le port du Kaire du côté de la Méditerranée.

Il n'avançait que lentement dans les rues que la foule commençait à obstruer littéralement. Mille obstacles se dressent sur ces voies étroites, notamment vers le soir.

Le Maggrebin venait de dépasser une de ces portes intérieures qui, au Kaire, séparent les quartiers les uns des autres, qu'on ferme la nuit, et qui sont gardées par un portier assisté d'un poste de janissaires.

Il allait franchir un canal, lorsque par le pont il vit venir à lui un jeune homme monté sur un de ces beaux mulets que l'Égypte seule possède.

Ce jeune homme était vêtu à la mode turque, reconconnaissable surtout à l'ample pantalon de drap rouge, resserré à la cheville.

Sa tête était coiffée du kaouk des Turcomans, mais la pièce de mousseline blanche qui enveloppait ce kaouk était arrangée de façon qu'elle lui couvrait la nuque; en sorte qu'il eût été difficile de juger si ce jeune homme avait bien la tête rasée ou non.

De plus, contrairement à l'usage des Osmanlis, il n'avait ni pipe, ni bourse de tabac pendues à sa selle.

A peine El-Hécham fut-il assez près du cavalier pour distinguer ses traits, qu'il poussa un petit cri de surprise aussitôt étouffé. Puis, après avoir furtivement serré la main au jeune homme, il saisit la bride du mulet et le mena au bord du canal, où le jeune homme mit pied à terre.

S'étant assuré, par un coup d'œil rapide, qu'aucune oreille indiscrète ne pouvait les entendre, mais ne remar-

quant pas que le vieux santon se cachait à une vingtaine de pas derrière un groupe de chanteurs à la voix
aigre, qui criaient à plein gosier, en s'accompagnant du
marraba ou violon à cordes de crin de cheval, le prétendu Maggrebin demanda rapidement en assez bon
français :

— Vous, ici! A-t-on débarqué? Où est Kléber?

— Depuis hier, 11 messidor (1er juillet 1798), l'armée
est sur le plage d'Alexandrie, et sans doute, à l'heure
qu'il est, nous sommes maîtres de la ville des Ptolémées!

— Et Kléber?

— Avec sa division, composée de la 2e demi-brigade
et des 25e et 75e de bataille, il a débarqué au Marabout,
sous les yeux mêmes du général en chef, qui était monté
sur une demi-galère.

— Rien n'a contrarié le débarquement, lieutenant Ri-
velet?

— Un moment, Bonaparte fut inquiet... Une voile paraissait à l'ouest : on crut que c'était un des bâtiments
de l'escadre anglaise. Cette vue arracha au général en chef
l'exclamation que voici : « Fortune, m'abandonnerais-tu?
Quoi! pas seulement cinq jours! » Mais la fortune ne
trahit pas nos espérances. C'était la frégate la *Justice*,
qui arrivait de Malte... Et vous, capitaine Omar, avez-
vous de bonnes nouvelles à transmettre au général Bonaparte?

— Hélas! pas encore...

— Ayant appris par le général Kléber que moi, son
officier d'ordonnance, j'avais passé toute ma jeunesse
au Kaire et que mes parents y résidaient encore, Bonaparte m'a envoyé vers vous aussitôt que nous eûmes pris
terre... Il est impatient de savoir si vous avez réussi auprès du pacha.

— Je n'ai pu l'aborder encore; mais ce matin, enfin, j'ai obtenu, à force d'or, la promesse du cophte Ishâk qu'il me procurerait demain, après la sieste, une entrevue à la citadelle avec le pacha Abou-Beker.

— Et vous espérez?...

— Lui remettre la lettre de Bonaparte qui lui fait connaître que les Français ne viennent en Egypte que pour y rétablir l'autorité du Sultan, avilie et méconnue par les Mamelouks, et le déterminer ainsi à se joindre à nous et à nous livrer la ville du Kaire.

— La possession du Kaire est, en effet, des plus importantes. Masr est réputé *sacré*.

— Une vieille tradition, souvent justifiée par l'histoire, a appris aux habitants de l'Egypte que le conquérant qui se rend maître d'El Kahira le devient de toute la vallée du Nil.

— Ainsi, capitaine, je ne partirai que demain soir avec la réponse?

— Vous aurez tout le temps de voir votre famille au quartier des Francs, dans le voisinage duquel je me suis établi.

— Vous saviez que mon père y résidait. Avez-vous eu occasion de voir ma mère, ma sœur Louise?

— Je ne le pouvais, lieutenant, de peur de compromettre le succès de mon entreprise. Quoique je sois réellement Turc et mahométan, des relations avec une famille française dans les circonstances actuelles eussent éveillé des soupçons chez ces Mamelouks, dont la police est bien faite.

— Vous n'avez pas été inquiété?

— Je me suis fait passer, dès mon arrivée au Kaire, où me transporta une galère génoise, pour un marchand de Tunis, et nul ne devine en moi un capitaine français, un ancien officier de janissaires de l'armée de Servie, un compagnon de Kléber. Cependant...

— Cependant?

— Il y a quatre jours, à la porte des Arabes de la citadelle, j'aperçus un aga de janissaires nommé Ahmed, qui a servi comme moi sous les ordres du pacha de Belgrade, en 1780, quand la Turquie faisait la guerre à l'Autriche, alliée de la Russie.

— Et cet homme?

— Je ne pense pas qu'il m'ait reconnu. C'était pourtant l'ami de Yousouf, aujourd'hui grand-vizir à Constantinople, qui, à cette époque, jura une haine mortelle à Kléber...

— Oui, je sais : Kléber, sous-lieutenant dans le régiment autrichien de Kaunitz, passa quelque temps à Belgrade, auprès du pacha, qui l'avait pris en amitié, lorsque le jeune lieutenant fut envoyé en parlementaire au quartier général ottoman.

— C'est de cette époque que datent ma reconnaissance et mon dévouement pour Kléber. Vous savez qu'il me sauva la vie, en intercédant auprès du pacha, que j'avais offensé... Lorsque Kléber quitta le service de l'Autriche et retourna en France, je le rejoignis à Belfort... Mais la haine de Yousouf contre le jeune Français avait rejailli sur moi...

— Et d'où venait cette haine si profonde, capitaine?

— Vous m'en demandez trop. Ce secret appartient à notre général. Il vous aime : il vous contera peut-être un jour ce qui lui arriva à Belgrade. Mais, à moi, il n'est point permis de soulever le voile qui recouvre une jeunesse orageuse...

— Le général aime toujours les plaisirs, et il ne peut voir une jolie femme sans que son cœur...

— Paix là-dessus, lieutenant Rivolet ! Lion dans la bataille, Kléber redevient homme aussitôt le combat fini. Cela lui est permis, quoique souvent il se crée des embarras.

Malgré le ton sérieux avec lequel l'ancien janissaire venait de prononcer ces paroles, le jeune officier d'ordonnance se permit de dire en riant :

— Capitaine Omar, je crois que si le général avait votre nom et votre religion, il se hâterait de prendre les quatre femmes et le nombre illimité d'esclaves que permet le Koran ; il se monterait un harem digne d'un pacha..... il prendrait en Égypte et au Kaire ses *délices de Capoue*... Et vous, capitaine, n'avez-vous donc jamais connu ni le plaisir, ni l'amour ? Vous êtes Turc pourtant.

On eût plaisanté le musulman Omar sur sa religion, qu'il n'eût pas tressailli aussi vivement qu'à cette question du frivole jeune homme. Ce fut avec un accent sombre qu'il répondit :

— Parlons de choses plus sérieuses, lieutenant !... Comment êtes-vous venu au Kaire ? N'avez-vous rencontré aucun parti d'Arabes ou de Mamelouks ?

— Au Marabout je changeai mon uniforme vert des guides contre l'entéri turc, et mon kolbac contre le turban. Je me pourvus de ce bel et fringant mulet, auquel un Européen serait étonné de voir faire facilement ses quinze lieues dans la journée. Je me gardai bien de voyager par le désert à droite, où se trouvent, dit-on, de nombreux Bédouins pour harceler l'armée ; mais je pris par Rosette et remontai la rive gauche du Nil, en longeant le Delta.

— Et les Mamelouks ?

— J'en vis quelques centaines à Damanhour. Mais à Chebreis, ils sont quatre mille, avec des barques canonnières sur le Nil et des retranchements pourvus de batteries.

— Et vous avez passé ?

— Je parle le turc comme l'arabe, et je connais les usages du pays. On me prit pour un Osmanli voyageur.

— Je vois que les beys sont prévenus et ont commencé leurs préparatifs de défense. Cependant, au Kaire même, rien n'y paraît. Le pacha se tient tranquille dans sa citadelle, Ibrahim-bey n'a toujours l'air que de songer à amasser ses trésors, et Mourad-bey à garnir son harem... Remontez en selle, lieutenant Rivolet ! Vous vous rendez au quartier des Francs, n'est-ce pas ?

— J'ai hâte d'embrasser ma mère. Et où allez-vous ainsi, capitaine ?

— Je me dirigeais vers le port de Boulacq, espérant y avoir des nouvelles indirectes des bords de la mer. Mais puisque j'ai eu le bonheur de vous rencontrer, je retourne vers mon oqual.

— M'accompagnez-vous ?

— Je vous quitterai un peu avant la porte de votre quartier, par prudence. Marchons !

L'officier des guides remonta sur son mulet, et, accompagné du faux Maggrebin, se dirigea vers le quartier des Francs.

Aucun des deux n'avait fait attention à une scène singulière, mais courte, qui avait eu lieu du côté des chanteurs au début de leur entretien.

Le moine vagabond, qui avait certainement espionné le Maggrebin, s'était mis tout à coup, en sa qualité de derviche tourneur, à danser sur ses talons en répétant le mot : Allah ! Il avait tourné ainsi jusqu'à ce que, paraissant épuisé, il allât tomber à quelques pas des deux officiers français. Le madré moine s'était parfaitement orienté en jouant le fanatisme, et ce n'était pas sans dessein qu'il était venu se coucher, en simulant l'épuisement, le long du parapet du canal.

Le capitaine Omar et le lieutenant des guides, au courant des pratiques des derviches et de leur enthousiasme suivi d'une prostration complète, avaient continué leur conversation, sans prendre garde au santon.

Mais ce dernier les avait écoutés de toutes ses oreilles, et bien qu'il ne sût qu'imparfaitement le français, qu'il avait un peu appris en mendiant dans le quartier El-Afrang, il avait compris une partie de ce qu'ils disaient.

Dès qu'il les eut vus s'éloigner, le santon se leva précipitamment et prit sa course vers la citadelle.

II

UN SOMBRE PERSONNAGE

Après avoir franchi les vieux remparts de la ville, le moine mahométan arriva au pied du *Mokattam*, nom qui signifie montagne escarpée.

Le santon prit la rampe qui menait à la porte des Janissaires opposée à celle des Arabes.

Il s'adressa à un soldat de la célèbre milice, qui le conduisit aussitôt à l'enceinte El-Azab, garnie de fortes tours crénelées comme les deux autres enceintes. Devant la caserne, le soldat dit au derviche d'attendre.

Bientôt parut un aga de janissaires, aux longues moustaches retombant sur une longue barbe déjà grise, au teint coloré, au ventre assez proéminent, et fumant dans sa houka turque.

— O Admed ! comment te portes-te ? demanda le santon en saluant.

— Bien, louanges à Dieu ! Et toi, Abou-Chanfara ?

— Allah est grand !

Après ce préambule et ces salutations que manquent

rarement de s'adresser deux musulmans qui s'abordent, Chanfara reprit :

— J'ai vu le Maggrebin qui s'acheminait vers Boulacq.

— Sans doute pour avoir des nouvelles ?

— Il en a eu par un jeune Franc déguisé en Turc, le fils d'un marchand d'El Afrang, officier du pacha français Kléber.

— Tu as entendu ce qu'ils disaient ?

— Ce Maggrebin est bien Omar, l'ancien janissaire de l'armée de Servie.

— Et Kléber est dans l'armée des Francs ?

— Il a débarqué hier à Alexandrie.

— Déjà !

— Ce jeune kichja (officier) l'a annoncé à Omar. Mes oreilles l'ont entendu. Mais les Mamelouks ne paraissent pas se douter encore de l'événement.

L'aga se caressa la barbe en signe de satisfaction.

— *Taïb !* c'est bon ! dit-il. Le vizir Yousouf sera content et te récompensera, honnête Chanfara ! Et moi, je bénis le cophte Ishâk de m'avoir prévenu de l'arrivée à Masr d'un agent français qui voulait parler au pacha, et de me l'avoir montré.

— Faut-il retourner vers El Afrang, à la porte duquel le Roumélien a choisi son logis ?

— Non, tu vas partir pour Stamboul.

— Pour Stamboul ! Sidi, c'est bien loin.

— Les fidèles croyants te nourriront en route, et avec ces quelques sequins, tu achèteras un âne.

L'aga tendit une bourse de cuir au santon, qui s'empressa de la glisser dans sa ceinture crasseuse et déchiquetée.

— Tu remettras au grand-vizir Yousouf une lettre

que je vais préparer, et qui lui fera connaître l'arrivée de Kléber.

Tandis qu'Ahmet-aga rentrait à la caserne pour écrire sa missive, le santon ralluma son chibouk et s'accroupit dans la poussière, à quelques pas du fameux Puits de Joseph, ainsi appelé parce qu'il a été creusé par l'ordre du sultan Saladin Yousouf.

Le derviche finissait sa pipe, lorsqu'il vit s'avancer lentement vers la caserne un maigre adolescent, qu'à ses vêtements il reconnut pour être un Syrien.

Ce jeune homme était drapé dans un ample burnous de laine blanche, qui le couvrait tout entier. C'est à peine si l'on voyait le bas de son large pantalon de mousseline. Ses pieds étaient chaussés de sandales attachées à la cheville par des courroies de cuir.

Sa figure, bronzée par le soleil du Liban, avait une expression austère et farouche. Les muscles de son cou nu et élancé étaient saillants et annonçaient une vigueur peu commune.

Avec son grand nez aquilin, ses yeux où brillait une sombre flamme, ses sourcils noirs rapprochés et ses moustaches non moins noires et déjà épaisses, qui contrastaient vivement, ainsi que son teint de bistre, avec ses vêtements et son turban blancs, il ressemblait à un de ces anciens rois assyriens, la terreur du peuple hébreu.

Quoiqu'il eût vingt-deux ans au plus, on lui en eût donné trente, tant ses traits étaient fortement accentués, tant son œil avait d'éclat en roulant au fond de l'orbite cerclée de brun, indice ou d'un état maladif ou de ses tendances fanatiques ; tant, enfin, il marchait lentement, solennellement, d'un pas presque automatique.

Au moment de passer devant Abou-Chanfara, le jeune Syrien, reconnaissant dans le musulman accroupi un saint religieux, un derviche, croisa ses bras sur la poitrine, suivant la mode de salutation orientale, inclina la tête et dit d'une voix gutturale :

— Gloire à Dieu !

— Que les bénédictions d'Allah descendent sur toi, jeune étranger, répondit avec onction le santon, sur toi et sur la femme que tu aimes !

L'éclat de son œil redoubla chez le jeune homme, quand il entendit ce souhait; mais ce ne fut qu'un éclair. Il y répondit en ces termes, avec un étrange sourire, qui montra ses deux rangées de dents d'ivoire, sourire comme en ont les malades sans espoir, quand on leur promet la santé :

— La femme que j'aime n'est point née pour un Ismaélien.

— Tu es Ismaélien? demanda le santon avec un vif intérêt.

— Je le suis, répondit laconiquement le Syrien.

— L'Anti-Liban contient-il donc encore des hommes de ta secte ?

— Dégénérés pour la plupart, mais...

— Mais ?

L'Ismaélien eut un nouvel éclair dans les yeux, en disant :

— Mais parmi eux il est encore de vrais croyants, et un nouveau Scheik-al-Djebel...

— Le Vieux de la Montagne ! s'écria le derviche.

— Ne tardera pas à étendre sa puissance sur la terre de l'Islam.

Le jeune Syrien s'anima subitement. On eût dit que la lave d'un volcan intérieur débordait, et que, consumant en un clin d'œil ce masque de bronze, il faisait paraître à sa place le visage enflammé des saints Ashabs, compagnons de Mahomet, le glaive et l'Alkoran à la main.

Le Syrien s'écria d'un ton d'inspiré :

— Haçan, fils d'Ali, renaîtra. Les Haschischins (1) se répandront sur toute la terre comme les sauterelles, dont les légions, écloses dans les déserts de l'Arabie Pétrée, obscurcissent l'air et inondent tout Bar-el-Cham (nom arabe de la Syrie), et nul oiseau samarmar ne sera assez puissant pour les dévorer... Un nouveau Kia-Buzurgomid plantera son étendard sur le pic de Masyat, et enverra ses daïs (maîtres) et ses rékifs (compagnons) en mission ; ses fédavis sacrés courront partout exécuter ses ordres, pour le triomphe de la religion du Prophète. « Il n'est qu'un Dieu, et... »

— « Et Mahomet est son prophète ! » répondit pieusement le santon. Et que viens-tu faire à la citadelle de Masr ?

— Soleyman el Halebi est mon nom. Mon père Amyn m'a envoyé auprès du vieux Mustapha effendi, son ami et notre compatriote, qui, depuis deux ans, m'apprend à lire et à écrire.

— Je le connais : c'est un savant effendi, un vrai taleb et de plus un schérif, descendant du Prophète, qui demeure à côté de la maison de Mourad-bey, dans le village de Gizeh, près des grandes Pyramides...

— Ahmed aga, qui est à la citadelle, connaît mon père : il est bon pour moi. D'ailleurs il est Ismaélien.

— Ah ! je l'ignorais.

— C'est un de nos chefs, un daï-kébir. Je viens le voir pour lui faire mes adieux. Je vais repartir pour le Liban.

— Tiens ! le voici qui sort de la caserne.

(1) Du mot *haschish*, préparation de chanvre avec laquelle les chefs de la secte enivraient leurs adeptes, pour leur faire exécuter des ordres sanguinaires. Nous avons traduit *haschischins* en *assassins*.

Ahmed aga revenait effectivement avec la lettre pour le grand vizir. Il congédia le santon.

— C'est toi, Soleyman ! dit l'aga au Syrien.

— Moi-même. Louanges à Dieu !

— Et tu veux quitter Masr?

— Dieu le veut !... Mais qui te l'a dit?

— Je l'ai appris déjà par nos frères, les ulémas de la grande mosquée... Et tu retournes au Liban, mon fils?

— Sous la tente de mon père, ô *daïs* (maître) !

— J'irai bientôt te rejoindre sous la tente de ton père.

— Toi, aga? demanda Soleyman étonné.

— Les Francs vont nous chasser du Nil. Ils sont puissants, et le monde est plein de leur gloire.

— Soit, si c'est écrit.

— D'autres motifs, du reste, me portent à aller dans les montagnes.

— Mais tes fonctions d'aga ?

— Yousouf me le permettra, et j'ai à me concerter avec nos frères les Ismaéliens.

— Tu seras le bien venu au nom d'Allah, ô daïs !

— D'ailleurs, quoi qu'en disent les Français, le sultan Sélim, commandeur des croyants, ne permettra pas qu'ils occupent l'Égypte. Il enverra contre eux une armée par la Syrie.

— Les infidèles seront dispersés par l'armée des croyants comme la poussière sous le souffle du simoun.

— Mais leurs chefs sont audacieux, habiles, victorieux déjà, dit-on, en cent batailles.

— Allah le veut ! dit le jeune fataliste.

— Allah veut aussi que les enfants du Prophète triomphent. Pour anéantir les infidèles, il faut d'abord frapper leurs chefs.

— Comment l'entends-tu ? demanda Soleyman.

— Ismaël doit préparer l'herbe par excellence (le chanvre), donner le *keif* sacré (le *haschisch* enivrant), à ses fédavis, pour frapper les sultans et les pachas des Francs.

— Dieu est grand ! prononça le Syrien avec un sombre accent. Nous t'attendons au Liban, ô daï-kébir !

Les deux haschischins, Ahmed-aga, le daï-kébir, et Soleyman, le jeune fédavi, se séparèrent bientôt : l'aga pour rentrer dans sa caserne, Soleyman pour regagner le village de Gizeh, sur la rive gauche du Nil, où demeurait le vieux Mustapha.

Mais avant de retourner à l'habitation de l'effendi, Soleyman fit un détour par le quartier franc.

Devant une maison bâtie presque à l'européenne, il s'arrêta quelques instants, leva son regard de flamme vers les fenêtres du premier étage, et, n'y voyant personne, murmura :

— Elle ne se montre point, la houri blonde !

Ayant poussé un soupir profond, le jeune Syrien ajouta :

— Je ne la verrai plus !

Puis il s'éloigna lentement, en prononçant la sentence fataliste :

— Ce qui est écrit est écrit !

A une centaine de pas au plus s'élevait la porte du quartier, avec son poste de janissaires.

Soleyman atteignait à peine cette porte, qu'il vit passer à côté de lui un domestique grec qu'il reconnut. Ce domestique appartenait à la maison devant laquelle le jeune Syrien s'était arrêté maintes fois, comme il venait de le faire.

Les traits bouleversés de cet homme, sa pâleur, son

agitation frappèrent Soleyman. L'élève de Mustapha s'arrêta et suivit de l'œil le domestique chrétien.

Il vit ce dernier heurter à la maison franque, et, en attendant qu'on lui ouvrît la porte, se livrer à des gestes qui trahissaient la douleur et la terreur de son âme.

Étonné, pressentant un malheur arrivé à la femme qui l'avait charmé, il retourna sur ses pas et arriva assez à temps devant la maison franque pour entendre le Grec s'écrier, en s'adressant à une Abyssine à la peau presque noire :

— Técla ! nous sommes perdus... Que le Seigneur-Dieu ait pitié de nous !

Soleyman le Syrien, sans rien laisser paraître sur son masque de bronze, écouta de toutes ses oreilles.

Aux paroles d'alarme du domestique grec, il avait reconnu que ses pressentiments étaient fondés.

— Que dites-vous, Christophe ? demanda l'Abyssine.

— Au canal Kalisch, le maître et la jeune maîtresse rencontrèrent le bey Mourad...

— Le vrai fils du diable !

— Comme vous dites : celui qui s'intitule *Emir-el-Hadji*, le prince des pèlerins.

— Et que fit le démon ?

— Le seigneur Rivolet et sa fille, la *cetti* (dame) Louise, étaient montés sur leurs ânes et accompagnés... devinez par qui ? Par le seigneur Charles en costume turc, revenu de France !...

— Vrai ? Ce sera pour Técla une joie de le revoir.

— Ainsi que je vous le dis, Técla ! et par un autre seigneur également habillé en Turc. Mourad caracolait sur un cheval richement harnaché et étincelant de pierreries ; lui-même était tout couvert de soie et d'or, avec une ceinture de cachemire qui lui ceignait huit fois les reins, et un cimeterre de Damas à la poignée incrustée de rubis et d'émeraudes... La crosse même de ses pistolets lançait des reflets...

— Sinistres comme les yeux des génies de l'enfer... Mais achevez !

— Il arrêta sa troupe, qui était très nombreuse et presque aussi brillante que lui, et s'avançant vers le seigneur Rivolet : « Chien de Français ! s'écria-t-il en fronçant ses sourcils noirs, tu oses t'offrir à ma vue dans un pareil moment !... C'est bon, tu te présentes bien... Ma colère sur toi va tomber, comme bientôt le bras redoutable d'Allah s'appesantira sur tous les tiens !... »

— Chien de musulman ! fit la chrétienne abyssine.

— Le maître répondit poliment, mais avec fermeté : « Seigneur ! que vous ai-je fait pour me parler de la sorte ? » — « Ce que tu as fait ! Toi et les tiens, vous avez appelé en Égypte l'armée des Francs ! » — « Nous, seigneur ! Je vous jure que... » — « Tais-toi ! Jusqu'à présent j'avais cru, sur l'avis de Nelson, le capoudan-pacha anglais, qu'elle se dirigeait vers la Syrie, et j'étais tranquille ; mais hier soir, par un caïque tunisien, j'ai appris que l'Égypte était leur but... Mais Alexandrie est bien gardée par Coraïm, et j'ai envoyé aussitôt vers Chebreis et Damanhour mes invincibles Mamelouks. Quant à vous, tremblez ! » — « O bey ! la colère t'égare. » — « Vous allez payer votre crime de votre tête. »

— Oh ! le Philistin ! s'écria l'Abyssine chrétienne.

— Mourad, continua le Grec, menaça du poing notre maître, en disant encore : « Je me rendais à ton quartier justement, pour ramasser tous les Français qui l'habitent... Allah veut que je te rencontre, et je ne sais ce qui m'empêche de faire sauter ta tête à l'instant même... »

I.   2

— L'Antechrist! dit encore Técla épouvantée.

— A ces mots, Mourad-bey avait porté la main à son sabre... Un cri de cetti Louise arrêta son mouvement, et lui fit tourner la tête vers elle. Dans sa fureur, il ne l'avait pas encore aperçue jusqu'alors...

— Que fit-il en voyant cet ange de beauté aux cheveux si blonds, à l'œil si bleu, dont s'émerveillent les gens de Masr, chaque fois qu'elle sort?

— Son regard s'enflamma. L'effroi la rendait plus belle encore que d'habitude : « Par Allah! s'écria-t-il en changeant subitement de ton, voici une étrange houri!... O femme! plus blanche que les plus blanches des Circassiennes! veux-tu être ma kadine, ma sultane favorite?»

— Oh! l'indigne mécréant!

— Mais elle, la craintive cetti, avait rapproché sa monture de celle du seigneur Rivolet, avait jeté ses bras autour du cou de son père, et se pressait contre l'auteur de ses jours comme le lierre de nos wadis au tronc du tamarinier. Poussant son cheval auprès d'elle, Mourad lui saisit le bras et dit encore : « Parle, jeune beauté, et réponds à ma prière! Veux-tu entrer dans mon harem? Je te comblerai de présents, de robes et de bijoux... Pour toi, les caravanes n'auront pas assez de richesses. Toutes mes femmes te reconnaîtront pour leur souveraine, et quand tu passeras dans les rues de Masr, je veux que les hommes se prosternent devant toi, le front dans la poussière... Réponds! veux-tu être la sultane de Mourad bey? »

— Que répondit cetti Louise?

— Elle eut la force de répondre avec indignation : « Jamais! »

— Le bey la laissa-t-il?

— Toutes ses fureurs lui revinrent. Sa rage se traduisit

par un éclat de rire sauvage : « Par Mahomet! s'écria-t-il, je me suis abaissé jusqu'à la prière pour une Naza-réenne, quand je devais commander... Qu'on saisisse ce Français et qu'on le traîne à la citadelle, où les siens vont le rejoindre... Quant à cette esclave, qu'on la mène à mon harem! »

— Mais le seigneur Charles, que faisait-il?

— Je le voyais, à quelques pas, caresser la crosse de ses pistolets, cachés sous son caftan; son compagnon le Turc l'avait retenu jusqu'à ce moment. Mais quand il eut vu s'élancer sur son père et sa sœur les kichjas du bey, rien ne put plus l'arrêter. Il sortit ses pistolets et les déchargea sur les Mamelouks. L'un de ces derniers tomba.

— Et le Turc qui l'accompagnait?

— A son tour, le Turc tira son kanjar pour défendre le seigneur Charles, sur lequel s'était précipitée toute l'escorte.

— Furent-ils vainqueurs?

— Que pouvaient-ils, à eux deux, contre toute une troupe? Ils furent enveloppés, saisis, garrottés et en-traînés avec le seigneur Rivolet vers la citadelle El Kâ-lah.

— Seigneur Christos! fit l'Abyssine en joignant les mains.

— Técla! vous chargez-vous d'annoncer cette affreuse nouvelle à dame Rivolet?

— Jamais je n'oserai...

— Il le faut pourtant... Nous devons fuir avec elle.

— Fuir! où?

— Gagner le Delta et la mer, où les Français vont dé-barquer, dit-on; car le bey va arriver dans El-Afrang...

— Ciel! Fuyons alors...

En ce moment un grand tumulte eut lieu du côté de la porte du quartier. Le Grec y porta son regard.

— Il n'est plus temps, dit-il en laissant tomber ses bras. Voici les Mamelouks !

En effet, le poste des janissaires se mettait sous les armes, et le portier du quartier des Francs se présentait devant Mourad-bey, que suivaient ses Mamelouks et le peuple des rues avoisinantes.

Le portier, connaissant tous les Français d'El-Afrang, devait indiquer les maisons qu'ils habitaient.

Mais le Syrien, qui avait entendu le récit du domestique grec, avait déjà bondi vers la porte du quartier.

Oubliant à la fois l'abîme qui le séparait d'une infidèle et la doctrine fataliste qui tout à l'heure encore lui faisait murmurer son *Allah hérim*, Dieu le veut ! il ne songeait plus, dominé subitement par la jalousie, qu'à arracher des mains des Mamelouks celle qu'il aimait.

L'amour, cette passion souveraine qui se joue des lois des hommes et des sectes, des préjugés comme des conventions, des différences de race ou de religion, le poussait en aveugle et ne lui montrait plus qu'un but : la délivrance de l'objet aimé et sa passion à satisfaire, puisqu'un autre, déjà haï et détesté par lui à cause de cela, pouvait posséder cet objet.

Aussi, en passant devant Mourad-bey, lui lança-t-il un regard foudroyant.

Renversant deux Mamelouks, bousculant les janissaires, perçant la foule, Soleyman prit sa course à travers les rues du Kaire, comme un *maraboul*, un fou, ou plutôt comme un *djennoûn* possédé du démon.

Ce fut du reste de ces exclamations que le peuple accompagna sa course furibonde, si contraire à la gravité musulmane.

Et, de fait, il eût été difficile de reconnaître dans ce jeune frénétique aux bonds de panthère, avec ses vêtements flottant au vent, le grave et sombre Ismaélien de naguère, drapé si majestueusement dans son burnous blanc.

Le palais de Mourad-bey, comme celui d'Ibrahim-bey, qui se partageaient le pouvoir sur l'Égypte, était situé sur la place d'Ezbekyeh, d'une superficie égale à la moitié du Champ-de-Mars à Paris.

Outre ces deux palais, plusieurs beaux édifices en formaient l'enceinte : c'étaient le quartier des Cophtes et les habitations des scheiks les plus opulents.

Au mois de septembre, pendant les plus hautes eaux du Nil, cette place est couverte, comme toutes les autres places du Kaire, appelées alors birkets ou étangs de plusieurs pieds d'eau; on la traverse alors au moyen de barques, qui, illuminées dès la chute du jour, produisent un effet pittoresque.

Après la retraite des eaux, les places du Kaire se couvrent d'une herbe touffue qui les fait ressembler à des prairies.

Soleyman le Syrien atteignit Ezbekyeh au moment où le crépuscule, déjà si court dans la Basse-Égypte, commençait à s'étendre sur Masr.

Déjà les maisons qui bordaient la place à l'extrémité ne se voyaient plus qu'à travers un voile. Le palais de Mourad-bey se dressait comme un fantôme gris, et le petit dôme aérateur qui le surmontait pour aspirer la brise venant du nord et la répandre dans le divan, ou grande salle du palais, dessinait sa silhouette noire sur le ciel égyptien, tout rouge des feux du soleil couchant.

Sur la vaste place, les groupes qui respiraient la fraîcheur du soir ne semblaient que des atomes, des touffes

2.

de palmier nain dans le désert, des rats de Pharaon jouant dans quelque wadi. Ils étaient nombreux pourtant, mais clairsemés.

Soleyman put franchir sans obstacle, presque sans avoir de détours à faire, la distance qui le séparait du sérail (palais).

Son cœur battit presque à lui rompre la poitrine, quand il aperçut à trente pas au plus du palais deux Mamelouks escortant un âne que montait une Européenne sans voile...

C'était elle : la cetti Louise !

Devant la porte du sérail, la garde de Mourad et des officiers savouraient le tabac de Syrie dans leur longs chibouks.

Mais sans y prendre garde, bravant la milice armée, Soleyman tira son kanjar, s'élança en croupe sur un des Mamelouks, lui plongea le poignard dans la poitrine, le jeta dans la poussière, et, saisissant aussitôt la bride de l'âne, attira la bête à lui et voulut enlever de sa selle la jeune chrétienne.

Il eût certainement réussi dans son entreprise, tant l'action avait été prompte, si l'un des pieds de la Française n'eût été pris dans l'étrier. Elle-même, du reste, s'était instinctivement cramponnée à la selle.

Revenu de sa stupeur, le deuxième Mamelouk se mit à crier, tout en tirant son cimeterre.

Le Syrien n'eut que le temps de faire faire un saut de côté à son cheval, pour éviter cette lame recourbée qui, d'un seul coup, pouvait lui trancher la tête.

Les gardes du sérail, accourant en même temps aux cris poussés par le Mamelouk, Soleyman comprit que sa tentative échouait, et qu'il fallait battre en retraite, s'il ne voulait que sa mort permît à un odieux rival de jouir en paix de son rapt.

— Par Allah ! murmura-t-il en lançant son cheval au galop, je reviendrai.

On se mit à sa poursuite, mais vainement. L'Ismaélien volait comme le vent, et la nuit se fit tout à coup.

C'était bien la nuit resplendissante d'étoiles du ciel africain ; mais sa clarté ne pouvait servir en rien aux poursuivants, dans ces rues du Kaire, aux balcons en surplomb, aux étages qui se rapprochent et se touchent presque par les terrasses.

Les Mamelouks aperçurent encore un instant, au bout d'une ruelle, le burnous blanc du Syrien et son grand kaouk, puis ils les virent disparaître.

III

LE HAREM DE MOURAD-BEY

Cependant on avait fait entrer dans le palais de Mourad-bey la jeune fille tout en larmes, encore plus inquiète sur le sort de son père et de son frère que sur le sien propre.

On passa devant les bâtiments du selamlik, c'est-à-dire ceux des hommes, qui renfermaient la maison militaire du bey, ses esclaves et domestiques mâles, et où lui-même d'ordinaire se tenait lorsqu'il s'occupait d'affaires générales, et l'on arriva à la clôture de la partie la plus reculée du sérail, appelée le harem.

Le harem contient, en Orient, les appartements des femmes et des nombreuses esclaves du riche musulman.

Des eunuques blancs, chargés du service de l'intérieur du harem et de l'éducation des enfants, comme les eunuques noirs le sont spécialement de la garde des bâtiments et des femmes, reçoivent la jeune Française.

Ces eunuques jouissent en Orient de nombreux privilèges; une sorte de respect les entoure, car ils sont la personnification de l'honneur du maître. Ils ont le droit de ceindre le cimeterre.

Placés, dans les grandes maisons, au rang d'officier, ils possèdent toutes les prérogatives attachées à cette position. Ils ont joué maintes fois un grand rôle dans l'histoire des révolutions de l'Orient. Ce sont souvent de jeunes esclaves chrétiens, élevés dans l'islamisme, qu'on destine aux fonctions d'eunuque.

Louise Rivolet est introduite dans une vaste salle appelée divan, qui est garnie du meuble circulaire connu sous le même nom, et donne également ce nom à tous les genres de réunions qui s'y tiennent.

A la vue de la blonde et craintive enfant, une trentaine de femmes, nonchalamment accroupies soit sur le divan, soit sur des nattes de jonc, soit sur de magnifiques tapis de Perse, se lèvent en tumulte, quittent leurs narguilés (pipes) aux longs bouts d'ambre, et se pressent avec une ardente curiosité et des exclamations de joie autour de la nouvelle arrivée.

— Une *Françaoni !* s'écriaient les unes.

— *Machalla !* que c'est charmant, que c'est charmant ! disaient les autres,

Elles avaient reconnu une Française, et les Françaises sont recherchées, choyées, fêtées plus que toutes les autres Européennes dans les harems de l'Orient. Elles lui prenaient les mains, les baisaient, admiraient ses yeux bleus, caressaient ses soyeux cheveux blonds.

Parmi ces femmes, il y en avait qui étaient vêtues splendidement. La soie, les broderies d'or, la fine mousseline d'ananas, les fleurs, les perles fines, des diamants lourdement enchâssés, il est vrai, mais qui brillaient d'un éclat merveilleux à la lueur des lampes dans leurs niches ou suspendues au plafond, s'étalaient à profusion dans leurs ajustements, mais, il faut le dire, sans discernement et sans goût.

Depuis le charmant tarbouche, espèce de bonnet grec, posé coquettement sur des nattes de cheveux entremêlées de petites pièces d'or au bruit métallique, jusqu'aux larges et informes babouches qui traînent aux pieds, c'étaient comme des ruisseaux de feux éblouissants. Des colliers de perles ou de corail s'entrelaçaient sur leur poitrine.

Le henné, avec lequel la plupart avaient rougi leurs lèvres, faisait ressembler celles-ci à des tranches de grenade mûre, et la fumée d'ambre ou la poussière d'alquifoux, dont elles avaient noirci leurs sourcils, leur donnait un charme piquant et original.

Celles qui étaient si brillamment parées se nommaient les cettis ou dames, hiérarchiquement classées. Les autres étaient les esclaves nommées odalisques, chargées de fonctions plus ou moins subalternes. Il y avait, comme chez les hommes de la maison militaire du bey, la cetti porte-chibouck, la cetti porte-café, et, en remontant dans les rangs, la kasnador, l'effendi-cetti (la savante, celle qui s'occupe des écritures). A chacune de ces fonctions sont attachés des honneurs, de la considération et une portion d'autorité.

Une pareille hiérarchie et l'habitude de la subordination expliquent l'existence assez paisible d'un grand nombre de femmes dans une seule maison. Le Koran, le *Masshof* ou code suprême, permettant d'ailleurs plusieurs femmes et un nombre illimité d'esclaves, la jalousie est à peu près inconnue dans les harems. La loi et l'usage refoulent la passion.

Toutes ces femmes s'empressaient autour de Louise

Rivolet, examinant ses habits, lui faisant des compli-
ments, l'assaillant de questions.

L'une d'elles, d'un certain âge, lui présentait deux
filles de quatorze à quinze ans, et voulait qu'elle lui dît,
par l'inspection seule du pouls, si la nature les destinait
à devenir bientôt mères.

Pour les Orientaux, tous les Européens, hommes ou
femmes, sont médecins, et la foi en leur savoir est
aveugle. Celle qui adressait si naïvement une pareille demande à Louise ne tenait pas compte de son âge.

Une seule des dames était restée assise sur le divan, et
à ses pieds, sur les nattes qui leur sont réservées, deux
esclaves munies d'éventails en plumes d'autruche à long
manche n'avaient pas bougé.

Elle considérait bien aussi avec quelque curiosité la
jeune Française ; mais cette curiosité ne se traduisait que
par le regard, devenu moins distrait et moins languis-
sant, de ses deux grands yeux noirs, encore fort beaux,
bien que la dame eût une quarantaine d'années.

Cette dame était la première femme légitime du bey
Mourad, c'est-à-dire la *cetti-kébir* ou *grande dame*. Dans
les harems, il y a toujours une grande dame ; à défaut de
la mère du maître, c'est l'épouse qu'il aime le plus.
Toutes les autres cettis lui sont subordonnées et lui
doivent le respect.

La cetti-kébir s'appelait Eh-Nehfiz ; elle était veuve du
célèbre Ali-bey.

C'était une Géorgienne de naissance, femme connue
comme ayant le plus noble caractère, un cœur chari-
table et un esprit tolérant. Tous les infortunés, infidèles
ou croyants, qui s'adressaient à elle, étaient sûrs de sa
protection. Que de fois elle avait su arrêter le bras de

son irascible et fougueux époux, prêt à frapper des innocents!

Bonaparte et Kléber eurent plus tard pour cette noble femme les plus grands égards et la bienveillance la plus soutenue. Elle fut du reste d'un grand secours à ce dernier.

Mais n'anticipons pas sur les événements.

— *Taïb!* c'est bien! dit enfin la cetti-kébir pour mettre fin à cette scène turbulente et à ces témoignages de joie qui faisaient redoubler de pleurs la pauvre Louise.

A cette voix, toutes les femmes retournèrent, qui à son tapis, qui à sa natte, pour reprendre le narguilé, dont elles s'efforcèrent de rallumer le tabac odorant.

Quelques esclaves noires s'empressèrent de jeter des larmes d'encens dans les cassolettes d'argent, et la salle, un moment débarrassée de ses blancs nuages de fumée et de ses parfums, grâce à l'aération du dôme par lequel s'engouffrait le vent frais et bienfaisant de la nuit, reprit son léger voile et ses senteurs de myrrhe et de benjoin.

— Approchez, belle, approchez! dit l'épouse de Mourad-bey d'une voix douce et avec une inflexion caressante.

Deux esclaves prirent Louise par la main et la menèrent auprès de la cetti-kébir.

— Au nom de Dieu, madame, qu'avez-vous, et pourquoi pleurez-vous ainsi? demanda Eh-Nehfiz.

A travers un torrent de larmes, et tandis que la caressait la compatissante Eh-Nehfiz, la jeune Française raconta sa cruelle aventure à la dame.

— Pauvre enfant! dit celle-ci, je comprends votre douleur.

— Mon père... mon frère!

— Ils vous seront rendus.

— Il serait vrai ?

— Je vous le promets. Quant à vous...

— Moi, madame, moi !... On m'a raconté tant d'odieuses choses du bey Mourad...

Eh-Nehfiz soupira d'abord, puis se mit à sourire.

— C'est que ceux qui en ont été victimes, reprit-elle, ne se sont pas adressés à moi.

— On dit que les pauvres filles qu'il fait entrer dans son harem... Ah ! madame, il m'a déclaré que je serais sa femme, sa sultane...

— Sa femme ! Et quand cela serait, ne regarderiez-vous pas comme un honneur d'être au nombre des femmes du seigneur Mourad, le glorieux bey des Mamelouks, *l'émir-el-Hadji*, le prince des caravanes ? Le *Kitab-Allah*, le Livre de Dieu, permet aux croyants quatre femmes, et la place de cetti Enchéa, retournée au sein de Dieu il y a quinze lunes, est vide dans son harem...

— Mais vous, madame, vous n'en seriez pas jalouse ?

— Jalouse ! Pourquoi ? Le *Tanzil*, le Livre descendu du ciel, le veut ainsi...

— Lors même qu'il ferait de moi, comme il l'a dit, sa sultane favorite ?

A cette question, la cetti-kébir ne répondit que par un sourire qui découvrit ses dents de nacre. Elle était trop sûre de l'amour que lui portait Mourad et de l'ascendant qu'elle exerçait sur lui, pour qu'elle eût à redouter une rivale de son rang et de sa haute position.

En ce moment, le chef des eunuques noirs souleva la portière de soie de Damas qui communiquait avec l'entrée du harem, et, les bras croisés sur la poitrine, s'inclina devant le bey Mourad, qui entra sans prononcer une parole, et marcha droit vers Eh-Nehfiz.

Quoique le bey se fût avancé avec l'air grave et impassible que prennent les Orientaux quand ils pénètrent dans leur harem, air qui convient au maître de tant de femmes soumises à sa volonté, cependant la colère animait ses traits.

La mousseline blanche qui entourait son kaouk de drap jaune contrastait avec son visage bruni, coupé d'une cicatrice, avec ses larges sourcils et ses yeux noirs, d'où jaillissaient des éclairs. Ses lèvres frémissaient, et de sa main droite il caressait fiévreusement la riche poignée du cimeterre dont son bras, d'une force herculéenne, se servait d'ordinaire avec une rare adresse.

— Que Dieu t'accorde de longs jours, cetti Eh-Nehfiz! dit-il à sa femme, en s'arrêtant devant elle.

— Et que son esprit t'éclaire, ô Mourad! Que veux-tu à ton esclave?

Même la femme légitime du musulman se donne cette appellation en parlant à son époux.

— Où est cette Françaoni? demanda le bey.

Pleine de terreur, la jeune fille avait caché sa tête dans les flots de gaze qui recouvraient le sein de la cetti-kébir et flottaient sur sa veste de brocart et sur son large pantalon de satin. Le bey l'avait bien reconnue, mais la voyant déjà si bien dans l'intimité de sa femme, il avait froncé ses épais sourcils.

— Que mon seigneur et maître, répondit Eh-Nehfiz, veuille ordonner à ses esclaves de se retirer, et m'accorder un moment d'audience!

Mourad-bey frappa du pied sur le pavé de mosaïque de la salle et porta la main à sa moustache, qu'il tortilla entre ses doigts. C'était le seul signe de mauvaise humeur qu'il se permît quelquefois devant son épouse favorite.

Puis il fit un geste, et toutes les femmes disparurent par les portières du divan, comme une volée d'oiseaux effarouchés.

— Seigneur, reprit la cetti-kébir, quand elle se vit seule avec la jeune Française et le bey, seigneur, la colère vous aveugle encore et vous fait commettre des iniquités.

— L'Égypte est à Mourad-bey, répliqua le prince des Caravanes avec un geste orgueilleux, comme jadis elle appartenait à nos sultans mamelouks. C'est bien assez que je laisse à Ibrahim prendre une part de mon autorité... Et aujourd'hui une armée française ose venir me disputer mon empire !

— Est-ce une raison, ô puissant bey, pour que vous vous livriez à des actes de violence contre des innocents ?

— Cette femme sera mon esclave.

— Vous êtes le maître. Mais depuis quand le marché des Gellabs n'offre-t-il pas à vos yeux d'assez nombreuses et d'assez belles esclaves ? Depuis quand l'Égypte et la Syrie ne renferment-elles plus de beautés assez parfaites pour être dignes d'entrer dans votre harem ? Pourquoi, seigneur, violer l'hospitalité que votre puissance accordait à ces paisibles marchands francs ?

— Ils ont appelé l'armée ennemie.

— Souvenez-vous, ô maître du Nil, que maintes fois je vous ai prédit ce qui arrive en ce jour. Ce sont vos avanies, vos injustices envers les Francs et leur consul qui ont attiré cet orage sur vous... Que de fois votre humble esclave, qui vous aime, seigneur! ne vous a-t-elle pas dit : O bey! soyez juste, n'imitez pas Ibrahim, qui ne songe qu'à amasser des richesses. N'êtes-vous pas tout-puissant et vénéré ? Que vous faut-il de plus ? Pourquoi molester les chrétiens? Ce sont des infidèles, c'est vrai, mais des enfants d'Adam comme vous.

Comme toujours, à la voix de sa bien-aimée épouse, le fougueux Mourad sentait ses fureurs se calmer.

— Cependant, dit-il, on annonce que la flotte française s'avance vers le rivage de l'Égypte. J'attends mes coureurs d'un moment à l'autre... Et tandis que les ennemis se disposent à envahir le pays du Nil, puis-je laisser les leurs tranquilles dans Masr?

— Pourquoi pas? Sont-ils coupables? Qui le prouve? La colère seule vous fait agir. Que dit le livre du Prophète? « A ceux qui savent maîtriser leur colère et qui pardonnent aux hommes *qui les offensent* est destiné le paradis. Certes, Dieu aime ceux qui agissent avec bonté. »

Mais la douce et vénérée voix d'Eh-Nehfiz produisait sur Mourad plus d'effet que tous les versets du Koran.

— Vos paroles, ô femme! dit-il entièrement calmé, sont comme le miel des abeilles du Saïd; votre bouche est comme une source d'eau vive qui rafraîchit le pèlerin dans le désert... Que cette chrétienne retourne dans sa maison!

— Et les siens?

Le bey frappa dans ses mains trois coups. L'eunuque montra sa tête noire à la portière.

— Que mon fidèle Osman-Bardissi m'attende au divan du selamlik! ordonna-t-il. Qu'on rappelle aussi le Vénitien Rosetti, qui me conseillait tout à l'heure d'épargner les Français, que je voulais faire décapiter demain.

Osman-Bardissi était l'officier de prédilection du bey. Carolo Rosetti, ancien consul de la République de Venise, avait de grandes relations d'affaires et d'intérêt avec Mourad.

— Seigneur! vous êtes grand et juste, reprit la cetti-kébir. Sera-t-il permis encore cette fois, à votre esclave, de transmettre à l'aga Osman vos paroles de miséricorde ?

— De la loge grillée de mon divan ? Que votre volonté soit faite, ô cetti! Vous assisterez, du reste, si vous le voulez bien, à la *fantaisie* que je donne ce soir à mes officiers.

— Je le veux bien. La cetti franque m'accompagnera, et demain matin je la renverrai à son *hârat* (quartier).

Le bey Mourad prit congé de son épouse et se retira gravement comme il était venu, mais plus calme et disposé à la clémence.

Aussitôt après son départ, Eh-Nehfiz frappa dans ses mains, et comme un essaim d'abeilles rentrant dans la ruche, cettis et esclaves arrivèrent en bourdonnant.

Le repas du soir fut ordonné et commença immédiatement. Quelque intéressants que puissent être les détails d'un repas oriental, nous nous réservons de les décrire dans une circonstance ultérieure, ne voulant pas interrompre notre récit en ce moment.

Comme Eh-Nehfiz avait hâte de se rendre à la soirée du bey, le repas fut du reste court, et l'on ne prit pas le bain, que les femmes de l'Orient, contrairement aux règles de notre hygiène européenne, ont l'habitude de prendre immédiatement après leur repas.

Dans tous les grands divans de réception des beys ou des cheiks du Kaire, se trouvent des espèces de soupentes ou plutôt de vastes loges grillées, élevées de dix ou douze pieds au-dessus du sol de l'appartement. Ces loges ne reçoivent de jour que celui qui, du grand divan, peut pénétrer dans l'intérieur à travers les étroits losanges des grilles par lesquelles ces loges sont complètement closes.

C'est là que les dames ont quelquefois la permission de venir jouir des *fantaisies* données par leur mari à ses nombreux amis dans le *selamlik* ou appartement de l'époux.

Placées derrière cet étroit treillage, elles voient tout ce qui se passe dans le divan, sans que les conviés aient l'air de se douter de leur présence, si tel est le désir du maître.

La force de l'usage est telle chez les organisations musulmanes, que, jeune ou vieux, aucun convive ne se retourne du côté de la retraite mystérieuse. On se fût montré incivil, *impertinent même envers le maître*, si on eût cherché à voir les dames de la maison.

Aussi, quand Eh-Nebfiz, Louise Rivolet et une demi-douzaine de cettis du harem prirent place dans la loge, pas un regard ne se dirigea de leur côté, malgré le bruit et le caquetage féminin dont fut accompagnée leur arrivée.

La fantaisie était déjà en bon train. Des chanteurs, des joueurs de flûte et de violon remplissaient la salle de leurs sons discordants, et au milieu de la pièce les almées se livraient à tous les mouvements de bras et de reins qui caractérisent leur danse étrange.

Sur des tapis avaient pris place à l'orientale les agas et les kichjas de la maison militaire de Mourad ; sur le divan circulaire s'étaient assis les boys, les cheiks invités et aussi quelques mollahs (juges) et chaikrs (docteurs ou savants).

Des esclaves circulaient avec des plateaux de confitures et de friandises ; d'autres versaient le moka dans les *fine djané*, très petites tasses turques, où les convives le humaient lentement, tout en savourant leurs pipes de *djebéle*, qui est le meilleur tabac récolté sur une des montagnes de la Syrie.

Les carafons d'eau-de-vie et de liqueurs circulaient dans la salle. Vingt petits verres d'eau-de-vie dans une soirée de *fantaisie* n'ont rien d'effrayant pour un musulman.

On échappe ainsi par un faux-fuyant aux prescriptions du Koran. Mahomet a bien défendu le vin, mais il a passé sous silence l'alcool et les boissons distillées.

En face de Mourad-bey est accroupi Ibrahim-bey, et entre eux, sur le divan, est étendu l'échiquier du pays, c'est-à-dire un linge blanc auquel sont cousus des carrés de drap de couleur différente. Le Vénitien Carolo Rosetti est assis sur un tapis et suit avec intérêt la partie des beys qui jouent, comme on sait, Zaïra, la belle esclave servienne enlevée à l'orfèvre Hassan-Hadji. Rosetti est habillé à l'orientale ; seulement, au lieu du *kaouk* ou du *sasch* arabe, il porte le *kalpak*, qui est la coiffure ordinaire des Cophtes ou des chrétiens : c'est un bonnet de drap doublé de coton et bordé en bas d'une pelisse de peau d'agneau.

Derrière le maître de la maison se tient un singulier personnage, qui se livre à toutes sortes de contorsions, bavarde sans cesse et par moments se permet des tours d'espièglerie qui ne font même pas froncer le sourcil à Mourad, tant celui-ci y paraît habitué.

Cet homme, vêtu d'une longue robe de peau de mouton avec une ceinture rouge, couvert d'un énorme bonnet de même nature orné de plumes de toutes couleurs, et porteur de toute sa barbe n'est autre qu'un fou de profession, le bouffon du bey Mourad.

Tous les hommes en place et les riches du Kaire ont leur bouffon, si fort en vogue aussi en Europe pendant le moyen âge.

On venait de servir le *pilau*, l'inévitable pilau, ce mets oriental par excellence. C'est un énorme plat de riz cuit à l'eau, arrosé de beurre fondu.

Tandis que Mourad mangeait avec son ami Ibrahim, le bouffon, qui n'osait toucher à ce mets favori avant que les beys eussent fini, s'amusait en attendant à tenir au-dessus du plat des morceaux de pain, qu'il avalait après qu'ils étaient imprégnés de la fumée du riz, pour faire remarquer l'envie qu'il avait d'en obtenir les restes.

Quand Mourad-bey eut terminé, il affecta la colère, et dit au fou :

— Tu viens de me voler, coquin de Giafar, le fumet de mon plat. Tu me le paieras. Ce pilau valait une piastre : tu m'en donneras quatre.

— Rien n'est plus juste, répliqua Giafar sans se déconcerter : je vais te payer sur-le-champ ce que je t'ai pris.

Il tira alors de sa bourse une piastre forte, qu'il posa sur le bout de son doigt, en la faisant résonner à l'oreille de son maître. Celui-ci ne sachant à quoi cela devait aboutir, demanda enfin d'un ton d'impatience :

— Eh bien ! vas-tu me payer ?

— Hé ! ne l'es-tu pas ? répondit Giafar. Le son de ce métal vaut bien la fumée de ton riz.

Les deux beys se mirent à rire et continuèrent leur partie d'échecs pour la possession de la belle Zaïra.

La partie, du reste, commençait à être fort intéressante, et le roi d'Ibrahim se trouvait dans une position des plus critiques.

Mais l'adroit joueur, par une manœuvre des plus habiles, *roqua*, c'est-à-dire qu'il fit marcher son *rokh* (chameau), qui remplace chez les Arabes notre *tour*, et se tira un instant de cette situation périlleuse.

Mourad pressa plus vivement encore son adversaire,

mais ne put réussir à faire *math* (qui signifie *tuer* en arabe) le roi d'Ibrahim.

— *Pat!* s'écrièrent-ils enfin tous les deux à la fois.

Le roi d'Ibrahim était entouré de telle façon par les ennemis, qu'il ne pouvait plus se remuer sans se mettre de lui-même en échec.

La partie était nulle.

— A moi l'esclave! fit le bouffon Giafar.

— A toi! Par Mahomet! tu es un fou bien nommé, s'écria Mourad.

— Hé! sans doute; puisque les sages n'ont pu se mettre d'accord, c'est bien au fou qu'appartient l'objet en litige.

— Tu ne pourrais ni la doter comme femme, ainsi que le commande Mahomet, — *que Dieu lui soit propice et le conserve* (1), ni la nourrir comme esclave.

Mourad se tourna vers Ibrahim.

— Par Allah! dit-il, je veux être généreux. Ibrahim, je te cède ma part.

L'œil d'Ibrahim brilla de convoitise, et il répondit :

— Tu es grand, ô Mourad! grand comme le lion du désert.

— Je te la cède, Ibrahim, mais à une condition.

— Laquelle?

— C'est que tu la garderas dans ton harem et que tu ne la vendras pas.

Cela ne faisait nullement l'affaire d'Ibrahim, qui, étant d'un caractère avare, ne tenait nullement à conserver les esclaves qu'il s'appropriait, mais qui voulait en tirer le plus de profit possible. Néanmoins, il remercia avec emphase celui qui partageait avec lui le pouvoir en Égypte.

(1) Phrase dont le musulman accompagne toujours le nom du Prophète.

3.

— O le plus digne des *Emirs-el-Hadji!* s'écria-t-il, tu es vraiment le grand prince des pèlerins et des caravanes. Les richesses que tu acquiers, tu les méprises.

— Comme toi tu es le *Scheik-el-Beled*, le prince du pays, répondit Mourad en caressant sa moustache. Tu préfères les entasser dans tes coffres-forts.

En effet, ces deux hommes, quoique bien différents l'un de l'autre, avaient fait entre eux un pacte de rapine. Maîtres de l'Égypte depuis le Delta jusqu'à la grande cataracte, ils se gorgeaient d'or tous les deux : Ibrahim par des exactions basses et honteuses, Mourad par des expéditions au grand jour, des violences publiques.

Mais chacun d'eux employait son or suivant son caractère : Ibrahim l'entassait dans ses coffres, Mourad le jetait à poignée à ses Mamelouks, couvrait ses femmes de bijoux, ses chevaux de broderies, ses armes de diamants.

D'un caractère opposé, ils étaient souvent en guerre entre eux; mais la querelle n'était jamais longue. Ils revenaient bientôt à leurs intérêts véritables, et se réunissaient au moindre danger pour faire face à l'ennemi commun.

Or, les Français menaçaient l'Égypte : il fallait se faire des concessions et réunir ses forces.

Les chanteurs et les joueurs d'instruments venaient d'interrompre leur étourdissante harmonie.

Alors une voix douce et pure se fit entendre. Elle partait de la loge grillée.

— Aga Osman ! appela cette voix.

Un grand silence se fit, et chacun demeura immobile. On avait reconnu la voix de la cetti-kébir du harem de Mourad-bey, de la Géorgienne Eh-Nehfiz.

Pas une tête ne se retourna, pas un œil ne prit la direc-

tion du réduit mystérieux. L'officier même auquel s'adressait la voix ne regarda pas de ce côté. Il se contenta de
croiser les bras sur sa poitrine d'un air respectueux.

— Aga Osman Bardissi ! répéta la voix, tu vas te rendre
à El-Kalâh, la citadelle, où l'on vient de conduire les
marchands francs. « Au nom de Dieu clément et miséricordieux; » au nom de celui qui a dit dans son livre descendu du ciel : « Dieu vous promet son pardon et ses
bienfaits, si vous êtes généreux; » au nom du seigneur
Mourad, l'Émir-el-Hadji, — puisse Allah l'éclairer toujours et lui faire aimer la justice ! — porte à ces Naza-
réens la parole de paix, fais-les mettre en liberté et
dis-leur qu'ils bénissent Mourad-bey, le puissant, le
miséricordieux, le juste. Va ! j'ai dit.

Osman-aga s'inclina, toujours sans mot dire, sortit à
reculons, fit monter à cheval son escorte de Mamelouks
et galopa vers El-Kalâh.

Aussitôt après sa sortie du divan, les esclaves s'étaient
remis à circuler. Des chibouks la fumée odoriférante
remontait au plafond; l'eau-de-vie, les liqueurs, les friandises disparaissaient des plateaux dorés, et les musiciens
préludaient à de nouvelles cacophonies.

Tout à coup, l'officier mamelouk de garde se présenta
et s'avança vers un aga, qui, à son tour, alla parler bas à
Mourad.

— Qu'on fasse entrer le coureur ! dit vivement le bey.

Deux minutes après, on introduisit un Arabe enveloppé
dans sa couverture de laine, la tête ceinte du *keffié*, avec
une corde de poils de chameau faisant le tour, en guise
de turban, et la lance *mezrach* à la main.

On le mena devant le bey, auquel il adressa d'abord le
salut oriental, en se prosternant jusqu'à terre.

Chacun se tint immobile. Un silence solennel régna

dans le vaste divan. On n'entendait bourdonner que les variétés de mouches aux reflets éclatants.

L'Arabe commença en ces termes pompeux :

— Que Dieu protège tes jours, ô puissant bey, dont la domination s'étend de l'Orient à l'Occident et de la grande mer aux cataractes de la Nubie ! Qu'il fasse durer sur nous ton autorité ! Qu'il te dirige toujours dans le sentier droit ! Qu'il te donne la victoire !

— Quelle nouvelle apportes-tu ? demanda Mourad.

— La vérité sera sur mes lèvres.

— Parle donc !

— Mais que ta colère ne m'accable point, si ce que j'ai à t'annoncer te déplaît. Allah éprouve les serviteurs qu'il aime.

— Parleras-tu ?

L'impatient Mourad, pressentant de fâcheuses nouvelles sortait de sa gravité et fronçait les sourcils.

— Et surtout ne me cache rien, ajouta-t-il.

— Tu es mon seigneur et maître ! Que les génies de feu de la Géhenne me dessèchent la langue et brûlent mon *béith* (tente), si je cherche à te tromper !

— Je t'écoute.

— Les Francs ont débarqué hier au Marabout, devant *Iskanderich*, qu'ils nomment Alexandrie. Leurs vaisseaux couvraient la mer...

— Où donc était la flotte des Anglais ?

— Partie... Bientôt la plage retentit des cris des infidèles. Quelques-uns de nos cavaliers du désert attaquèrent leur flanc et firent mordre la poussière à nombre de ces ennemis maudits du Prophète.

— Gloire à Dieu ! ils périront tous.

— Mais nos cavaliers n'étaient qu'une poignée à côté

de cette armée innombrable, qui se porta aussitôt contre la ville des Arabes.

— Dont les murs les arrêtèrent !... Sidi Mohammed-el-Coraïm, le Turc qui y commande, m'est dévoué ; il est brave...

— Tous les habitants de la ville étaient sur les remparts et les tours ; femmes et enfants criaient, en excitant leurs maris et leurs pères au combat contre ces chiens. Le canon gronda...

— Ah ! les mécréants durent s'enfuir, comme jadis Djalout (Goliath) et les siens devant le saint roi David.

— Un de leurs pachas, grand et fort comme Djalout lui-même, fut renversé au pied des murailles, blessé à mort...

— Son nom !

— Kléber.

— Continue... Le reste fut dispersé, n'est-ce pas ?

— Les infidèles enfoncèrent les portes et s'emparèrent de la ville... Tu as perdu le plus beau joyau du Delta, ô bey ! Iskanderich appartient aux Francs.

A cette nouvelle inattendue, Mourad-bey bondit du divan comme un lion, en tirant son sabre.

IV

OU UN COPHTE DONNE DES NOUVELLES DE LA BELLE SERVIENNE

— A cheval ! s'écria d'une voix tonnante le fougueux Mourad-bey. A cheval, tous les Mamelouks !... Hussein-aga ! où es-tu ?

— Ton serviteur attend tes ordres, répondit l'aga en s'avançant.

— Fais courir à toutes les mosquées : que les muezzins annoncent partout, du haut des minarets, l'arrivée des infidèles et l'ordre de prendre les armes !... Ali bek ! ton coursier est-il prêt ?

— Il hennit d'impatience, ô bey !

— Cours réunir les fidèles. Parmi eux choisis les meilleurs cavaliers... Qu'ils partent comme une flèche et volent le long du Nil !... Au Fayoum, au Saïd (1), au désert, qu'ils portent mes ordres !... Que mollahs, imans, scheiks prêchent partout la guerre sainte !... Mamelouks, janissaires, bédouins, fellahs : que chacun soit debout !

(1) Fayoum, ou Moyenne-Égypte ; Saïd, ou Haute-Égypte, Thébaïde.

Que toute l'Égypte se lève, depuis le désert de Libye jusqu'au désert de l'Arabie, depuis le Delta jusqu'aux cataractes de la Nubie ! Et que la vallée sainte du Nil devienne le tombeau des Français !

Les officiers se hâtèrent d'exécuter les ordres du tout-puissant Mourad.

Celui-ci se retourna vers Ibrahim. Il le vit assis à la même place, pâle, consterné.

— Et toi, Ibrahim ! à quoi songes-tu ?... A tes trésors ? Crois-tu que les Francs te les laisseront, s'ils viennent jusqu'à El Kahira et à ta *ferme* près de l'île de Roudah ? Certes non. Lève-toi donc, tire le cimeterre comme moi, appelle tes Mamelouks... Sois homme, et montre-toi un digne guerrier du Prophète !

La crainte de voir arriver les Français pour lui enlever ses trésors aiguillonna plus, à coup sûr, l'indolent et poltron Ibrahim que le désir de se montrer soldat de Mahomet. S'il n'eut pas honte de son premier mouvement de terreur, du moins chercha-t-il à le faire oublier.

A son tour il descendit du divan et donna des ordres à ses officiers.

Il est temps que nous disions un peu ce qu'étaient ces Mamelouks, maîtres de l'Égypte.

Mamelouk vient du mot arabe *Memalik*, qui signifie *esclave*. Et, de fait, à l'origine, tous les Mamelouks étaient des esclaves.

En 1230, un descendant de Saladin, du Saladin qui guerroyait contre les croisés, le sultan ayoubite Melek-el-Kadel, imagina de s'entourer d'une espèce de garde prétorienne, pour affermir sa domination et sa dynastie.

A cet effet, il acheta des Mongols 12,000 jeunes esclaves, pour la plupart chrétiens asiatiques, c'est-à-dire

Circassiens, Mingréliens, Abases et autres, enlevés de leur pays par ces barbares venus du nord-est de l'Asie. Il les fit élever et discipliner, pour leur confier la garde de sa personne.

Mais il arriva à ce sultan ce qui arrive ordinairement aux despotes qui, au lieu de chercher à fonder leur autorité sur l'amour et le bonheur de leurs sujets, n'espèrent se soutenir qu'à l'aide de la force brutale et de soldats mercenaires.

Ces étranges gardes-du-corps, recrutés et entretenus sans cesse par le moyen de nouveaux achats d'esclaves, se tournèrent contre la dynastie même du sultan.

En moins de vingt ans, ces esclaves acquirent assez de force et de puissance pour que la pensée leur vînt de s'emparer du trône.

D'abord, ils firent épouser à leur général la veuve du sultan Malek-Saleh. Mais cela ne suffisait pas à l'ambition turbulente de la jeune milice. Elle voulut être maîtresse absolue et nommer directement le sultan, en le tirant de son propre sein.

Le moyen qu'elle employa lui parut des plus simples.

Les Mamelouks commencèrent par massacrer Moatham, le fils de l'ancien sultan, qui revenait dans El-Kahira, la capitale, après avoir fait prisonnier saint Louis à Minich.

Puis ils tuèrent leur ancien général, et enfin immolèrent son fils, issu du mariage avec Shagraldar, la sultane, et étranglèrent la sultane elle-même.

On voit que les Mamelouks n'y allaient pas de main morte. Les choses, du reste, ne se passent guère autrement en Orient, où fleurit le despotisme pur.

Ils mirent alors sur le trône d'Égypte Noureddin-Ali, un des leurs, et inaugurèrent ainsi la ligne des Mamelouks Baharites ou marins, qui presque tous moururent de mort violente.

Après la ligne des Mamelouks Baharites vint, en 1382, celle des Mamelouks Bordjites ou Circassiens, dont l'histoire ne fut pas moins sanglante jusqu'en 1517, où le sultan ottoman Sélim Ier soumit l'Égypte à son empire.

Seulement les sultans de Constantinople eurent le tort de laisser subsister la turbulente milice, croyant s'en faire un instrument.

Les pachas turcs chargés de gouverner l'Égypte depuis Sélim Ier virent peu à peu leur autorité restreinte sous les efforts des Mamelouks, passés à l'état d'aristocratie. Pendant les quarante dernières années surtout, ils n'avaient plus eu qu'une ombre de pouvoir.

Composée, dans l'origine, des débris de l'ancienne forme de gouvernement, l'aristocratie des Mamelouks avait pris un accroissement considérable. Vingt-quatre beys (ce mot, dans la langue arabe, équivaut à celui de prince) devaient, d'après les statuts de Sélim, former, auprès du pacha d'Égypte, un grand conseil d'administration, chargé de la perception des tributs et du maintien de la police dans les diverses provinces qui composent le royaume.

Les Mamelouks étaient toujours des esclaves d'origine, achetés en Asie, en Afrique et même en Europe par les beys, dans la maison desquels ils étaient élevés, et auxquels ils succédaient ensuite, en passant par une certaine filière hiérarchique, au moyen de la faveur ou grâce à quelque action d'éclat.

Les pachas envoyés en Égypte par les sultans de Stamboul n'avaient ainsi, depuis bien longtemps, qu'une autorité illusoire, et le pays était de fait administré et gouverné par les beys et la milice nombreuse qui composait la maison de chacun d'eux, dans une proportion souvent inégale, ce qui donnait à quelques-uns de ces chefs une prépondérance marquée sur les autres.

A l'époque de l'arrivée des Français, l'autorité des beys se trouvait concentrée entre les mains de deux de ces derniers, Mourad et Ibrahim.

Mourad, plus puissant encore qu'Ibrahim, pouvait être considéré comme le chef du gouvernement égyptien, ayant dans ses attributions spéciales la direction des affaires militaires. Ibrahim s'était réservé une partie de l'administration, ce qui allait parfaitement à ses instincts rapaces.

Les Mamelouks qui formaient les maisons de ces deux beys étaient plus nombreux que ceux de tous les autres beys réunis.

Après ces explications, qui étaient nécessaires pour l'intelligence des événements qui vont suivre, retournons au divan de Mourad-bey.

En voyant Ibrahim prendre enfin une résolution, Mourad s'écria :

— A la bonne heure ! Dieu est avec nous, et ces infidèles seront anéantis. « Tuez-les, a dit le Prophète, partout où vous les trouverez; faites-les prisonniers ; assiégez-les, et guettez-les à toute embuscade... Ce sont eux qui ont été les agresseurs. Dieu les châtiera par vos mains et les couvrira d'opprobre. »

Après avoir ainsi enflammé le cœur de ses musulmans, le bey se frappa le front et reprit avec colère :

— Où sont-ils, ces traîtres Francs qui ont excité les leurs contre les croyants ? Où sont-ils, ces infidèles destinés au feu flamboyant de la Géhenne?... Que dit le Koran ? « Que leurs deux mains (leurs biens) périssent, et qu'ils périssent eux-mêmes ! » Leurs richesses et leurs œuvres ne leur serviront de rien... Abderachman, mon fils, monte à cheval et cours à la citadelle...

— Seigneur, les flancs de mon coursier saigneront sous l'éperon, répondit l'officier mamelouk.

— Je contremande les ordres donnés à Osman-Bardissi. Qu'on retienne les marchands français, que pas un n'échappe !

On entendit aussitôt un cri de femme; mais aucun des assistants ne tourna encore la tête vers la loge grillée d'où ce cri était parti.

Les oreilles de Mourad furent, en outre, frappées du bruit d'un soupir et de quelques baisers, donnés sans doute pour consoler celle qui avait poussé ce cri de douleur. Mais, tout entier à sa fureur, le bey ne fit cette fois aucune attention au soupir de son épouse Eh-Nehfiz.

Il congédia d'un geste Abderachman, qui quitta la salle aussitôt.

— A cheval ! reprit Mourad, parcourons tout Masr, et que tout Masr se prépare au combat !

Quelques minutes après, Mourad et Ibrahim sortaient du palais, avec leur nombreuse et brillante escorte.

Ils étaient précédés par une double rangée de *kahouas* ou bâtonniers qui, frappant la terre avec de longs et gros bâtons, criaient en arabe :

— Voilà les seigneurs beys ! musulmans, prosternez-vous.

D'autres, pour éclairer la marche, portaient au bout d'un bâton un réchaud plein de bois résineux allumé, ou un cercle de palmier auquel était suspendue une multitude de petite lampes de couleur.

Les passants se rangeaient pour laisser la voie libre ; à ceux qui étaient montés sur des mulets ou sur des ânes, les kahouas, criaient :

— *Ensil*, descends !

Et tous s'inclinaient et croisaient les mains sur la poitrine.

On parcourut ainsi les cinquante-trois *hârats* ou quartiers du Kaire, pour annoncer la guerre sainte, et pour s'assurer si les muezzins, du haut de leurs balcons, appelaient bien le peuple aux armes.

Mais rejoignons Abderachman, le Mamelouk envoyé à El-Kâlah, pour y transmettre l'ordre par lequel Mourad bey révoquait l'acte de clémence que la noble Géorgienne avait chargé Osman-aga de signifier à la citadelle. Gravissons, avant le Mamelouk, la rampe du Mokattam qu'il va prendre et qui aboutit à la porte des Arabes.

Les négociants français, au nombre de vingt, avec leurs familles, étaient déjà tirés de la prison où on les avait enfermés. Ils se trouvaient réunis devant la caserne des janissaires, derrière l'enceinte El-Azab.

L'aga Osman-Bardissi venait de leur annoncer la clémence du bey et de leur répéter les propres paroles de la Géorgienne au *cœur d'or*. Le janissaire Ahmed se tenait à ses côtés avec un soldat porteur d'une torche de bois résineux et un effendi qui avait un registre d'écrou à la main.

Devant la porte même de la caserne, stationnaient les janissaires de garde.

Du groupe des négociants étaient sortis trois hommes, dont l'un, s'approchant d'un vieux milicien à barbe grise, l'avait salué en ces termes :

— Allah te protège !

— Louanges à Dieu ! répondit le janissaire. Que me veux-tu, ô Nazaréen ?

— Tu te trompes, Abdoul-Mousa ! Je suis un vrai croyant.

— Tu sais mon nom?

— L'Albanie ne te donna-t-elle pas le jour?

— C'est le pays de mon enfance.

— Et tu fis la guerre en Servie, où un jour, près de Semlin, atteint d'une balle à la jambe, tu allais être massacré par l'ennemi...

— Un de nos officiers défendit Abdoul-Mousa, et, le jetant sur son épaule, l'emporta de la mêlée. Abdoul-Mousa lui doit la vie.

— Cet officier s'appelait Omar.

— Que Dieu prolonge ses jours ! Pourrais-tu me dire où il est?

— Ne le reconnais-tu pas, Mousa ?

L'Albanais saisit son interlocuteur par le bras et l'entraîna rapidement vers une niche dans la muraille, où était une lampe en guise de réverbère. A peine l'eut-il examiné un instant, qu'il s'écria :

— Allah est grand ! Tu es Omar... Parle, commande : Abdoul-Mousa est ton esclave.

— Tu peux me rendre un grand service.

— Ma vie t'appartient.

— Dieu me garde de l'exposer !

— Parle ! Qu'exiges-tu de moi? Les enfants de l'Albanie sont nés pour les entreprises, les hasards de la vie et du combat. Un *palikari* qui s'est fait un ami ne se sacrifie plus pour de l'or, mais il se dévoue...

— Je le sais.

— M'envoies-tu à Belgrade, enlever une esclave ?... ou à Stamboul même, parler au vizir?... Faut-il courir à Damas la Magnifique, où tu me quittas pour retourner en Europe? Faut-il y passer encore des jours et des nuits dans le *Chan-Verdi*, le café aux rosiers, et guetter là, sortant de la maison de marbre en face, l'esclave indienne, porteuse des lettres de la blanche Circassienne, l'incomparable Adigué, dont le chant est aussi doux que le ramage de l'alouette *sirli*, et qui te charmait tant à ton retour du pèlerinage de la Mecque, pèlerinage qui me procura la joie de te revoir...

Omar qui, depuis quelques instants, paraissait souffrir d'une douleur poignante, ne put résister à l'évocation de ce dernier souvenir. Saisissant le bras du palikari, il lui dit avec un tremblement dans la voix :

— Tais-toi ! tais-toi, Abdoul-Mousa ! ne ravive pas en moi des tourments qui depuis quelques années se sont calmés... Ne me rappelle pas la perte cruelle, la disparition soudaine de la maison de marbre de celle que mes yeux ont en secret tant pleurée... Où l'a-t-on conduite ? A qui l'a-t-on vendue ? Où gémit-elle, loin d'Omar, qu'elle aimait ?

— Que désire alors Omar que fasse son esclave ?

— Tu viens d'entendre l'aga des Mamelouks ? Il nous rend la liberté, à moi et à ces Francs, parmi lesquels je me trouvais, et dont deux sont mes amis.

— Les amis d'Omar sont ceux d'Abdoul-Mousa.

— Il se passera bien une demi-heure avant que les formalités soient finies... Deux motifs graves et pressants me font désirer de quitter au plus vite la citadelle avec ces deux amis. Le premier, c'est que je ne voudrais pas être reconnu par ton aga Ahmed...

— S'il t'a vu à la lumière du soleil, le Syrien t'a reconnu.

— Je ne pense pas. Il m'a vu arriver avec les Francs prisonniers, enlevés de leur bârat ; mais son regard n'a rien témoigné. Il est vrai que je me dérobais à sa vue du mieux que je pouvais, d'autant plus qu'il causait avec le Cophte Ishâk, avec lequel je suis en rapport.

— Cet Ishâk trahirait son propre frère, pour gagner quelques piastres.

— Tu le penses? Tu pourrais bien avoir raison', Mousa... Le second motif pour lequel je voudrais, avec mes amis, quitter la citadelle sans tarder, est encore plus pressant. Mais à quoi bon te dire...

— Si c'est un secret, Abdoul-Mousa ne cherche pas à le connaître.

— Qu'il te suffise de savoir qu'il faut que nous retrouvions dans Masr les traces d'une femme.

— Si elle est parfaite comme les quatre femmes pieuses dont parle le Prophète, elle mérite que vous la recherchiez.

— Peux-tu nous faire sortir d'El Kâlah?

— C'est difficile, mais c'est possible.

— Comment ferais-tu?

— Je ne vois qu'un moyen : ce serait de nous couvrir de manteaux de janissaires.

— Peux-tu nous en procurer trois tout de suite?

— Je vais essayer, dit le janissaire.

Abdoul-Mousa pénétra dans la caserne, tandis que le capitaine Omar rejoignait le lieutenant Rivolet et son père, auxquels il fit part de l'heureuse rencontre qu'il venait de faire. Il ajouta :

— Nous allons pouvoir sortir de la citadelle, redescendre promptement au Kaire et nous mettre immédiatement à la recherche de mademoiselle Louise.

— Ma pauvre enfant! dit le négociant. En quelles mains est-elle tombée!

— Nous saurons où on l'a conduite, et si Dieu m'assiste, nous la reprendrons à ces Mamelouks, répliqua Omar.

— Dussé-je y laisser ma vie! fit Charles Rivolet, je délivrerai ma sœur. Le sabre à la main, je me jetterai sur eux.

— La ruse vaut mieux, lieutenant. Vous me laisserez agir.

— Il a raison, le capitaine Omar, dit le père. Ne t'expose pas, Charles.

— Je suis officier des guides et soldat de la République.

— Vous vous devez à elle et à vos parents. Conservez votre brillant courage pour les combats qui vont se livrer sur le sol égyptien... Mais voici mon janissaire qui revient... Dieu nous protège : il a quelque chose de volumineux sous son caftan.

— Mais peut-on se fier à lui?

— Il se ferait tuer pour moi.

Mousa passa devant eux et leur fit signe de le suivre.

Dans une ruelle qui longeait la caserne, il s'arrêta et leur dit :

— Couvrez-vous de ces manteaux, et que le marchand franc prenne ce turban... Voici également des kanjars.

— Donne, fit Omar. Un poignard n'est jamais de trop. Et par où vas-tu nous faire sortir, Abdoul-Mousa ?

— J'ai le mot d'ordre, et nous passerons par la porte des Arabes.

— Mais toi? Que dira-t-on quand on te verra revenir seul?

— Allah est grand !

— Marchons donc !

— Les quatre hommes s'avancèrent lentement, comme une patrouille.

Ils avaient à peine fait quelques pas, que des éclats de voix derrière eux les firent tressaillir.

— Qu'on retienne les marchands francs ! criait cette

voix. Que pas un n'échappe ! Tel est l'ordre du bey Mourad, que Dieu protège !

C'était le Mamelouk Abderachman, qui arrivait avec le
contre-ordre de son maître.

— Hâtons-nous, dit le capitaine Omar.

Des cris, des gémissements, des sanglots répondirent
du sein du groupe des Français et de leurs familles à
cette nouvelle, qui changeait subitement leur joie en désespoir.

— Seigneur Omar, fit le janissaire, je risque' ma tête
maintenant... Mais ce qui est écrit est écrit. Changeons
de route.

— Où allons-nous ?

— C'est par la porte des Arabes qu'est venu le Mamelouk du bey. La prudence veut que nous sortions par
celle des Janissaires.

On prit la direction de cette dernière, en longeant les
ruines de l'ancien palais de Saladin.

Grâce au mot d'ordre qu'avait Abdoul-Mousa, les sentinelles laissèrent passer, et les quatre hommes descendirent librement la rampe.

— Mousa ! dit le capitaine Omar, quand il se vit hors
de tout danger avec ses amis, tu viens de t'acquitter envers moi. Dieu te récompensera.

— Si l'on découvre ce que j'ai fait, on me tranchera la
tête... Mais Mahomet — que Dieu lui soit propice ! —
m'ouvrira la porte du *Firdous* (Paradis), et là, au jardin
des délices, toujours vert, je me baignerai dans la *Kau-
ther*, je boirai dans des aiguières remplies d'un mélange
de *cafour*, les arbres me couvriront de leur ombrage et
le fruit du bananier s'abaissera vers mes lèvres. Je serai
servi par des enfants d'une éternelle jeunesse, beaux
comme des perles défilées ; je serai revêtu de satin vert

1.   4

et de brocart, paré de bracelets d'argent, et des houris vierges aux grands yeux noirs, couchées sur des sièges d'or et de pierreries dans de splendides pavillons, m'inviteront à me reposer à côté d'elles... Qu'Allah vous conduise : j'ai fait ce que je devais.

A ces mots, le musulman croyant reprit le chemin de la citadelle.

— Brave homme! murmura le lieutenant des guides.

— Digne cœur! ajouta son père.

— Mahomet, en qui il a confiance, le protègera, dit à son tour le capitaine Omar. Et maintenant, gagnons la place Ezbekyeh!

La foule, attirée dans les rues par la voix des muezzins appelant à la guerre sainte, était encore plus nombreuse, plus animée qu'à la chute du jour. A la gravité de l'attitude et de la parole avaient succédé, chez les musulmans rassemblés par groupes, des gestes plus démonstratifs, des discours plus accentués, des expressions plus violentes. On entendait partout ces exclamations :

— Chiens d'infidèles!

— Ils osent s'attaquer aux enfants du Prophète!

— Comme Pharaon poursuivant Moïse, ils seront engloutis dans les flots!

— Le Seigneur est fort!

— Les anges combattront pour nous...

— Avec des épées flamboyantes..

— Qui les extermineront!

Et les citations du Koran allaient leur train. Les musulmans s'en servent à tout propros et les appliquent à toutes choses.

Cependant, il y avait aussi passablement de gens qui parlaient à voix plus basse et qui lançaient un regard de colère, presque de haine, sur les Mamelouks et les gens des beys qu'ils voyaient passer.

Et ceux-là, ce n'étaient ni des Grecs, ni des Juifs, ni des Cophtes. C'étaient de bons musulmans comme les autres. Seulement, ils étaient en nombre réduit.

Nos Français ne pouvaient guère entendre ce qu'ils disaient. On se taisait à leur approche, car on les prenait pour de vrais janissaires, dont ils avaient les manteaux.

Toutefois, Omar, avisant dans un groupe, à la porte d'un bazar sur la place Karameydan, une de ses connaissances de la boutique du barbier Ibn-Hâni, et qui n'était autre que sidi Othman, s'approcha de ce dernier, qui le reconnut.

— Tenez! dit Othman, le serviteur de la grande mosquée, à ceux qui l'entouraient; voici un seigneur maggrebin qui est de notre avis. N'est-ce pas, sidi El-Hécham, que les Francs ne viennent pas faire la guerre aux vrais croyants, et qu'ils n'en veulent qu'aux Mamelouks qui nous oppriment?

— Certes, sidi Othman. En votre qualité de serviteur de l'iman de la mosquée, vous êtes un *maître de la parole*. De vos lèvres sort la vérité. Les Français arrivent avec l'assentiment du Commandeur des croyants, le sultan de Stamboul, qu'Allah protège! et comme ses auxiliaires.

Omar ne disait pas précisément la vérité.

L'expédition d'Égypte, comme on sait, avait été résolue par le général Bonaparte, d'accord avec le Directoire de la République française, afin de fonder sur les bords du Nil une colonie puissante, destinée à devenir l'entrepôt du commerce de l'Inde.

Elle était dirigée surtout contre l'Angleterre, au commerce de laquelle on espérait porter ainsi un coup mortel. Les avanies dont le gouvernement des Mamelouks couvrait nos nationaux, et les insultes qu'en diverses circonstances il avait prodiguées à nos consuls, n'étaient qu'un prétexte. On n'avait nullement obtenu l'assentiment de sultan Sélim III.

Soit que Bonaparte eût eu connaissance d'un ancien projet déposé au ministère des affaires étrangères, soit que la même idée eût germé dans l'imagination ardente et déjà ouverte aux grandes conceptions du vainqueur d'Italie, toujours était-il vrai que déjà, pendant les négociations de Campo-Formio, ce général, prévoyant l'ennui d'un repos forcé après la conclusion de la paix, avait fait venir de Milan tous les livres de la bibliothèque Ambroisienne relatifs à l'Orient.

On s'était même aperçu, lorsqu'il les avait rendus, qu'ils étaient tous marqués ou notés aux pages qui traitent spécialement de l'Égypte.

Pendant le séjour de Bonaparte à Paris, dans les premiers mois de 1798, il avait mûri le plan conçu en Italie, et l'avait soumis au Directoire en faisant valoir habilement tous ses avantages,

Le Directoire adopta-t-il les idées de Bonaparte uniquement, comme on l'a dit, pour se débarrasser d'un général victorieux qui lui inspirait de l'ombrage? Nous n'avons pas à discuter là-dessus.

Toujours est-il que les ordres furent donnés pour rassembler sur les côtes du golfe du Lion les 30,000 hommes que l'on destinait à l'embarquement, et que les préparatifs de l'expédition furent poussés avec vigueur, mais dans le plus grand secret.

On mit à la voile, à Toulon, le 19 mai.

L'Angleterre ne connut la direction prise par la flotte française, sous le commandement du vice-amiral Brueys, que par la prise de l'île de Malte, qui eut lieu le 12 juin.

Lorsque, le 19 suivant, l'expédition se remit en route, l'amiral Nelson était encore à chercher l'escadre française entre les côtes de France et celles de Sicile.

Mais l'amiral anglais, ayant appris la prise de Malte le jour même où les Français appareillaient, et ayant été informé par un navire ragusais de la direction prise par eux, ne douta plus que l'Égypte ou la Syrie ne fussent le but de l'expédition.

Aussitôt il cingla vers les côtes barbaresques, en prenant une route perpendiculaire à celle que suivaient les Français ; il longea les côtes et arriva en vue d'Alexandrie trois jours avant la flotte de l'amiral Brueys. Il fit prévenir le commandant turc du danger dont il était menacé et demanda à relâcher dans le port.

Mais il se vit repoussé par le caractère méfiant et soupçonneux du commandant turc, et se décida à gagner les côtes de Syrie.

Le capitaine Omar et ses amis laissèrent, devant le bazar, Sidi Othman et ses coreligionnaires, et continuèrent leur chemin.

Sur la place Ezbekyeh, ils s'approchèrent du sérail de Mourad-bey.

Un homme couvert d'un turban noir, qui se dirigeait vers le quartier des Cophtes, situé sur la place du Sérail, passa devant eux.

Cet homme semblait éviter les groupes et les regards.

— Voilà un Cophte ! dit le négociant Rivolet. C'est un chrétien. Interrogeons-le... Ces Cophtes savent tout ce qui se passe. Son quartier touche du reste au palais de Mourad-bey.

Cophte ou *Copte* n'est qu'une corruption du mot grec *Aiguptos*, Égyptien. Les Cophtes sont les descendants directs, quoique dégénérés, des anciens maîtres du Nil,

4.

qu'illustrèrent les sciences et les arts, et dont les merveilles en ruines, depuis Canope à la statue gisante, jusqu'à Thèbes aux colonnes et aux portes encore debout, attestent la grandeur.

Comme les momies que l'on trouve dans les hypogées ou grottes sépulcrales de la Haute-Égypte, les Cophtes ont le visage aplati, la bouche grande, le nez court et peu de barbe. Ils ont le teint basané de leurs ancêtres. Les Turcs les appellent par dérision la *postérité de Pharaon*. Mais cette postérité mal faite, généralement ignorante, misérable, réduite à l'îlotisme, ne fait pas honneur aux anciens souverains de l'Égypte.

Les Cophtes professent la religion grecque, mais sont très portés à la superstition. Leur patriarche est en même temps le chef de l'Église d'Abyssinie. Ils sont généralement opiniâtres et tristes.

— Une question, seigneur Cophte! dit le capitaine Omar en l'abordant.

L'homme au turban noir, coiffure affectée aux Cophtes, s'arrêta presque effrayé à la vue de ceux qui se présentaient à lui, et qu'à leur costume il prenait pour des janissaires.

— N'ayez aucune crainte, continua Omar. Nous ne sommes pas ce que nous paraissons être, et mes deux compagnons sont chrétiens.

— Que me voulez-vous? demanda le Cophte, peu rassuré encore. Je m'appelle Ibrahim Faraoun, et ne suis qu'un pauvre domestique. Mon maître, Hallem Jakoub, le savant copiste des livres de liturgie, pourrait mieux que moi vous renseigner sur tout ce que vous désirez.

— Nous n'avons rien à lui demander, intervint M. Rivolet, sur vos précieux livres de couvent, en ancien cophte, que vous cachez avec tant de soin, de peur qu'en les traduisant les Latins ne les falsifient. Mais je suis un malheureux père, auquel les Mamelouks ont ravi son enfant...

— Les Mamelouks ! fit le Cophte avec des signes de terreur. Seigneur, je ne sais rien, absolument rien...

M. Rivolet fouilla dans sa poche et tendit un sequin à Faraoun. Il savait qu'en soulageant un peu leur grande pauvreté, on pouvait obtenir quelque chose des timides et mélancoliques Cophtes.

— Prenez, Faraoun, dit-il, prenez ; je vous l'offre de bon cœur... Mais veuillez répondre à nos questions.

Le Cophte s'empressa d'enfouir la pièce d'or sous sa robe, et demanda :

— Que désirez-vous que vous apprenne le pauvre Faraoun ?

— Votre quartier touche presque au sérail de Mourad-bey, et vous avez peut-être vu ses Mamelouks conduire au palais une jeune fille.

— Hélas ! non, seigneur.

— Vous n'avez eu aucune connaissance des violences exercées contre une femme, du rapt qui a été commis ?

— Je n'ai eu connaissance que de la dispute entre Ibrahim-bey et Mourad-bey, à propos d'une esclave servienne enlevée il y a quelques jours au seigneur Hassan, le riche orfèvre du bazar Nâhhassin...

— Ah ! demanda vivement Omar, vous connaissez cette affaire ? Avez-vous quelques détails à m'apprendre ?

— Je sais, seigneur, que l'esclave a été menée à la maison d'Ali-Daab, le kachef...

— Dans la rue Kanâtar-el-Sebaa ?

— Oui, seigneur, avec une vieille femme, la nourrice de l'esclave, du nom de Hidja !

— Hidja ! s'écria le capitaine Omar. La nourrice s'appelle Hidja ? En êtes-vous sûr ?

— Aussi sûr que la Servienne elle-même se nomme Zaïra, fille de Kalila.

L'ami de Kléber parut agité profondément.

— Plus de doute, murmura-t-il, cette jeune fille, c'est...

Le capitaine Omar reprit en s'adressant à M. Rivolet et à son fils :

— Pardon, citoyens, pardon si j'oublie en ce moment celle qui vous est si chère, pour m'occuper d'une autre femme dont l'origine et le sort...

Se tournant brusquement vers Faraoun :

— Comment avez-vous ces renseignements ? demanda-t-il.

— D'une manière fort simple. Le kachef Ali-Daab, tout Mamelouk qu'il est, aime à s'instruire. Mon maître lui traduit en arabe des passages de nos vieux livres, et le kachef le paie bien : une piastre par jour. Je vais souvent dans la maison de kachef.

— Vous y entrez quand vous voulez ?

— Presque chaque jour.

— Voulez-vous me servir, Faraoun, et gagner plus de sequins d'or en une semaine que votre maître n'en gagne en plusieurs mois ?

— Que faut-il faire, seigneur ?

— Vous obtiendrez en même temps la protection d'un puissant pacha de ces Français qui vont devenir les maîtres de l'Égypte, du général Kléber...

— De celui qui vient d'être blessé devant Iskandé-rich ?

Un coup de poignard, porté à l'improviste au capitaine Omar, n'eût pas produit chez lui une sensation de douleur pareille à celle qu'il ressentit.

— Blessé ?... Lui ! Kléber ! s'écria-t-il en saisissant le

Cophte par le bras. Qui te l'a dit ? Où… quand l'as-tu appris ?

— Il y a une demi-heure à peine. On en parle dans les groupes. Les coureurs en ont apporté la nouvelle.

— Des détails ! des détails ! fit Omar. En a-t-on ?

— A l'assaut d'Alexandrie, le général Kléber, arrivé au pied de la muraille, désignait l'endroit où il voulait que ses soldats montassent, lorsqu'il fut renversé à terre par l'effet d'une balle qui vint le frapper au front.

— Une blessure mortelle peut-être !

— Il y en a même qui le disent mort.

— Mort !…

L'ex-janissaire turc porta la main à son cœur, mais il sourit bientôt et murmura :

— Non, c'est impossible, je le sentirais là…

— Vous avez raison, capitaine Omar, dit le lieutenant Charles Rivolet. Des hommes comme Kléber ne peuvent mourir au début. Il faut que la victoire les couronne !… Mais la ville est prise au moins ?

— Alexandrie est au pouvoir des Français, répondit le Cophte.

— A la bonne heure, donc !

Omar tendit les mains au citoyen Rivolet et à son fils :

— Mes amis, dit-il, je vous quitte. Le devoir m'appelle à Alexandrie. Il faut que je voie le général… Mais rassurez-vous, je reviendrai promptement, et mon aide vous est acquise pour l'œuvre de délivrance de celle que vous pleurez… En revanche, je vous demanderai probablement la vôtre, lieutenant Rivolet, pour une autre jeune fille qu'il faudra délivrer également.

— La Servienne dont on vient de parler ? Vous la connaissez donc, capitaine ?

— Je vous rapporterai la décision du général Kléber.

Jusque-là, restez, lieutenant, restez au Kaire. Ma mission est devenue impossible ici : Ishak, qui devait me faire obtenir une audience du pacha, est un traître. Il a, pour sûr, révélé à Ahmed, l'aga des janissaires, ma présence ici. Je dirai cela au général en chef... Du reste, il faut absolument que je revoie Kléber.

— Mais, moi, capitaine, je devais retourner à l'armée.

— Puisque je porte moi-même la réponse... Je prends tout sur moi. Demeurez au Kaire, lieutenant!

— Vous êtes mon capitaine : j'obéis.

— Quant à vous, Faraoun, écoutez-moi bien, dit Omar au Cophte.

— Je vous écoute, seigneur.

— Cent sequins d'or pour vous, si vous observez bien tout ce qui se passe dans la maison du kachef mamelouk Ali-Daab...

— Cent sequins d'or ! Je serai tout oreilles, et mes yeux...

— Si vous dites à la vieille Hidja les paroles suivantes : « Omar, le janissaire de Belgrade, est ici, et Kléber, l'an- » cien officier autrichien, est devenu un puissant géné- » ral. Tous deux viendront bientôt. Gardez bien la fille » de Kalila ! »

— Je retiendrai cela, seigneur.

— Enfin si vous parvenez à empêcher, n'importe comment, que la jeune Servienne et sa nourrice quittent la ville...

— Mais si les Mamelouks sont vaincus, si Ali Daab...

— L'ami que voici, officier français comme moi, vous prêtera au besoin son bras, si la force... un coup de main... étaient nécessaires.

— Un coup de sabre, c'est mon affaire ! dit le jeune lieutenant des guides.

— Soyez tous les jours, Faraoun, à l'heure de la sieste, dans le café le plus proche de la maison du kachef.

— J'y serai, seigneur, comptez sur moi.

— Le lieutenant viendra vous y trouver. Vous pourrez du reste aussi vous renseigner sur le sort de la jeune cetti, sa sœur, enlevée ce soir par Mourad-bey, et lui en donner des nouvelles.

— Je vous en récompenserai généreusement, ajouta le négociant Rivolet.

— Adieu donc, et que Dieu vous protège !

A ces mots, le capitaine Omar retourna en toute hâte à son oqual, loua un mulet, excellent coureur, et partit dans la nuit même.

Il gagna Boulaq, qui est pour le Kaire, au nord, ce qu'est Fostat au sud. Fostat est le port sur le Nil supérieur qui, depuis les cataractes de Philæ, traverse le Saïd ou la Haute-Egypte, l'Ouestanieh ou la Moyenne-Egypte, sur une étendue de près de 800 kilomètres.

A Boulaq, Omar trouva facilement un batelier arabe qui, à la vue de l'or, consentit à descendre avec son djerme la branche du Nil qui conduit à Rosette, et s'embarqua immédiatement.

Le courant du fleuve rendit son voyage rapide.

De Rosette aux jardins fleuris, Omar prit, à sa gauche, le chemin du village d'Edko.

A quelque distance de ce village, un nuage de poussière au loin lui annonça la marche d'une troupe. Etaient-ce des Arabes ou des Mamelouks ?

Au détour d'un bouquet de palmiers, un *qui vive !* bien accentué accueillit l'ex-janissaire, et le fit arrêter court.

— Français, répondit Omar.

— A d'autres ! repartit une voix qu'accompagnait le bruit sec et métallique d'un fusil manié par un bras exercé et certainement chevronné. Ce n'est pas à Jacquot Treillet, le Mâconnais, qu'on fera avaler celle-là...

— Soldat, ne tirez pas ! répliqua vivement Omar. Je suis capitaine français.

— Avec ce gros turban que je vois en l'air, à travers les arbres ? Allons donc !

Heureusement pour l'ami de Kléber que les compagnons du Mâconnais intervinrent et firent entendre raison à ce dernier.

— Qu'il donne le mot alors !

— Triple buse que tu es, Jacquot ! dit une autre voix du plus pur accent gascon. Hé, milladious ! ne vois-tu pas qu'il parle presque aussi bien français que moi ? N'est-ce pas, Jeannot ?

— Il a raison, Croustillac, répondit Jeannot nonchalamment.

— Tais ton bec, Manceau ! tu n'as pas la parole, répliqua le Mâconnais. Je dis, moi, que c'est un Turc.

— Qu'y a-t-il donc ? demanda une quatrième voix, rude et sèche.

— Arrivez, sergent Leblanc ! sans vous commander... C'est un vrai Turc qui est là, sur la route, et le Gascon qui ne veut pas le croire... Mais, le diable me brûle, si je... Citoyen Guillaume, voyez plutôt vous-même.

— Hé ! le sergent dira comme moi, mordious ! Faut savoir ce que veut le quidam, avant de tirer. Il se dit capitaine français.

Omar vit, presque aussitôt, sortir du bois de palmiers un beau sergent de carabiniers, à la joue balafrée, aux moustaches épaisses, à la peau tannée qui reluisait comme le bronze d'une pièce de canon, et que flanquaient deux de ses hommes, le fusil apprêté.

— Qui êtes-vous, et d'où venez-vous ? demanda le sergent d'un ton bref et sec.

— Je suis le capitaine Omar, des guides à cheval, aide de camp du général Kléber, envoyé en mission au Kaire par le général en chef.

— C'est différent pour lors, marmotta le sergent en faisant une lippe d'importance.

Il reprit à haute voix :

— Mais, qui le prouve ? Pardon, excuse, citoyen capitaine, si je prends des précautions... nonobstant.

Omar avait sur lui la lettre de Bonaparte au pacha d'Egypte. Il la tendit au sergent, qui, ayant reconnu le sceau du général en chef, fit aussitôt porter les armes à ses hommes, et rendit au capitaine les honneurs militaires.

V

KLÉBER ET OMAR

L'aide de camp Omar était tombé sur des éclaireurs de l'avant-garde même de la division Kléber.

Cette division se portait sur Rosette pour s'emparer de cette ville, y laisser garnison, et remonter ensuite la rive gauche du Nil jusqu'à Damanhour, point indiqué pour sa réunion au gros de l'armée.

Elle était chargée en outre d'escorter une flottille considérable composée de chébecs, de deux demi-galères prises à Malte, de bombardes et de chaloupes canonnières, sous les ordres du chef de division Perrée, laquelle remontait également le Nil. Cette flottille était chargée de vivres, d'artillerie et de munitions.

L'armée principale, composée des divisions Desaix, Bon, Reynier et Menou, s'avançait par la voie la plus courte et la plus directe, mais aussi la plus difficile, c'est-à-dire par une partie du désert.

Le général en chef Bonaparte, occupé à Alexandrie à organiser le gouvernement et l'administration de cette

ville, devait rejoindre l'armée à Damanhour quelques
jours plus tard.

— Et le général Kléber? demanda Omar au sergent
qui lui donnait ces détails en le conduisant vers l'endroit
du bois où le piquet d'éclaireurs, sous le commandement
d'un jeune lieutenant, avait fait halte pour se reposer
quelques minutes.

— Blessé, mon capitaine ! mais les majors disent qu'il
en guérira... nonobstant. Est-ce qu'une balle sur une
tête comme celle-là peut être autre chose qu'une prune
sèche? C'est le général Dugua qui commande la division
pour le citoyen Kléber, empêché.

L'ex-janissaire respira, comme si l'on venait de lui
ôter un grand poids de la poitrine.

— Vous êtes certain qu'il en échappera, sergent? demanda-t-il encore.

— Le chirurgien Larrey l'a bien soigné, et le citoyen
Desgenettes, le médecin en chef, a déclaré qu'il garan-
tissait la guérison. D'ailleurs le général a juré, dit-on,
qu'il ferait la sieste sous la grande Pyramide, avec tout
un tremblement de harem qu'il s'organiserait... nonobstant.

Omar ne put s'empêcher de sourire.

— C'est comme je vous le dis, capitaine. Voilà, d'ailleurs, là-bas le lieutenant Martial, qui vous le dira
comme moi.

— Le lieutenant Martial, de la 2e demi-brigade légère ?

Le sergent se redressa en frisant sa moustache.

— A laquelle j'ai l'honneur d'appartenir comme sergent, dit-il... Vous le connaissez, sans être indiscret?

— Je l'ai vu plusieurs fois à Toulon, où il rendait visite au général Kléber.

— Ah ! c'est aussi un Français du Rhin, celui-là,

comme moi... et non pas un Français d'Italie (1). Un gaillard et un brave, mon capitaine, que j'ai vu pas plus haut que ma guêtre. Il a commencé par être tambour au 2ᵉ bataillon des volontaires de l'Ain. Il a été à Spire, à Francfort... à Francfort, mon capitaine, où j'ai dit son fait au *citoyen Guillaume.*

— Quoi ! c'est vous qui avez fait cette réponse au roi de Prusse, sur le pont de Francfort?

— Mais oui, mon capitaine.

— Et le lieutenant Martial était avec vous ! Mais il a tout au plus vingt ans...

— Je vous le répète, capitaine, sans vous offenser, il était tapin alors... Mais quel tapin ! Sur le pont de Francfort, pour sauver son commandant Louis et moi, il a battu la charge au nez de toute l'armée prussienne. Il fut à Mayence aussi, aux lignes de Wissembourg, à Landau, et plus tard à l'armée de Sambre-et-Meuse, avec Marceau et Hoche... Deux braves, morts trop jeunes! On les a bien pleurés.

Sur ce, le vieux sergent de l'armée du Rhin se frotta les deux yeux, fouilla sous les longues basques de son habit bleu à collet rouge, et en tira une blague de vessie dans laquelle il puisa convulsivement et se fourra entre les mandibules une énorme pincée de tabac, qu'il se mit à mastiquer avec une sorte de frénésie.

Et la bouche pleine, il grommela avec sa voix la plus grosse et la plus basse :

— Il n'y en a plus comme ceux-là !

— Et Bonaparte? fit observer le capitaine.

(1) La sourde rivalité, ou plutôt l'émulation patriotique entre nos soldats républicains du Rhin et de l'Italie, dont se composait l'armée d'Égypte, commença à se manifester presque aussitôt après le débarquement.

Le sergent de carabiniers ne répondit pas d'abord, puis il murmura :

— Nous verrons... Moi, je suis de l'armée du Rhin ; je ne dis que ça...

— Salut au lieutenant Martial ! dit l'ex-janissaire au jeune officier, étendu sous le parasol d'un palmier.

— Hé ! c'est le capitaine Omar ! s'écria en se levant un charmant jeune homme à la taille élancée, à l'œil bleu, aux joues roses dont l'éclat ressortait sous une chevelure encore poudrée, mais, qui bientôt, grâce au soleil d'Afrique, devait être abandonnée par nos soldats ruisselants de sueur.

On renoua connaissance, on se conta rapidement les nouvelles.

Le capitaine Omar avait pris en vive affection le lieutenant Martial, pendant leur court séjour à Toulon. Entre de bonnes et généreuses natures, l'amitié naît et grandit vite.

— Et vous allez retrouver le général? demanda Martial.

— Oui, sans avoir pu accomplir ma mission auprès du pacha. Mais j'ai à entretenir Kléber d'une affaire intime que je viens de découvrir au Kaire... d'une affaire de cœur.

— Le rendrez-vous heureux, cet excellent Kléber !

— Heureux, oui, mais malheureux en même temps.

— Tant pis. Une âme comme la sienne ne devrait ressentir que du bonheur.

— A propos de cela, lieutenant, vous aimez Kléber comme moi... Vous êtes son ami...

— Son protégé ; il m'a connu enfant... c'est un honneur pour moi.

— Puis-je, au besoin, compter sur vous pour ses intérêts ?

— Jusqu'à la mort, capitaine.

— La guerre a des éventualités mortelles... je puis être tué. Vous pouvez, en outre, parvenir au Kaire avant moi. J'ai une entière confiance en vous.

— De quoi s'agit-il?

— J'ai laissé au Kaire un officier d'ordonnance du géral Kléber, nommé Rivolet.

— Que j'ai vu à Toulon. Avez-vous à me donner des ordres pour lui?

— Des ordres? non; une commission amicale seulement. Vous le trouverez chaque jour, à l'heure de la sieste, dans un café de la rue Kanâtar-el-Sebaa... Vous vous souviendrez bien du nom de cette rue?

— Kanâtar-el-Sabaa !... Bien, je me rappellerai la reine de Saba de la Bible. Après?

— Ce café est le plus proche de la maison d'un officier de Mamelouks nommé Ali-Daab.

— Ali-Daab! Bon. Les noms sont un peu baroques, mais on s'y fait. On n'est pas Français pour rien. En Allemagne, nous en avions bien d'autres à avaler.

— Dans ce café, il y aura un Cophte qui s'appelle Faraoun.

— Pharaon! c'est encore de la Bible.

— Et dans la maison d'Ali-Daab est enfermée une jeune Servienne qui intéresse vivement le général Kléber.

— Suffit! je comprends.

— Non, vous ne comprenez pas. Entre cette jeune fille et le général il ne peut jamais être question d'amour.

— En ce cas, je ne comprends pas, en effet.

— Mais elle n'en est pas moins chère à son cœur. C'est tout ce que je puis vous dire.

— Cela suffit. Et il s'agit de la surveiller ?

— De pénétrer dans le harem, si tel est l'avis du lieutenant Rivolet et du Cophte Faraoun, et de l'enlever...

— Pénétrer dans un harem!... enlever!... Mais cela me va... citoyen Omar! C'est ce que nous rêvons tous, depuis que nous avons débarqué en Egypte.

— De l'enlever, pour la mettre en sûreté et la garder religieusement.

— Et ses beaux yeux donc?

— Lieutenant! si vous aimez Kléber, qu'elle soit sacrée pour vous!

— C'est différent... Soit! je l'adorerai de loin.

En ce moment, les sentinelles du petit détachement donnèrent l'alerte.

C'était le gros de l'avant-garde, cavalerie et infanterie, qui arrivait par la route d'Edko, et dont le capitaine Omar avait vu la poussière au loin.

— Adieu, capitaine! dit le lieutenant Martial en serrant la main à l'aide de camp de Kléber. Voici l'avant-garde... Éclaireurs, en avant!

Les carabiniers de la 2e demi-brigade légère se mirent en route, vers Rosette.

Quelques minutes après, plusieurs compagnies de la même demi-brigade, avec un détachement du 15e dragons, à revers jaunes, dont les cavaliers suaient à grosses gouttes sous leur casque à la crinière flottante, vinrent faire halte dans le même bois.

Omar, après s'être fait reconnaître, prit la direction d'Edko, où il trouva toute la division, composée de la 2e demi-brigade légère, des 25e et 75e de bataille, des dragons susnommés et d'une compagnie d'artillerie avec leurs pièces, de mineurs et de sapeurs.

Dans le village, on avait déjà affiché, au nom de la

République française, la première proclamation du général en chef Bonaparte, imprimée en langue arabe.

Voici quelques passages de cette proclamation, dont
la pompe est tout orientale et rappelle le style même
du Koran; elle devait d'autant plus séduire les Égyptiens, que les Français y étaient représentés comme pro-
tégeant la religion de Mahomet contre ses ennemis :

« Depuis trop longtemps ce ramassis d'esclaves (les
Mamelouks), achetés dans le Caucase et la Géorgie, tyran-
nise la plus belle partie du monde; mais Dieu, de qui
dépend tout, a ordonné que leur empire finît.

» Peuples de l'Égypte, on vous dira que je viens pour
détruire votre religion. Ne le croyez pas. Répondez que
je viens vous restituer vos droits, punir les usurpateurs,
et que je respecte plus que les Mamelouks Dieu, son
Prophète et le Koran...

» Y a-t-il une belle terre? Elle appartient aux Mamelouks. Y a-t-il une belle esclave, un beau cheval, une
belle maison? Cela appartient aux Mamelouks.

» Si l'Égyte est leur ferme, qu'ils montrent le bail que
Dieu leur a fait. Dieu est juste et miséricordieux (1) pour
le peuple.

» Cadis, cheiks, imans, tchorbadjis, dites au peuple
que nous sommes aussi de vrais musulmans. N'est-ce
pas nous qui avons détruit les chevaliers de Malte, parce
que ces insensés croyaient que Dieu voulait qu'ils fissent
la guerre aux musulmans?...

» Trois fois heureux ceux qui seront avec nous! ils
prospèreront dans leur fortune et leur rang.

» Heureux ceux qui seront neutres! ils auront le temps
de nous connaître et ils se rangeront avec nous.

(1) Préambule de tous les chapitres du Koran.

» Mais malheur, trois fois malheur à ceux qui s'armeront pour les Mamelouks et combattront contre nous : il n'y aura pas d'espérance pour eux. Ils périront. »

Déjà les cheiks, les mollahs et les shérifs d'Alexandrie et des villages environnants avaient promis solennellement leur concours et fait serment de respecter la République et ses amis.

Quant à l'armée, Bonaparte lui avait déjà parlé à Toulon de gloire et d'avenir.

« Le génie de la liberté, avait-il dit, qui a rendu dès sa naissance la République l'arbitre de l'Europe, veut qu'elle le soit des mers et des nations les plus lointaines. »

A chaque soldat il avait promis : « qu'au retour de l'expédition il posséderait de quoi acheter six arpents de terre. »

Enfin, avant de débarquer sur le sol de l'Égypte, Bonaparte, faisant précéder son titre de général de celui de membre de l'Institut national, s'était écrié :

« Soldats !

» Les peuples avec lesquels nous allons vivre sont mahométans. Leur premier article de foi est celui-ci : « Il n'y a pas d'autre dieu que Dieu, et Mahomet est son Prophète. » Ne les contredisez pas. Agissez avec eux comme vous avez agi avec les juifs, avec les Italiens. Ayez des égards pour leurs muphtis et leurs imans, comme vous en avez eu pour les rabbins et les évêques. Ayez pour les cérémonies que prescrit l'Alkoran, pour les mosquées, la même tolérance que vous avez eue pour les couvents, pour les synagogues, pour la religion de Moïse et de Jésus-Christ.

» Les légions romaines protégeaient toutes les reli-

5.

gions. Vous trouverez ici des usages différents de ceux de l'Europe : il faut vous y accoutumer.

» Les peuples chez lesquels nous allons, traitent les femmes différemment que chez nous ; mais, dans tous les pays, celui qui viole est un monstre.

» Le pillage n'enrichit qu'un petit nombre d'hommes, il nous déshonore, il détruit nos ressources, il nous rend ennemis les peuples qu'il est de notre intérêt d'avoir pour amis.

» La première ville que nous allons rencontrer a été bâtie par Alexandre. Nous trouverons à chaque pas de grands souvenirs, dignes d'exciter l'émulation des Français. »

En sage et politique conquérant, Bonaparte recommandait la tolérance, le respect aux coutumes, aux femmes, à la propriété. Pour modèles à suivre, il montrait les légions romaines, ces grands conquérants civilisateurs. Enfin, il évoquait les souvenirs de l'antiquité sur cette terre classique de l'architecture monumentale.

L'expédition, du reste, ne devait pas être inutile à la science. Les savants et les artistes avaient à l'envi demandé à accompagner le héros d'Italie. Parmi eux, on remarquait le chimiste Berthollet, les géomètres Gaspard Monge et Costaz, Fourrier, Vivant-Denon, Conté l'aérostier, le dessinateur Redouté, Champy, Lapeyre.

Le capitaine Omar ne prit que le temps de faire un léger repas, et continua sa route pour Alexandrie, laissant à sa droite le promontoire d'Aboukir et les ruines de Canope. Il aperçut bientôt la *Colonne de Pompée* et l'une des *Aiguilles de Cléopâtre* au-dessus des tours crénelées, des remparts ébréchés et des maisons à terrasse.

En approchant de la ville, son mulet a de la peine à

avancer au milieu des débris, ruines anciennes et nouvelles.

Mais il a vu flotter sur la colonne de Pompée le drapeau tricolore ; il éperonne sa monture et pénètre dans la ville d'Alexandre, ou plutôt dans l'enceinte dite *des Arabes*, par la porte de Rosette. Il gagne la ville moderne, où Bonaparte avait établi son quartier général.

Le général en chef venait de faire rendre les derniers devoirs et les honneurs militaires aux quarante soldats français qui avaient succombé devant Alexandrie, et qui, les premiers, avaient rougi de leur sang la terre égyptienne.

On les avait ensevelis au pied de la colonne de Pompée, et leurs noms étaient gravés sur son fût. Cette cérémonie ne causa point un médiocre étonnement aux Alexandrins accourus pour en être les témoins.

Bonaparte traversait, suivi de Berthier et de tout son état-major, la grande place rectangulaire du quartier des Européens.

Déjà son costume avait quelque chose d'oriental : redingote grise, sabre recourbé suspendu à un cordon de soie. Son grand œil de feu flamboyait sur son visage pâle et maigre, encadré par de longs cheveux noirs.

Devant une des belles maisons de la place, Bonaparte mit pied à terre et pénétra dans l'intérieur avec son aide de camp, le chef de bataillon Duroc.

— Où se rend le citoyen général en chef ? demanda Omar à un guide qui le reconnut.

— Chez le général Kléber blessé, répondit le guide.

— Comment va-t-il, le général ?

— On le dit mieux, citoyen capitaine.

Omar sauta de son mulet, et, après quelques pourparlers, obtint qu'on le laissât entrer.

Dans une salle moitié orientale, moitié européenne, Kléber était couché sur le divan, arrangé en lit. Bonaparte lui serrait la main.

— Allons, Kléber ! disait le général en chef. De la patience !... je ne dis pas du courage : vous n'en manquez jamais... C'est l'affaire de quelques jours.

— Ce qui m'embête, général ! répondit Kléber en tournant sur un coussin de soie sa belle tête olympienne, en ce moment entourée de bandelettes, et en faisant craquer le divan sous son corps d'hercule ; ce qui m'embête, c'est que je ne verrai pas le premier les Pyramides, où je voulais faire un petit déjeuner succulent avec la gerboise d'Égypte, du poisson argenté du Nil, des melons, qui grossissent en vingt-quatre heures dans ce pays, des dattes et des figues, et cela en compagnie...

— Ah ! je vous vois venir...

— Je brûle de voir des houris de Mahomet. Que voulez-vous, général ? c'est plus fort que moi.

— Guérissez d'abord.

— C'est ce que je vais tâcher de faire.

— Du repos et du calme, général.

— Eh oui ! c'est ce que me dit ce farceur de Desgenettes. Mais je n'ai qu'une égratignure... Et le moyen de ne pas s'impatienter, quand l'Égypte est là, ouverte devant vous... la vieille Égypte, général ! où les bœufs étaient sacrés... Ah çà ! comment donc faisaient-ils, les vieux, pour manger des entrecôtes ?

Changeant subitement d'idée et de ton, suivant son habitude, le futur *Sultan grand* s'écria :

— Voyez-vous, général, je ne rêve plus que de l'Égypte depuis notre départ de Toulon... L'Orient, le berceau du monde ! Sésostris, Salomon, Cyrus, Alexandre, quels noms !... Et dire que les soldats de la République

vont faire les mêmes étapes !... Mais vous sentez cela
encore plus vivement que moi, avec votre âme italienne...
N'importe ! ce divan me fait l'effet d'un lit de ronces, et
je voudrais m'élancer...

— Restez en repos, Kléber ! Ne compromettez pas
votre existence. Je vous laisse d'ailleurs Alexandrie, tout
le littoral à gouverner. Surveillez le commandant turc
Coraïm, qui a bien prêté serment de fidélité sur le Koran,
mais dont il ne faut pas moins se méfier. Les Bédouins
du désert qui avoisine la ville sont également à craindre,
bien que ce matin j'aie fait un traité avec eux... Tant que
nous n'aurons pas battu les beys mamelouks, notre domination ne sera pas établie sur les Arabes. Il nous faut
le Kaire, la ville sainte, pour qu'ils croient en nous...
Adieu ! ménagez-vous, mon ami... Pas de folies, surtout !

— Vous avez raison, général ! Mais ce diable de conte
des *Mille et une Nuits* que j'ai lu dans le temps, cela me
revient sans cesse...

— Attendez que vous soyez guéri. Au revoir, Kléber !

— Au revoir, général !

En se retournant, Bonaparte aperçut l'ex-janissaire qui
venait d'entrer, et qui attendait en silence.

— Quel est cet homme ? demanda-t-il à l'officier d'ordonnance qui accompagnait Omar. Que veut-il ?

— Citoyen général, je suis le capitaine Omar, des
guides à cheval.

— Ah ! ah ! je ne vous aurais jamais reconnu sous ce
costume. Vous le portez à merveille.

— Omar ! s'était écrié Kléber de son côté, arrive
donc !

— Le citoyen général a peut-être oublié, répondit
Omar, que c'est là le costume de ma jeunesse et de mon
pays.

— C'est juste. Eh bien! avez-voûs vu le pacha du Kaire ?

— Impossible, mon général. Je vous rapporte la lettre.

Omar conta à Bonaparte ses vaines tentatives, le péril qu'il avait couru avec Rivolet, ainsi que l'effet produit sur les Mamelouks par la nouvelle du débarquement des Français et de la prise d'Iskanderich. Mais il lui apprit en même temps qu'il y avait dans la ville sainte le noyau d'un parti hostile aux beys, noyau qui grossirait certainement et qui entraînerait le reste de la population après une défaite des Mamelouks.

— Merci, capitaine, pour ces bonnes nouvelles, bien que vous n'ayez pu remplir toute votre mission. Je penserai à vous... Dans trois jours, je verrai ces Mamelouks en face.

A ces mots, Bonaparte alla rejoindre son état-major.

Dès qu'il fut sorti, Kléber s'écria en tendant les bras :

— Mais viens donc, mon vieux ! que je t'embrasse !

L'ex-janissaire courut vers son ami, et tous deux s'embrassèrent, sans songer ni l'un ni l'autre à la différence de leurs grades.

— Tu me manquais, Omar! dit le général.

— Et moi, j'aspirais vers toi comme les sultanes de Stamboul après les ombrages de la Vallée-des-Eaux-Douces, lorsqu'elles traversent le Bosphore aux flots bleus.

— Toujours les chers souvenirs de la Turquie !

— N'en as-tu pas conservé aussi, Kléber ?

— De la Servie, tu veux dire.

— De Belgrade aux cent mosquées et aux besestans (bazars) entourés de jardins magnifiques.

— Hélas ! ces souvenirs sont à la fois chers et amers... Et ce ne sont plus que des souvenirs.

— Allah est grand !

— Oui, je sais, et Mahomet est son prophète ! Je le veux bien, puisque c'est ton avis, Omar.

— Et si l'image de Kalila, que tu aimais tant, devait revivre ?

— Kalila est morte.

— Elle te donna une fille dans la maison de Yousouf, à la Palanka.

Kléber poussa un profond soupir, puis il murmura :

— Pauvre enfant ; je ne pus jamais en retrouver les traces, et toi-même...

— Moi-même, je t'écrivis qu'elle avait rejoint sa mère, quand, de retour de Damas, je passai par la Servie.

— Ah ! misérable Yousouf, il poignarda Kalila, quand il eut découvert, à son retour de Stamboul, que son esclave était devenue mère, et jeta son corps dans le Danube.

— D'après nos coutumes, Kléber, il était dans son droit.

— C'est vrai. Infortunée Kalila !... Omar ! j'aurais bien aimé ma fille... autant que sa mère. Mais tu ne comprends pas cela, toi ! Jamais ton cœur n'a battu pour une femme...

Le front d'Omar s'assombrit comme un ciel d'orage, et si Kléber eût porté la main sur la poitrine de son ami, il y eût senti des pulsations rapides répondre à cette observation.

Mais l'agitation du Turc ne dura qu'un moment, et il lui dit d'un ton calme :

— Espère !

Kléber se souleva avec vivacité.

— Espère ! s'écria-t-il. Sais-tu que cette parole est cruelle, si elle est sans fondement ?

— Si je ne craignais...

— Parle, parle vite !

— Tu es blessé, souffrant. Ton agitation n'est déjà que trop grande.

— J'ai un coffre de fer : je défie la maladie et la mort. Parle !

— J'avais mal calculé, à Belgrade, et j'ai eu tort de t'écrire que ta fille n'était plus. C'était Yousouf qui avait sans doute fait répandre ce bruit.

— Mais tu ajoutais, et tu me l'as répété quand tu m'as rejoint en Alsace, que la nourrice Hidja, en fuyant avec l'enfant, avait été tuée par une troupe de *toplatys* (milice turque indisciplinée), après leur avoir servi de passe-temps.

— C'est vrai : je l'ai écrit et dit, suivant le bruit répandu.

— Et cela n'était pas !... Comment l'as-tu su ? où ? quand ?

— Au Kaire, il y a trois jours.

— Tu me fais palpiter le cœur... Il me bat à rompre ma poitrine.

— Calme-toi, ami !

— Non, cette agitation me fouette le sang et le renouvelle. J'ai une nature à part... Dis vite : ma fille est au Kaire ? tu l'as vue ! tu lui as parlé ?

— Elle est dans la ville *bien gardée*, mais je ne l'ai pas vue.

— En quelles mains ?

— Zaïra est aux mains des Mamelouks.

— Des Mamelouks !

— Esclave...

— De ces coquins !

— De Mourad-bey, qui la joue aux échecs avec Ibrahim-bey.

Kléber bondit de sa couche.

— Que fais-tu ? Kléber ?

— Je cours au Kaire, où est ma fille.

— Mais tu te tues!

Le géant était debout, la tête renversée, sa large poitrine effacée, ses longs cheveux s'échappant des bandes
qui ceignaient sa tête, ses lèvres relevées au milieu et
inclinées aux angles, à l'instar du lion, frémissant de
colère, le bras étendu et menaçant.

— Je pulvériserai ces Mamelouks! s'écria-t-il d'une
voix tonnante.

Mais l'hercule avait trop compté sur ses forces. L'amour
paternel et la colère l'avaient galvanisé, mais la réaction
fut prompte. Pareil à un chêne frappé de la foudre, il
chancela et s'abattit.

Heureusement qu'Omar était là pour le recevoir dans
ses bras, et le recoucher sur le divan.

— Je te l'avais bien dit, Kléber ! murmura l'ex-janissaire.

Le général avait fermé les yeux, et une pâleur mortelle
s'était étendue sur ses traits si largement dessinés.

Omar ayant appelé, on courut à la recherche d'un des
médecins de l'expédition, qui dit, après avoir examiné le
blessé :

— Encore une crise semblable, et c'en est fait du
général !

— C'est ma faute! s'écria Omar, en se frappant la
poitrine avec désespoir.

Mais bientôt la croyance fataliste du Turc reprit le
dessus, et il grommela :

— C'était écrit!

Néanmoins il se promit de ne plus provoquer une pareille crise, et d'être réservé jusqu'à ce que la guérison fût plus avancée.

Jusqu'au lendemain Kléber fut dans un état d'abattement et de torpeur qui donna à son ami les plus vives inquiétudes. Mais ce temps-là écoulé, sa forte et solide nature l'emporta sur la faiblesse. Il·chercha la main d'Omar et la serra :

— Merci, ami, dit-il. Tu as bien fait de me dire la vérité... Ah ! le coup a été rude. Mais c'est fini, et je sens que le désir de sauver ma fille hâtera ma guérison... Tu vois que je suis mieux déjà... Conte-moi tout.

Le capitaine des guides fit à son général le récit de ce qu'il avait appris au Kaire, mais en le conjurant de ne pas s'emporter.

— Sois tranquille, répondit Kléber. Pour préparer mes facultés, je ferai le mort... Mais gare au réveil !... Ah ! vous jouez aux échecs la fille de Kléber, messieurs les Mamelouks !...

— Encore !

— Non, non, je me calme... Et tu dis que le lieutenant Rivolet, avec le Cophte, a promis de surveiller la maison, de sauver Zaïra ?

— Oui, je compte sur eux.

— Si tu y retournais toi-même?

— Non, je ne te quitte pas avant que tu ne sois hors de danger.

— Mais je le suis déjà.

Omar secoua la tête.

— Allons, soit. Je ne me presserai que plus de me guérir.

Quel que fût le tempérament de notre héros, il était impossible, toutefois, qu'il pût monter à cheval, ni même sortir encore de son logis, lorsque Bonaparte, avec son état-major, quitta Alexandrie pour rejoindre l'armée à Damanhour, ce qui eut lieu le 19 messidor (9 juillet).

Ce ne fut que douze jours après, le 21 juillet, que, quoique faible encore et malgré les représentations d'Omar, Kléber monta à cheval.

Il avait appris l'heureux résultat du combat de Chebreis entre la flottille française et celle des beys, d'une part, entre une partie de l'armée et 4,000 Mamelouks de l'autre. Au général en chef il avait fait demander la permission de s'absenter huit jours d'Alexandrie, en laissant le commandement de la ville au général Manscourt. Bonaparte l'avait accordée en souriant.

— Décidément Kléber tient à son déjeuner des Pyramides, avait-il dit. Nous allons le voir arriver incognito.

Pâle encore des suites de sa blessure, mais puisant de l'énergie dans le sentiment nouveau qui dominait son âme et le poussait au Kaire, Kléber se mit en selle, suivi d'une escorte de guides et accompagné de son fidèle Omar, costumé en Mamelouk, cette fois, avec une cocarde tricolore au turban. Kléber était couvert d'un manteau gris.

Le chemin par Rosette était sûr; des détachements français occupaient déjà cette ville et plusieurs points importants.

Néanmoins, avant même d'arriver à Rosette, Kléber et sa suite coururent le danger d'être pris ou massacrés par un parti de Bédouins. Le hasard voulut qu'ils ne fussent point aperçus de ces rôdeurs, dont ils n'étaient séparés, pourtant, que par une légère élévation de terrain.

Le danger passé, Kléber plaisanta sur le péril qu'il venait de courir, en disant :

— Il n'est point écrit là-haut que je doive être pris par

les Arabes. Qu'en dis-tu, Omar? Me voilà de ton avis au moins.

— Dieu le veut! répondit le flegmatique Turc.

— Tiens! mais j'y pense : un régiment de Mamelouks français, comme toi, cela ferait bien. Qu'en dis-tu ?

— Je le crois aussi.

— C'est une idée, cela. J'en parlerai à Bonaparte.

Quand les soldats de la division de Kléber, qui formaient la garnison de Rosette, virent leur général faire son entrée dans la ville, ce furent des cris de joie et de bonheur. Il eut beau invoquer son incognito, personne n'en tint compte.

Kléber était chéri des siens, surtout de ceux qui avaient fait avec lui les campagnes du Rhin.

Son esprit de justice, son courage, son patriotisme pur et désintéressé, sa mâle beauté, sa taille héroïque lui avaient acquis un ascendant facile à comprendre sur ces soldats de la Révolution, qui, dans leurs chefs, aimaient à retrouver les rudes qualités qu'eux-mêmes possédaient.

Pourtant Kléber n'était pas sans avoir ses défauts. Mais, en cela, il avait plus d'un trait de ressemblance avec les héros d'Homère. Sa conduite et ses mœurs donnaient parfois à désirer; toutefois, il ne se laissait jamais aller aux exigences de son tempérament aux dépens des graves intérêts qui lui étaient confiés. S'il était avide de plaisirs aussitôt qu'une trêve lui permettait de s'y livrer, jamais on ne put lui reprocher une exaction, une improbité.

Quoique son éducation, toute militaire, fût imparfaite sous d'autres rapports, son esprit naturel et prompt, porté aux grandes conceptions, y suppléait et répondait

aux proportions de sa nature athlétique, dont son caractère avait aussi toute la vigueur.

Il ne reconnaissait que deux supériorités, celle de l'a-
mitié et celle du génie : aussi n'était-il facile qu'avec ceux
qu'il aimait, et ne fut-il soumis qu'à Bonaparte, en ce
qui concernait les opérations militaires.

On le connaissait et on le recherchait dans l'armée
pour ses saillies heureuses, et il avait une étonnante fa-
cilité pour les jeux les plus subtils de l'esprit. Il faut dire
cependant que son langage, toujours original, était souvent aussi d'une grossièreté qui lui venait de la vie des
camps.

« Le génie de Kléber, a dit de lui Bonaparte, jaillissait
chaque fois qu'il était réveillé par l'importance de l'occasion, et il se rendormait ensuite au sein de la mollesse
et des plaisirs. C'était le talent de la nature, comme celui de Desaix, qui était de tous les instants, venait tout
de l'éducation et du travail. »

Kléber avait quarante-quatre ans. Il était né à Strasbourg en 1754. Son père était maçon. Un curé de campagne l'éleva. Il vint très jeune à Paris, dans l'intention
d'y apprendre sous le célèbre Chalgrin l'art de l'architecture, auquel il se destinait.

De retour à Strasbourg, il prit un jour la défense de
deux étrangers qu'il vit insulter dans un café. C'étaient
deux gentilshommes bavarois qui, par reconnaissance,
l'emmenèrent à Munich et le firent admettre à l'école
des Cadets.

Les progrès rapides du jeune homme frappèrent le général autrichien de Kaunitz, ministre de l'empereur Joseph II, qui lui donna une sous-lieutenance dans son régiment. Il fut au service de l'Autriche de 1776 à 1783,
époque à laquelle il donna sa démission, on ne sut pas

trop pourquoi. Mais le fait est qu'il l'offrit après son dernier séjour à Belgrade, et nos lecteurs ont déjà compris que la tragique aventure dont il a été question entre lui et Omar ne dut pas y être étrangère.

De retour en Alsace, Kléber obtint la place d'inspecteur des bâtiments publics de la ville de Belfort.

En 1789, alors que les débuts de la Révolution exaltaient déjà toutes les têtes, le régiment Royal-Louis s'étant armé contre le peuple et les officiers municipaux, Kléber accourt le sabre à la main pour les défendre. Sa taille noble et élevée impose aux soldats ; il les repousse, présente un défi aux deux colonels qui les commandent, et tout fut apaisé.

S'étant engagé dans un bataillon de volontaires du Haut-Rhin, en 1792, il devint bientôt adjudant-major. A Mayence, il fit des prodiges de valeur et fut nommé adjudant général. La Convention nationale l'envoya en Vendée avec le grade de général de brigade.

Ce fut à Torfou qu'il eut une de ces inspirations de caractère antique, qui lui étaient propres.

Il fallait sauver d'une destruction complète l'armée républicaine, vaincue par les Vendéens. Kléber s'arrête au pont étroit du Boussay, sur la Sèvre; il appelle un de ses compatriotes qui commandait un bataillon de Saône-et-Loire.

— Schwardin ! lui dit-il, il faut arrêter l'ennemi à ce ravin. Tu te feras tuer, mais tu sauveras l'armée.

— Citoyen général, répondit avec simplicité le généreux guerrier, j'y mourrai.

Schwardin tint parole et arrêta les Vendéens. Kléber, qui ordonnait cet acte d'héroïsme, était capable lui-même de l'accomplir.

A la bataille de Savenay, Kléber anéantissait l'armée vendéenne, de soixante mille des leurs, les Vendéens sauvèrent à peine six cents hommes, qui parvinrent à s'échapper. Les Nantais offrirent à Kléber une couronne de lauriers.

A l'armée du Nord, depuis armée de Sambre-et-Meuse, Kléber passa la Sambre en présence des armées alliées et se couvrit de gloire à la bataille de Fleurus. Il battit encore l'ennemi à Marchiennes, prit Mons, Louvain, Maëstricht, et fit le blocus de Mayence.

Devant l'ennemi revenu en forces supérieures, Kléber est obligé de battre en retraite. Toutes ses dispositions sont prises pour traverser à une heure le pont de Neuwied, sur le Rhin. Il ordonne, en conséquence, à Marceau d'incendier tous les bateaux qui se trouvent sur le fleuve, et qui, à leur tour, incendieront le pont, dont l'armée n'aura plus besoin.

Mais les obstacles furent mal calculés. Le pont n'existait plus quand l'armée française se présenta.

Marceau, au désespoir, veut se brûler la cervelle. Kléber saisit les pistolets, et lui dit :

— Jeune homme, allez vous faire casser la tête en défendant ce passage avec votre cavalerie.

Aussitôt il fait construire un nouveau pont, attire l'ennemi dans l'intérieur des terres pour en faciliter l'exécution, le bat, et revient au pont, sur lequel il ne met le pied qu'après avoir vu passer le dernier de ses soldats.

Bientôt après il repasse le Rhin, et les combats de Dusseldorf et d'Altenkirchen, la défaite du prince de Wurtemberg, celle de l'archiduc Charles, où il bat avec vingt mille hommes seulement une armée de soixante mille Autrichiens, mettent le comble à la gloire militaire de Kléber.

Laissons maintenant notre héros sortir de Rosette et suivre la rive gauche du Nil, en se dirigeant vers le Kaire, dont l'armée de Bonaparte s'était déjà approchée et saluait les grandes Pyramides.

VI

LE DÉSERT ET LA BATAILLE DES PYRAMIDES

Ainsi que nous l'avons dit plus haut, tandis que la division Kléber, sous les ordres de Dugua, se dirigeait vers
la petite ville de Damanhour par Rosette et les contrées
cultivées du Delta, le gros de l'armée, composé des divisions Desaix, Bon, Reynier et Menou, traversait le désert pour se rendre au même endroit, désigné comme
point de réunion.

Desaix formait l'avant-garde.

On était parti d'Alexandrie dans la nuit. A la pointe du
jour, on arriva dans l'endroit où le village de Bédah se
trouve indiqué sur les cartes. On n'y rencontra que les
vestiges de quelques habitations détruites depuis longtemps, et deux puits que les Arabes du désert avaient
comblés avec des pierres, de ces pierres salées d'où l'on
extrait le nitre.

Il fallut vider et curer ces puits, où l'on ne trouva
qu'une quantité d'eau insuffisante même pour les
hommes.

6

Les cavaliers du 20ᵉ de dragons et du 7ᵉ bis de hussards durent faire encore une lieue et demie, vers un village à leur gauche, pour s'y procurer de l'eau. Après quoi, la division se remit en route dans le désert.

La division Bon, qui marchait la deuxième, était composée de la 4ᵉ demi-brigade légère, des 18ᵉ et 32ᵉ de bataille.

Des grenadiers de cette dernière demi-brigade marchaient en éclaireurs de flanc. La sueur leur ruisselait du front.

— Polisson de soleil ! fit l'un d'eux.

— A peine-a-il levé le nez, ajouta un autre, que déjà il vous tape sur la coloquinte. Ah ! Dumanet ! que je voudrais donc être encore en Italie !

— Tiens, Pâquot ! s'écria un caporal, le citoyen Landuron, un ancien volontaire tourangeau, déjà passé à l'état de grognard. Regarde ! voilà de quoi te rafraîchir !

Le caporal montrait à sa droite une troupe d'Arabes nomades, dont on voyait flotter les manteaux blancs au milieu de la poussière que faisaient voler leurs chevaux. Ils approchaient, rapides comme le vent, espérant surprendre quelques-uns des éclaireurs disséminés sur les flancs de la division.

Le tambour battit le ralliement, et le capitaine commanda :

— Grenadiers, formez le carré !

Ce fut fait aussi rapidement que possible, et quand les Bédouins arrivèrent, ils trouvèrent les grenadiers en masse compacte et offrant un front circulaire de baïonnettes. Ils tournèrent en hurlant autour de cette poignée d'hommes, mais à distance.

Le second rang ayant commencé le feu, les Arabes

repartirent au galop, sans avoir perdu un seul des leurs, tant leurs évolutions avaient été rapides.

— Enfants ! dit le capitaine, reprenons la file et en route ! Nous allons trouver de l'eau... Voyez !

Effectivement, on apercevait à une certaine distance un beau lac, une nappe d'eau fraîche et limpide, où semblaient se réfléchir les nuages, les monticules de sable et les inégalités de terrains qui l'environnaient.

— De l'eau ! de l'eau ! s'écrièrent-ils tous pleins de joie.

Haletants, trempés de sueur, les soldats redoublèrent le pas pour atteindre plus vite cette eau bienfaisante.

— Du diable si j'y comprends quelque chose, dit soudain Dumanet. Nous marchons, nous courons, et nous n'approchons pas.

— C'est vrai, répliqua Pâquot. Il est toujours à la même distance, le lac.

— On dirait qu'il fuit devant nous.

Hélas ! il n'y avait pas de lac. C'était l'effet décevant du mirage, phénomène assez ordinaire dans les plaines sablonneuses et alcalines du sol brûlant de l'Afrique.

Nos pauvres soldats, encore plus altérés par leur marche accélérée vers une eau illusoire, éprouvaient ainsi le supplice de Tantale.

Les plaintes, les murmures ne devinrent que plus vifs et plus universels. Il s'y mêla même des malédictions contre les chefs qui dirigeaient l'expédition.

— Cela valait bien la peine, disait Dumanet, de nous promettre tant d'aventures merveilleuses, pour nous faire mourir de soif dans ces sables.

— Que le diable enlève ceux qui ont donné cette idée-là au petit caporal ! s'écria Pâquot.

— Surtout le citoyen Berthollet, grommela le caporal

Landuron. C'est lui qui a soufflé la chose au général Bonaparte.

— Et Caffarelli, le commandant du génie, un de ces savants aussi qui ne rêve que vieilles murailles et pierres grises.

— Il s'en moque, lui, *il a un pied en Europe* (1) !

— Je l'ai vu l'autre jour, au milieu des masures d'Alexandrie, arrêter à tout moment le général en chef pour lui montrer des pierres. Que le ciel le confonde ! ce n'est que pour cela, bien sûr, qu'il a poussé Bonaparte en Égypte.

— Quelle bicoque qu'Alexandrie !

— Si c'est là les villes d'Orient, j'en ai assez. J'aime mieux Pantin.

— Ils nous parlent du Kaire !... Ça existe-t-il seulement ? Et si le Kaire existe, c'est encore un amas de vieilles ruines comme Alexandrie.

— Ah ! rendez-moi mon village, soupira le triste Pâquot, mon village de la Beauce !

Et chacun de regretter son pays, son bourg et sa maison au toit de chaume.

— Ah ! pour le coup, s'écria Dumanet, en voilà une autre... Ouf !

— Je suffoque...

— Ça m'aveugle...

C'était le *khamsin*, le vent du sud, brûlant et lourd, qui arrivait sur nos soldats, en soulevant des tourbillons de poussière.

Chacun fit demi-tour, pour lui présenter le dos. Quelques-uns furent renversés par la violence du vent.

---

(1) Le général Caffarelli avait eu une jambe emportée par un boulet sur les bords du Rhin.

— Je n'en peux plus, dit Pâquot en ôtant son havresac et en se couchant, la tête derrière le sac.

— Mais tu vas périr là, dit Dumanet.

— Tiens ! répondit Pâquot, c'est drôle... on est bien comme ça. Fais comme moi, Dumanet : tu vas voir.

Dumanet imita son camarade et s'aperçut effectivement que, garanti par le sac contre le vent et la poussière, on respirait plus librement.

Bientôt tous les soldats firent de même.

Heureusement, le *khamsin* ne dure pas longtemps. Au bout d'un quart d'heure, il était apaisé, et l'on se remit sur pied pour continuer son chemin.

Ce fut ainsi que se passa la première journée.

Le mécontentement était général dans l'armée. Il y régnait une sombre tristesse. Les plus braves, les plus confiants avaient éclaté en plaintes amères.

On avait vu l'intrépide Lannes, le fougueux Murat, saisir leur chapeau, le jeter avec désespoir sur le sable et le fouler aux pieds.

Le soir, Desaix écrivit à Bonaparte :

« Si l'armée *ne traverse pas le désert avec la rapidité de l'éclair, elle périra.* »

Et Desaix était un des hommes les moins faciles à émouvoir.

Plusieurs étaient morts de soif. Un silence lugubre régnait dans les rangs. De tristes présages étaient dans tous les esprits. Plus de lazzi joyeux, plus de chants pour abréger l'ennui des longues routes et apporter à l'oreille charmée comme un écho lointain de la patrie absente...

On avait annoncé aux soldats une terre féconde, et ils ne rencontraient qu'un désert dévorant, où, comme les

6.

compagnons de Cambyse, ils craignaient de rester enseveli.

Déjà, il faut le dire, ces soldats, ceux d'Italie surtout, avaient joui des délices de Capoue. Le goût du repos leur était venu avec la paix. Ils étaient riches de gloire, d'argent la plupart. L'épreuve fut rude et terrible.

Ils avaient suivi Bonaparte sur la promesse qu'il leur avait faite d'une belle conquête en Orient, et ils avaient rêvé des aventures merveilleuses, des fortunes inouïes comme dans les contes des *Mille et une Nuits*, que quelques-uns avaient lus ou entendu raconter dans les longues heures de la traversée. Et à ces villes somptueuses, à ces sérails resplendissants d'or élevés dans leur imagination, à ces femmes d'Orient, perles du harem, si belles dans les contes du poète Saadi, à ces bosquets mystérieux et embaumés, à tous ces rêves, enfin, avait succédé une effrayante réalité...

Néanmoins, on continua la route le lendemain. Toute la journée, ce furent les mêmes souffrances, les mêmes hallucinations du mirage, les mêmes déceptions. A la soif se joignit même la faim. Pour s'alléger, les soldats avaient jeté leurs biscuits.

A Damanhour, que l'on atteignit enfin, les murmures redoublèrent. On avait annoncé aux troupes qu'elles trouveraient là de quoi se refaire de leurs fatigues, et Damanhour n'était qu'un pauvre village, composé de misérables huttes, où l'on ne trouva ni pain, ni vin, mais seulement quelques lentilles et de l'eau.

On y séjourna. Toutefois on fit du pain avec tout le maïs qu'on trouva et qu'on broya avec toutes les meules mises en réquisition à cet effet. Le général de brigade Mireur fut tué dans les environs par quelques-uns des Arabes qui n'avaient cessé de harceler les Français dans leurs marches, et qui rôdaient autour du campement des divisions. Il venait d'acheter un cheval arabe et il était sorti du camp pour l'essayer, malgré les représentations des avant-postes.

Le 11 juillet, Bonaparte arriva. Le lendemain, l'armée s'avança sur Ramanieh, qu'elle atteignit le même jour.

On vit enfin le Nil et les premiers Mamelouks.

A la vue du grand fleuve, où les soldats se précipitèrent, et d'un ennemi quelque peu sérieux, qu'on dispersa à coup de canon, toutes les souffrances furent oubliées.

On avait du pain, de l'eau, on avait aperçu la brillante et fière milice avec ses cachemires, ses bijoux et ses armes étincelantes : on chanta !

Sous un sycomore au vaste feuillage, nos grenadiers de la 32ᵉ s'en donnaient à cœur joie. Le caporal Landuron avait trouvé un énorme chibouque, et fumait gravement comme un Turc. Dumanet faisait cuire sous la cendre des galettes de maïs, tout en suçant des tranches de pastèque, ou melon d'eau douce ; Pâquot épluchait les lentilles en chantant un air du pays.

A côté de ce dernier, un dromadaire ou chameau à une bosse, était couché nonchalamment et allongeait sa sotte figure en faisant tinter sa sonnette, tandis que le grenadier lui parlait d'une voix caressante.

Le 14, on vit arriver de Rosette la division Kléber, sous Dugua, et la flottille aux ordres de Perrée.

La nuit suivante, l'armée se dirigea sur Miniet. Ce fut là que Bonaparte apprit que les Mamelouks, au nombre de quatre mille, l'attendaient au village de Chebreis, leur droite appuyée au Nil, sur lequel ils avaient une flottille de dix à douze barques canonnières, ayant devant eux et sur le rivage plusieurs retranchements armés de canons. Rivolet avait parlé à Omar de ce rassemblement, lors de leur rencontre au Kaire.

Le général en chef ordonna aussitôt aux bâtiments de descendre le fleuve et d'attaquer la flottille ennemie. Lui-même se mit en marche.

Les soldats de l'Occident et ceux de l'Orient allaient de nouveau se trouver en présence, après plusieurs siècles, sur le sol égyptien, presque au même point où, en 1250, saint Louis avait été fait prisonnier par ces mêmes Mamelouks qu'on allait combattre.

Le choc fut rude. Sur le fleuve, chébeks, djermes, kanjas, chaloupes et barques canonnières se heurtèrent proue à proue, flanc à flanc ; sur le sol, Mamelouks et Français s'abordèrent aussi vivement.

Mais, ici, la tactique des Français devait changer. On n'était plus en présence des Autrichiens. Nos demi-brigades d'Italie, habituées à prendre impétueusement l'initiative et à dérouter l'ennemi dans les combinaisons de sa tactique savante, durent, au contraire, se montrer froids et impassibles dans leurs rangs, car les Mamelouks l'emportaient sur nous en impétuosité.

Nos soldats durent se former en carrés.

Les Mamelouks avaient la réputation d'être les meilleurs cavaliers du monde, plus fougueux que les spahis et les delhis de l'armée turque, dont la bravoure avait été si longtemps éprouvée par les bataillons hongrois et polonais.

Cette milice intrépide, couverte d'or, montée sur des coursiers numides rapides comme le vent du désert, dévorante comme la flamme, chargeait jusque sur nos carrés avec une impétuosité presque irrésistible, hachait les canons des fusils avec ses sabres de Damas, visitait au galop tous ces angles de fer dont chaque face lui envoyait sa volée.

Mais si le vent du désert ne rencontre pas d'obstacles, bouleverse et balaye tout devant lui, cette fois la cavalerie mamelouke avait trouvé devant elle une barrière contre laquelle elle échoua. Néanmoins, elle ne se brisa pas encore...

Voyant toute brèche impossible dans ces murailles hérissées de fer, et d'où jaillissaient les éclairs, elle s'éloigna emportée par ses coursiers, non sans laisser autour de nos bataillons une ceinture mouvante d'hommes et de chevaux blessés ou mourants, dont les derniers efforts, avec une rage désespérée, tendaient encore à entamer les carrés.

S'étant reformés plus loin, les Mamelouks revinrent tenter une nouvelle charge, impétueuse et sanglante comme la première.

Mais tout fut inutile. Les Mamelouks furent repoussés, et leur réputation d'invincibilité reçut un premier et rude échec. Ils disparurent, laissant plusieurs centaines des leurs sur le sable.

Leur flottille dut se retirer également, après avoir vu un de ses bâtiments sauter en l'air, bien que les marins égyptiens, plus expérimentés que les nôtres dans la navigation du Nil, eussent réussi un instant à envelopper quelques-unes de nos chaloupes et fussent montés à l'abordage.

Le soir même, Bonaparte vint établir son quartier général à Chebreis.

C'était après cette affaire de Chebreis, dont Kléber eut connaissance, que, profitant de la permission accordée, ce dernier était sorti d'Alexandrie avec son fidèle Omar pour se rapprocher du Kaire.

Le lendemain et les jours suivants, l'armée avança lentement, bivouaquant successivement à Schabar, à Kom-el-Schérif, à Alkam, à Néchabeh, à Wardan, à El-Katta.

Les petits villages étaient généralement abandonnés par les habitants, et les Français n'y trouvèrent en abondance que des pastèques semées en grand nombre sur les bords du Nil et des canaux, autour des habitations, ainsi que des poules et des pigeons. Le pain, il fallut le faire, en broyant d'abord le blé ou le maïs entre deux pierres.

Parmi les gros villages, il y en eut qui prirent les armes pour disputer le terrain aux Français ; d'autres villageois, au contraire, venaient trouver le général en chef pour lui offrir leurs services, disant qu'ils étaient tout à la disposition des Francs, leurs libérateurs. On les chargea de répandre dans l'intérieur des terres la proclamation en arabe adressée par Bonaparte au peuple égyptien.

Les communications d'une division à une autre, quelque rapprochées que fussent ces dernières, étaient dangereuses, par la quantité d'Arabes du désert qui ne cessaient pas de suivre l'armée sur le flanc droit, pour tomber à l'improviste sur les officiers ou les soldats qui avaient l'imprudence de s'isoler.

Mourad-bey était à sa ferme de Gizeh, quand il apprit l'échec de Chebreis.

Il avait enfin réuni tous ses contingents de guerre, Arabes, janissaires, fellahs : 50,000 hommes environ, non compris les Mamelouks.

Cette armée, presque double en nombre de celle des Français, était rassemblée sur la rive gauche du Nil, devant le Kaire, entre le village d'Embabeh, où s'appuyait la droite, et celui de Gizeh, où s'était établie la gauche.

Mourad fit planter sa tente sous un sycomore ou *figuier de Pharaon*, remarquable par sa hauteur et la vaste étendue de son ombre.

Ce fut dans cette position qu'il attendit l'armée française, qui venait d'atteindre (le 22 juillet) le village d'O-medina.

Il fait nuit...,

C'est une belle et sereine nuit d'Égypte, lumineuse sous les rayons de la lune, de *la reine gauche du ciel*, suivant l'ancienne mythologie du pays, qui, en traversant une atmosphère sans humidité, baignent de leur pure lueur les rives verdoyantes du Nil, et plus loin, à l'occident, l'immense plaine grise où se dressent les Pyramides.

En avant du sycomore où le puissant bey a établi sa tente s'étend le camp de son armée, et l'on entend, dans cette nuit qui précède le jour solennel de la bataille, des bruits tout autres que ceux qui troublent d'ordinaire le silence de ces claires ténèbres.

Le chacal, étonné, a fui au loin; le rat de Pharaon est rentré dans son terrier; l'hirondelle et l'aigrette ont quitté les branches du dattier; le milan, le *père blanc* est allé se percher au sommet des Pyramides en poussant un long cri plaintif, et l'ibis au grand bec arqué a gagné des wadis plus tranquilles.

Sous les palmiers, les tamarins et les caroubiers s'élève ce bourdonnement confus qui annonce une multitude rassemblée, et parfois un bruissement d'armes qui en révèle le caractère.

Çà et là on entend un chant mélancolique et grave. Quelque fellah laborieux, arraché à sa charrue ou à ses rigoles d'irrigation pour marcher contre les ennemis du Prophète, cherche, par une complainte arabe, à retrouver son calme habituel avant de s'endormir. Ailleurs, ce sont des prières dont on accompagne les ablutions, des versets du Koran que l'on marmotte en roulant le chapelet dans ses doigts.

Il y a des tentes arabes, des chevaux, des chameaux, des mulets, des ânes, tout l'attirail d'une armée orientale. Des outres pleines d'eau se voient en grand nombre.

Des Mamelouks, le cimeterre au poing, des janissaires avec le mousquet ou le vieux tromblon des Bédouins, avec la cotte de mailles et la lance, font sentinelle.

Sur la rive même du Nil, à la lisière d'un bouquet de lauriers-roses, de saules-kalef et de cassies, que flanquent des rangées d'acacias et de mimosas ou des haies de cactus, un poste de janissaires surveille le fleuve.

A quelque distance du poste, deux hommes sont debout, le visage tourné vers le large du fleuve, au delà duquel le stuc des minarets du Kaire reflète les rayons de la lune. L'un de ces hommes est couvert du manteau militaire, l'autre d'un vaste burnous blanc.

— Et tu l'aimes, Soleyman? disait le premier.

— Comme la prunelle de mes yeux, ô aga !

— Elle est donc bien belle?

— Vois ce lotus blanc du Nil, ce lis à la coupe si gracieuse, à la tige si flexible, qui mire dans les flots sa forme à la fois pleine et svelte : une pareille fleur, la merveille de fleurs, n'est rien auprès de cette fille franque.

— Et c'est uniquement pour elle, Soleyman, que tu es resté à Masr?

— Pour elle j'oublierais mon père et le Liban; pour elle je franchirais les déserts et les mers.

— Et les houris promises par le Prophète en son paradis?

— C'est la seule houri qui puisse me charmer.

— Tu as essayé de la ravir au bey Mourad ?

— En vain. Elle est toujours enfermée dans le sérail de la place Ezbekieh. J'ai rôdé nuit et jour autour du palais, j'ai mesuré la hauteur des murailles que baigne le canal derrière le sérail, et où doit se trouver le harem.

— Et ces murailles ?

— Je pourrais les franchir ; mais à quoi cela me servirait-il, si quelque eunuque de l'intérieur ne m'aide dans mon entreprise ? Un seul homme pourrait me faire atteindre le but.

— Et quel est cet homme ?

— Toi, ô daïs ! répondit le jeune Syrien.

— Moi ! comment cela ? Je ne connais aucun des eunuques de Mourad.

— Mais le vieux Moustapha-effendi en connaît un du nom d'Amourat, un eunuque noir qui a pour lui une vénération profonde et qui lui obéirait.

— Eh bien ?

— Mais Moustapha ne veut « violer la loi du Prophète ! » Jamais ! » s'est-il écrié, lorsque je le suppliai à genoux de servir mon amour.

— Alors en quoi puis-je t'aider ?

— Tu peux tout, ô aga !

— Comment ? demanda l'officier des janissaires.

— N'es-tu pas un des premiers de nos daïs, un *daï-kébir* (grand-prieur) ?

— Je le suis, comme toi, Soleyman, tu es un fédavi revêtu de la robe blanche du sacrifice.

— Et Moustapha, quoique shériff ou descendant du Prophète, n'est-il pas à tes ordres ?

— Je commence à comprendre...

L'aga Ahmed se mit à réfléchir. Après quelques minutes de silence, il reprit en jetant sur le jeune Ismaélien un regard profond :

— Allah m'inspirera. Patience !... Demain, il y aura bataille. Si les fils de Mahomet — que Dieu conserve ! — triomphent, je verrai. Sinon...

— Sinon ?... que veux-tu dire ?

— Il est probable que Mourad-bey et Ibrahim-bey entraîneront dans leur retraite toutes leurs femmes, et alors...

— Alors ? demanda haletant le jeune Syrien.

— Des murailles n'enfermeront plus leurs trésors.

— Je comprends, ô daïs ! Tu es la sagesse même !

— Va, mon fils, va ! Il se fait tard..... Tiens ! voici les beys et leur nombreuse escorte qui passent derrière cette grosse haie de cactus. Ils rentrent sous leurs tentes, après avoir visité tout le camp...

— Qu'Allah te protège, ô daï-kébir !

— Et qu'il te donne la femme que tu aimes !

Le jeune Syrien poussa un soupir en reprenant le chemin de Gizeh, où habitait son maître et ami, le vieux Moustapha.

C'était, en effet, Mourad-bey, accompagné d'Ibrahim et des principaux chefs de Mamelouks, qui rentrait à son quartier général établi sous le figuier de Pharaon.

Devant sa tente, il se retourna vers la brillante escorte.

— A demain, s'écria-t-il en étendant le bras vers le nord, à demain la bataille : Dieu nous livre ses ennemis. Mon armée les écrasera jusqu'au dernier, et le sable de ces plaines leur servira de sépulcre... Beys, agas et kachefs ! allez dire à vos invincibles cavaliers qu'Allah les a destinés surtout à exterminer cette armée franque. Dites-leur : « Qui a vaincu les Arabes en cent combats ? Qui a triomphé des Turcs en cent batailles ? Quels sont

les plus braves cavaliers de la terre ? » Et ils frémiront
d'impatience. Dites-leur aussi que cette armée qui vient
à nous est harassée de fatigues, mourante de faim, et
qu'il leur suffira de fondre sur elle pour la voir anéantie.
Partez ! Allah est pour nous !

Les beys et autres officiers éperonnèrent aussitôt leurs
coursiers, pour retourner à leurs campements.

Mourad mit pied à terre, et ayant confié son cheval
à l'un des Mamelouks de faction devant sa tente, il se
tourna vers Ibrahim, qui était resté.

— Et toi, Ibrahim, regagne aussi le poste que tu as
choisi de l'autre côté du Nil.

— Mes mille cavaliers m'attendent en avant de Boulaq...

— Pour surveiller la rive droite.

Il ajouta avec un sourire quelque peu ironique :

— La prudence ne te quitte jamais, Ibrahim !... Mais
je t'ai laissé choisir toi-même ton poste : je n'ai rien à
dire. Ta ferme n'est pas loin de Boulaq, et c'est là que
sont tes femmes, tes chevaux, tes trésors...

— Tu ne m'as pas encore livré l'esclave servienne, osa
faire observer l'avide Ibrahim.

Mourad fronça les sourcils, mais répondit :

— C'est vrai. Je n'y songeais plus.

— Je te l'ai fait demander plusieurs fois.

— Elle est toujours dans la maison du kachef Ali-
Daab.

— Ali-Daab est ici, sous ton commandement.

— Demain, après la bataille, je lui donnerai mes
ordres. Tu pourras aller chercher la Servienne, rue
Kanâtar-el-Sebaa.

— Mais si nous perdons la bataille, si les Français
pénètrent dans El-Kakira ?

— Impossible ! s'écria Mourad, avec un éclair dans les yeux.

Il se ravisa pourtant, et, sans répondre à la pensée d'Ibrahim, il lui dit :

— Si nous étions vaincus, Ibrahim, je remonterais le Nil, et je combattrais dans le Fayoum et le Saïd... Tu viendrais m'y rejoindre.

Ibrahim s'éloigna avec ses cavaliers en murmurant :

— C'est ce que nous verrons... Ah ! que j'aie la belle Servienne, qui vaut au moins cinq mille piastres, et je gagnerai bien vite la Syrie.

Quant à Mourad, il regardait silencieusement l'avide et couard bey prendre un chemin à travers les palmiers, lorsqu'il sentit une main se poser doucement sur son bras.

Il se retourna vivement et aperçut, soulevant la draperie de la tente, son épouse Eh-Nehfiz, la Géorgienne. A ses côtés, se tenait un eunuque noir.

— Vous ici, cetti ? s'écria-t-il en sourcillant.

— Ne vous mettez pas en colère, cher seigneur, et excusez votre esclave d'être venue jusque dans votre camp.

La cetti-kébir de Mourad avait des privilèges rares chez les femmes de l'Orient, tant elle était aimée et honorée par son époux. Elle avait la liberté de sortir du harem quand bon lui semblait, et l'un des eunuques noirs devait toujours être prêt à lui obéir et à la suivre.

Cependant Mourad était surpris et presque courroucé de la voir sous sa tente, d'autant plus qu'il venait d'apercevoir, à la lueur d'une lampe qui éclairait le somptueux intérieur, la jeune Française, Louise Rivolet.

— Vous deviez pourtant penser, Eh-Nehfiz, dit-il, que la vue de cette fille franque, dans les circonstances actuelles, me serait odieuse.

— Cette enfant m'est chère, vous le savez, et je n'ai pas voulu m'en séparer. Elle m'est devenue chère, surtout depuis que vous avez manqué à votre promesse à son égard.

— Et que venez-vous faire dans mon camp ?

— Vous voir, cher époux, avant la bataille, et passer la nuit avec celui que j'aime plus que le repos.

Le puissant bey ne put s'empêcher d'abaisser un regard de tendresse et de gratitude sur sa noble femme.

— Vous n'y songez pas, dit-il pourtant en donnant à sa voix un accent tendre. C'est la première fois...

— Jamais vous n'avez été en aussi grand péril, cher époux.

— Vous croyez ?... Au fait, les vues d'Allah sont impénétrables, et peut-être...

— Peut-être serez-vous vaincu. Permettez-moi d'exprimer cette crainte, qui ne saurait en rien offenser votre bravoure si connue. Mais la renommée a devancé ces Français intrépides. Chez eux, ils ont lutté contre des ennemis dix fois plus nombreux, et ils sont sortis victorieux des batailles.

— C'est vrai... Et les paroles mêmes qu'Ibrahim a prononcées il n'y a qu'un instant m'ont donné à réfléchir... Aussi, chère femme, suis-je bien aise maintenant que vous soyez venue.

— Vous le voyez, Mourad, je suis toujours sage.

— Oui, chère cetti. Vous assisterez à la bataille, et si j'étais vaincu, vous rentreriez immédiatement au Kaire, vous ordonneriez aussitôt au chef des eunuques noirs de partir avec tout le harem, de monter sur mes kanjas dans le port de Fostat, et de gagner la Moyenne-Égypte, où je vous rejoindrais.

— Je suivrai vos ordres.

— Voici mon anneau : à sa vue, le chef des eunuques vous obéira comme à moi-même.

A ces mots, Mourad remit à la cetti-kébir un anneau d'or, où un parangon de Golconde lançait des reflets éblouissants ; puis il se retira avec elle dans le compartiment le plus splendide de sa vaste tente, où le brocart de Smyrne, les soieries de Lyon, les tapis d'Ispahan, les cachemires de Sirinagor, s'étalaient à profusion, parsemés d'armes brillantes.

Le 3 thermidor (23 juillet), à deux heures du matin, toutes les divisions de l'armée française se mirent en mouvement.

Celle de Desaix marchait en avant-garde, comme à l'ordinaire ; elle aperçut à l'approche du jour un parti de cinq cents Mamelouks, envoyé sans doute en reconnaissance, et qui se replia, sans cesser d'être en vue, jusqu'au moment où les Français arrivèrent en présence du gros des forces ennemies.

Le soleil se levait splendide au-dessus du Mokattam, et à peine son apparition eut-elle, presque sans transition crépusculaire, effacé les étoiles et dissipé les pâles ombres, qu'une immense acclamation retentit sur toute la ligne de l'armée française, qui fit une halte spontanée...

On venait d'apercevoir les Pyramides, et l'on saluait avec enthousiasme ces monuments des vieux siècles de l'Égypte, dont chaque soldat avait entendu parler et qu'il brûlait de contempler.

Les épées flamboyèrent dans l'air, les chapeaux se hissèrent à la pointe des baïonnettes, les tambours se mirent à battre aux champs, et les musiques des régiments jouèrent... la *Marseillaise*.

Les ombres des rois Chéops, Céphrem et Mycérinus, sous leurs gigantesques tombeaux de calcaire ; celles des *hycsos* ou rois pasteurs, sous les ruines voisines de Memphis, durent tressaillir en entendant les chants de liberté des nouveaux conquérants de la vallée du Nil.

Bonaparte, qui savait profiter de toutes les circonstances pour enflammer le cœur de ses soldats, et qui d'ailleurs était plus que tout autre enthousiasmé à la vue des merveilles de l'antiquité, parcourut aussitôt le front des divisions, en s'écriant d'un ton inspiré, et le bras étendu vers ces monuments des âges antiques :

« Soldats !

» Vous allez combattre aujourd'hui les dominateurs de l'Égypte. Songez que, du haut de ces Pyramides, quarante siècles vous contemplent ! »

A six heures, les deux armées étaient en présence.

C'était un de ces champs de bataille comme on n'en voit pas en Europe : une vaste plaine de sable que le soleil dardait de ses feux et qu'il faisait déjà ressembler à une immense fournaise. Cyrus, Cambyse, Darius, Sésostris, Alexandre apparaissant soudain avec leurs éléphants surmontés de tours et de combattants armés de dards, eussent rappelé aussitôt les âges héroïques.

Et, de fait, c'était bien le même champ de bataille que Cambyse, conquérant venu aussi de l'autre bout du monde, avait choisi pour écraser les Égyptiens, et piller ensuite dans la vallée de Thèbes le tombeau d'Osymandias au cercle d'or. Plus de deux mille ans s'étaient écoulés depuis ce jour. Le Nil et les Pyramides étaient toujours là ; seulement le sphinx de granit, dont les Perses mutilèrent le visage, n'avait plus guère que sa tête gigantesque hors du sable. Le colosse dont parle Hérodote était couché, Memphis avait disparu, le Kaire avait surgi avec ses mosquées.

Tous ces souvenirs étaient présents à l'esprit des chefs et des soldats.

La cavalerie pouvait manœuvrer à l'aise sur cet immense emplacement. Un village nommé Bilksit s'élevait au milieu, un petit ruisseau limitait la plaine en avant de celui de Gizeh et s'étendait sur le front des Pyramides.

Mourad et toute sa cavalerie frémissante étaient adossés au Nil, ayant le Kaire derrière eux.

Bonaparte, après avoir examiné la position de l'ennemi, développa son armée en un demi-cercle. Il ne voulait pas seulement vaincre les Mamelouks, il voulait les exterminer d'un seul coup. Il avait vu, au combat de Chebreis, quelle tactique il fallait opposer à cette cavalerie; en conséquence, il forma de chacune de ses divisions des carrés gigantesques, au centre desquels était l'artillerie.

Desaix, avec l'avant-garde, commandait le premier carré, placé entre Gizeh et Embabeh. Puis venaient les divisions Reynier, Kléber, Vial, et enfin, formant l'extrême gauche et appuyée au Nil, la division du général Bon.

Toutes ces divisions devaient se mettre en mouvement, marcher sur Embabeh en se rapprochant l'une de l'autre, et tout jeter dans le Nil : Mamelouks, chevaux et batteries.

VII

UN DESCENDANT DE MAHOMET ET LES GRENADIERS DE LA 32e DEMI-BRIGADE

Mourad-bey n'attendit pas l'effet de la manœuvre des Français. Il devança notre attaque, fit sortir ses troupes des retranchements en masses inégales, et, sans choisir ni calculer, les lança sur les deux divisions les plus avancées : c'étaient celles de Desaix et de Reynier.

Les Français laissèrent approcher à quinze pas, puis les carrés éclatèrent, vomissant le feu et la mort. Chevaux et cavaliers se trouvèrent arrêtés par des torrents de flamme.

Les deux premiers rangs des Mamelouks tombèrent, comme si le sol eût tremblé sous leurs pas. Le reste de la colonne, emporté par sa course, longea au galop toute la face du carré de Reynier, sous un feu à bout portant, et se rejeta sur la division Desaix, qui, à son tour, présenta à ces hardis cavaliers le bout des baïonnettes de son premier rang, tandis que les deux autres s'enflam-

7.

maient et que les angles, en s'ouvrant, laissaient passer une grêle de boulets.

Les ennemis revinrent à la charge... Il y eut un moment où les deux divisions furent complètement entourées. Les Mamelouks chargeaient jusqu'à dix pas ; puis, faisant faire volte-face à leurs chevaux, qui s'effrayaient à la vue des baïonnettes, ils les forçaient d'avancer à reculons, les faisaient cabrer et se renversaient avec eux en arrière, tandis que les cavaliers démontés se traînaient sur les genoux, rampaient comme des serpents et allaient couper les jarrets de nos soldats.

Il en fut ainsi pendant trois quarts d'heure que dura cette horrible mêlée.

Nos soldats ne se reconnaissaient plus à cette manière de combattre. Cependant ils restèrent impassibles dans leurs rangs, et exécutèrent leurs feux avec un imperturbable sang-froid.

Enfin, Mamelouks acharnés, cris d'hommes, hennissements de chevaux, flamme et fumée, tout s'évanouit, et il ne resta entre les deux divisions qu'un champ de bataille jonché de morts et de mourants, de débris se plaignant et remuant encore, comme après la tempête une houle mal calmée.

Cependant, les trois autres carrés avaient assisté jusqu'alors, l'arme au bras, à cette lutte sanglante. Bonaparte, nous le répétons, ne voulait pas seulement vaincre les Mamelouks, il voulait les détruire d'un seul coup.

La première colonne ennemie, mise en fuite et dispersée, était allée porter le trouble dans le camp de Mourad. Bonaparte s'en aperçut ; il donna le signal de l'attaque aux autres divisions.

Arrivées à quelque distance des retranchements, ces dernières firent halte. Les généraux Bon, Menou, Dugua, reçurent l'ordre de détacher les 1res et 3mes compagnies de chaque bataillon, de les former en colonnes, tandis que les autres restaient en carrés et figuraient de véritables citadelles. Seulement les carrés ne représentaient plus que trois hommes de hauteur.

En ce moment, les cinq divisions entouraient Embabeh d'un cercle de feu.

Tout à coup la ligne arabe s'enflamma à son tour, les pièces d'artillerie des retranchements et les bombardes de la flottille ennemie sur le Nil croisèrent leur réseau de feu sur la plaine, et Mourad, à la tête de sa cavalerie, qui n'avait pas encore donné, et des débris de celle qui avait été dispersée, revint à la charge sur les colonnes d'attaque.

Celles-ci se formèrent aussitôt en carrés avec un admirable sang-froid.

Alors recommença une nouvelle lutte plus acharnée, plus sanglante encore que la première. Mourad, l'œil en feu, le visage ensanglanté, venait tenter, par un dernier effort, de briser ces citadelles vivantes.

On vit un spectacle merveilleux. Six mille cavaliers, les premiers du monde, montés sur des chevaux dont les pieds laissaient à peine leur empreinte sur le sable, tourbillonnaient autour des carrés immobiles et enflammés, avec d'horribles clameurs, les enveloppant, les chargeant, cherchant à les ouvrir, se dispersant, se reformant, se dispersant encore.

Ce nouveau combat dura une heure.

Cependant, les carrés avançaient toujours, et les Mamelouks, décimés par le feu et abattus en grand nombre, commençaient à faiblir.

Bonaparte commanda une dernière manœuvre, pour en finir.

Les carrés s'ouvrirent, se développèrent et se réunirent comme les tronçons d'une chaîne. Mourad et ses Mamelouks se trouvèrent pris entre leurs propres retranchements et toute la ligne de bataille française, qui les étreignait en un demi-cercle se resserrant sans cesse.

Mourad, qui avait le coup d'œil d'un capitaine, vit que la bataille était perdue. Il rallia ce qui lui restait d'hommes montés, et entre une double ligne de feu, au galop des chevaux, tête baissée, il s'élança dans l'ouverture que la division Desaix laissait entre elle et le Nil, s'enfonça dans le village de Gizeh et disparut dans la direction de la Haute-Égypte, après avoir mis le feu aux djermes et aux barques qui portaient ses richesses et celles de ses soldats.

Les colonnes d'attaque continuant leur marche, abordèrent vivement le camp retranché d'Embabeh, s'en emparèrent et jetèrent dans le Nil la multitude de fellahs et de janissaires qui le défendaient; beaucoup se noyèrent.

La journée était finie. Mourad-bey laissait trois mille Mamelouks tués sur le champ de bataille ou noyés dans le fleuve, quarante pièces de canon et au moins quatre cents chameaux chargés.

Une troupe d'Arabes nomades, accourus du fond du désert pour prendre part au pillage si les Français étaient vaincus, avaient également vu la bataille, sans y prendre part. Placés en ligne entre les Mamelouks et les Pyramides, ils s'enfuirent pleins d'effroi dans le désert.

Ils allèrent annoncer au loin que l'Égypte avait changé de maître, et que le *Sultan Kibir*, le *Sultan de feu*, allait prendre possession de la vallée du Nil...

Bonaparte se dirigea aussitôt sur Gizeh, pour s'établir dans la maison de plaisance même de Mourad.

Nos soldats avaient déjà envahi le camp égyptien. Ils y trouvèrent des provisions considérables et un butin qui dépassa toutes leurs espérances. C'étaient des cachemires sans nombre, des étoffes de soie, des tapis, de riches armures, des chevaux magnifiques, des bourses pleines d'or, car les Mamelouks portaient sur eux leur argent et leurs bijoux.

L'armée française avait perdu peu de monde, une centaine de morts ou blessés, tout au plus ; et cela s'explique aisément, car leurs carrés n'avaient été enfoncés nulle part.

Les villages d'Embabeh et de Gizeh, que nos soldats occupèrent après la bataille, étaient entourés de magnifiques jardins, couverts de fruits délicieux et de ces raisins exquis à un seul pépin, nommés *anebs*, que produit l'Égypte. Ils s'en donnèrent à cœur joie, pour se dédommager de leurs privations. Ils avaient enfin trouvé la *terre promise*, et ils commençaient à croire aux récits merveilleux des *Mille et une Nuits*.

— Hé ! Jacquot ! par ici ! criait à Gizeh un carabinier de la 2ᵉ demi-brigade légère, de la division Dugua, en s'efforçant d'ouvrir avec son sabre une porte qu'ombrageait un magnifique abricotier.

— Viens de notre côté plutôt, Jeannot ! répondit le Mâconnais Treillet, assis à califourchon sur un mur, grâce à l'aide du Gascon Croustillac.

— Voilà des abricots qui vous font venir l'eau à la bouche, répliqua Jeannot le Manceau.

— Mais moi, j'aperçois des treilles, avec des raisins plus gros que les yeux de Croustillac.

— Hé ! milladious, j'ai bien vu autre chose, moi.

— Quoi donc?

— Hé ! du sexe donc...

— Où cela ?

— Là, dans un jardin, derrière cette bicoque qui ressemble à une vraie ruche de miel...

— Quelque odalisque peut-être ! dit Jeannot en accourant, le regard déjà enflammé.

— Peuh ! fit le Mâconnais. Dans ces petites maisons noires, il ne peut y avoir que de ces femmes arabes en chemise bleue et à la peau bistrée, comme nous en avons vu tout le long du Nil... Parle-moi plutôt de ce palais que voici... Dieu des dieux ! que cela doit être beau là dedans !

— Fais le difficile, maintenant, je te le conseille, mordious ! L'autre jour, près de Rosette, tu as bien reluqué une de ces Arabes... Et quel beau morceau de femme ! avec son amphore sur la tête et ses bras si bien faits, arrondis autour de l'amphore !

— Oui, mais tu n'as pas vu la figure, Croustillac.

— Hé ! ni toi non plus. Elle avait son voile noir... Mais quels yeux dans ce trou ! Que dis-je ? des yeux ? Hé ! c'étaient des escarboucles plutôt... C'est égal, elle t'en montra de grises...

— Je vois encore la figure qu'il fit, le Mâconnais, interrompit Jeannot, quand elle lui versa sur la tête tout le contenu de sa cruche.

Un geste du Mâconnais, toujours assis sur son mur, fit taire ses deux camarades.

— Chut ! fit-il.

— De quoi ?

— Il a raison, le Gascon. Il y a du sexe, en effet, dans le jardin de la ruche à miel... Et ce ne sont pas des femmes arabes !

— Combien sont-elles ?

— Deux : une femme magnifique...

— Blonde ou noire ?

— Tais ton bec, Jeannot ! ne sais-tu pas qu'elles ont toutes un voile... ? Celle-là est grasse et ronde, tout enveloppée de mousseline fine. Ce doit être une grande dame.

— Et l'autre ?

— L'autre ?... Eh mais ! elle ne craint pas de montrer sa figure, celle-là. Tiens ! mais, c'est drôle !

— Qu'y a-t-il ?

— Je croyais que dans ce pays toutes les femmes avaient les cheveux noirs, et celle-là est blonde !

Jeannot fit une gambade.

— Une blonde ! dit-il ; je rafolle des blondes, moi !... Courons-y, frappons, et si on n'ouvre pas, prenons d'assaut !

— Il y a un grand vieux, à longue barbe blanche et tout habillé de vert, qui les accompagne. Il les a fait asseoir dans un bosquet.

— Dans un bosquet ! Hé, milladious, je brûle...

— Il leur sert du lait dans une jatte et des fruits sur des feuilles de vigne.

— Ça me va, s'écria Jeannot. On va nous inviter, nous mangerons, nous nous dorloterons sous le bosquet... Dieu de dieux ! que nous allons nous en donner ! Mais, ajouta-t-il tout bas, je n'en parlerai pas à la payse, de retour en France.

Déjà Jacquot Treillet avait dégringolé de son mur. Il s'élança vers la petite maison arabe, construite en forme conique comme la plupart des cabanes de village, et ressemblant effectivement à une ruche d'abeilles. Croustillac, en se frisant la moustache, lui emboîta le pas, et Jeannot, tout en suivant ses camarades, s'assurait si sa petite queue, s'échappant du bonnet à poil, n'était pas trop en désordre.

On frappa à la porte, et une voix grêle demanda en arabe :

— Que veut-on ?

— Ouvrez !

— Qui êtes-vous ?

— Français.

— Passez ! Ne dérangez pas un vieillard.

— Plus souvent, mordious ! fit Croustillac, qui avait collé l'œil au trou où jouait un loquet de bois. Nous avons faim et soif, et tu n'es pas si vieux que tu veux bien le dire, mon moricaud.

Et il donna un coup de pied furibond dans la porte, qui en résonna, mais n'en fut pas ébranlée.

— Drôle de voix, tout de même ! fit observer le Mâconnais. On dirait celle d'une vieille vendangeuse édentée du Charollais.

— C'est un grand gaillard, pourtant, un nègre tout habillé de soie orange, avec un beau sabre au côté, milladious !

. — Ce n'est donc pas le vieillard vert que j'ai vu du haut du mur ?

— Seulement, il n'a point de barbe... pas la moindre de ces touffes qui font l'ornement de notre sexe. Allons, ouvre, magot jaune ! ou nous brisons la porte.

Croustillac regarda encore par le trou et vit l'homme habillé de soie se diriger vers le fond du jardin, sans doute pour conférer avec le vieillard et les femmes.

Mais nos carabiniers s'impatientant, ils se mirent à cogner et à faire grand bruit.

Sur ces entrefaites apparurent une demi-douzaine de grenadiers de la 32ᵉ demi-brigade de bataille, de la division Bon, qui, eux aussi, cherchaient fortune dans le village de Gizeh.

— Que faites-vous donc là ? demanda l'un de ces derniers.

— Qu'est-ce que cela vous fait, à vous ? Suivez votre chemin !

— Pâquot ! je crois qu'on te manque, dit un autre grenadier.

— Mé manquer, à moi, Pâquot le Beauceron ! Ah ! Dumanet ! je ne sais ce qui me retient....

— Te laisseras-tu molester par ces *Français du Rhin*, toi un grenadier, un *Français d'Italie ?*

Pâquot mit dextrement son bonnet à poil sur l'oreille et tira son sabre. Jacquot Treillet en fit autant.

— Allons donc ! fit une grosse voix, celle du caporal Landuron qui intervint, après s'être amusé à abattre quelques dattes à un arbre voisin. Va-t-on se fâcher encore pour des riens ? Tonnerre ! réservons-nous pour les Mamelouks.

— Il a raison, le caporal, dit Jeannot. Pourquoi se chamailler ? Il y a du beau sexe ici pour tout le monde...

— Du sexe ! répliqua Landuron, en portant la main à la plaque de son bonnet. Respect aux dames ! pourvu qu'elles soient complaisantes pour les braves. Et où sont-elles ?

— Dans ce jardin.

— En ce cas, en avant, marche !

— Oui, mais on ne veut pas nous ouvrir.

— On ne veut pas ouvrir à des vainqueurs !... A l'assaut, alors ! Enfonçons la porte, avec toutes les formes, nonobstant, et la galanterie française qui nous distingue.

Aussitôt, carabiniers et grenadiers réunirent leurs

efforts pour détruire l'obstacle. La porte vola bientôt en éclats.

Le premier qui entra, le plus pressé, ce fut Jeannot. Le cimeterre du nègre s'abattit sur son épaule. Heureusement pour le pauvre Manceau, que son épaulette, doublée du baudrier de sabre, amortit le coup.

On se jeta sur le noir, qui eut beau s'escrimer, il fut bientôt terrassé et désarmé.

— Toi ! dit Landuron, en lui liant les bras avec la mousseline de son turban, tu n'es pas blanc. Tu as frappé un Français : tu sauras ce que ça te coûtera.

Une voix grave se fit entendre en arabe.

Chacun leva la tête et aperçut, ombragé par les rameaux d'un *henné* d'Orient aux grappes irisées, un vieillard au port majestueux, à la longue barbe blanche qui lui descendait jusqu'à la ceinture, et presque tout habillé de vert, y compris le turban.

Le bras solennellement étendu vers les Français, le vieillard leur citait le livre sacré du Koran :

— « O hommes, disait-il, craignez votre Seigneur, qui vous a tous créés d'un seul individu. » — « Le Dieu unique est notre Dieu à tous. » — « Il ordonne à ses croyants d'être bons et équitables envers ceux qui n'ont point combattu contre eux à cause de leur religion, et qui ne les bannissent pas de leurs foyers. Il aime ceux qui agissent avec équité. » — « Nous croyons aussi aux livres qui ont été donnés à Jésus, fils de Marie. » — « Ne tuez pas, car Dieu l'a défendu. » — « Rendez le bien pour le mal. Dieu est indulgent et miséricordieux. » — « Vous venez tous les uns des autres, et d'Adam, le père commun. »

— Ah ! ça, quel drôle de charabia nous débite-t-il là ? interrompit enfin le Mâconnais.

— Va-t-il continuer longtemps son sermon, le vieux ? demanda Jeannot.

— Hé ! milladious, il prêche bien tout de même ; seulement je n'y comprends goutte.

Le caporal Landuron s'avançait vers le vieillard, en caressant sa moustache, lorsque les deux femmes aperçues par Jacquot du haut de son mur parurent enfin à leur tour.

Des exclamations de joie les saluèrent à l'unanimité.

La plus jeune, la blonde, croyant que le caporal allait se livrer à l'égard du vieillard à quelque acte de violence, se précipita au-devant de lui.

— Arrêtez ! s'écria-t-elle en bon français. Respectez ce vieillard : c'est un schérif, un descendant du Prophète.

— Bah ! firent plusieurs voix.

— Un homme vénéré par tous, saint et tolérant.

— Pourquoi donc alors ne nous a-t-il pas ouvert sa porte, et que son camarade, le moricaud, a-t-il joué du sabre sur l'épaule de ce pauvre Jeannot ?

— Pourquoi vous-mêmes vous êtes-vous introduits violemment dans ce logis !

— Dame ! nous avions faim et soif, et...

— Vos généraux vous laissent-ils manquer de quelque chose ? Est-ce ainsi que vous suivez les ordres du citoyen Bonaparte ? Avez-vous oublié ses proclamations ?

Nul ne répondit d'abord. On se sentait fautif.

Cependant, le caporal Landuron, en sa qualité de grognard d'Italie, ne crut pas devoir s'humilier sans raisonner un peu.

— Et vous, citoyenne, demanda-t-il, qui donc êtes-vous, et que faites-vous ici avec cette grosse dondon, qui me reluque par le trou de son voile comme si elle voulait m'avaler ?

— Je suis une de vos compatriotes, habitant le Kaire avec mon père, un négociant français, le citoyen Rivolet.

— A la bonne heure !... Mais la grosse mère qui vous accompagne ?

— Ne parlez pas avec irrévérence de cette dame. C'est...

— C'est ?

La compagne de Louise Rivolet saisit vivement le bras de cette dernière et lui glissa quelques paroles à voix basse.

— Parlez, citoyenne, quelle est cette femme ? Elle vient de vous parler à l'oreille : c'est du louche.

— Je ne puis vous le dire.

— Qu'elle montre son visage alors !

— Sa loi le lui défend.

— C'est donc une mahométane ? Nommez-la du moins !

— Impossible.

Les Français sont peu endurants, surtout après une victoire. Le mystère ne leur plaît que lorsqu'ils ont espoir de le pénétrer. Mais quand on veut leur céler une chose dont la révélation leur paraît être sans inconvénient et qui les intrigue, ils deviennent d'autant plus désireux de la connaître que l'obstination mise à la cacher leur semble renfermer un piège ou au moins un secret suspect.

On murmura, on se récria et l'on finit par s'échauffer.

— Son nom ! son nom ! exclamèrent les uns.

— Sa figure ! qu'on la voie ! s'écrièrent les autres.

Des paroles on allait passer aux actes. Déjà le caporal Landuron avait étendu le bras pour retirer le voile.

Le schérif se jeta entre lui et la dame, couvrant celle-ci

de son corps et lançant des anathèmes contre les Français qui voulaient violer la sainte loi musulmane.

Quelques-uns de ces derniers se ruèrent sur le descendant de Mahomet, et, sans respect pour son caractère, le réduisirent à l'impuissance, en le garrottant, comme ils avaient fait du nègre.

Voyant cela, la dame, qui craignait pour la vie de celui qui venait de lui accorder l'hospitalité, se découvrit de son propre mouvement et s'écria, en montrant un visage noble et fier :

— Je suis la femme de Mourad-bey.

— La femme de Mourad ! Bonne prise !

— Je me livre à vous, mais faites grâce à ce saint vieillard. C'est le schérif Moustapha-effendi, le descendant du Prophète. Laissez aussi la vie à Amourat : il n'a agi que d'après mes ordres.

— C'est votre domestique, ce moricaud habillé de jaune?

— C'est mon eunuque.

— Votre eunuque ? Excusez du peu !... Mais ne vous en inquiétez pas. Il a frappé un Français ; il sera fusillé ou pendu, suivant la coutume du pays, puisqu'il faut observer la coutume. Quant à ce vieux cousin de Mahomet que le diable emporte...

Une voix forte et sévère interrompit le caporal Landuron.

— Vous lui ferez amende honorable, caporal, ou vous irez pendant huit jours à la garde du camp.

— Plus souvent ! s'écria le grognard en fronçant les sourcils et en se retournant pour voir qui osait le menacer de la sorte.

Mais il porta aussitôt la main droite à son bonnet à poil, en murmurant :

— Le général Kléber !

C'était effectivement Kléber, accompagné du capitaine Omar, qui, descendu de cheval, s'était arrêté sur le seuil de la porte du jardin, et avait été témoin de la dernière partie de la scène que nous venons de raconter.

— Allons ! pas tant de façons, caporal. Défaites les liens de ce vieillard et demandez-lui excuse... Qu'on délivre également ce nègre !

Le caporal Landuron promena un instant les yeux du général au schérif. Évidemment la chose lui coûtait, et il eût, sans aucun doute, préféré la garde du camp à l'humiliation qu'on lui infligeait. Mais, dominé par le regard d'autorité de Kléber, il finit par retirer les entraves au vieillard.

— Voyons ! les excuses maintenant, dit Kléber.

Landuron roulait des yeux furibonds ; il ne se décida pas moins à adresser la parole au schérif, mais ce fut avec un ton de mauvaise humeur grotesque.

— Cousin de Mahomet ! dit-il, j'ai eu tort, je le veux bien ; mais toi et le nègre, vous n'êtes pas moins de fichus...

— Hein ? l'interrompit sévèrement Kléber.

— Pardon, excuse, citoyen général ; mais c'est plus fort que moi. Que voulez-vous ? J'étais à Montenotte, à Mondovi, à Lodi, à Rivoli... et je... je... je...

Le vieux soldat avait la larme à l'œil. Kléber lui tendit la main.

— Aussi est-ce pour cela que je te pardonne. Mais ne recommence pas, sacrebleu !

Le caporal se redressa, en tortillant sa moustache.

— Eh bien ! oui, dit-il, je suis un vrai chenapan : j'ai eu tort. Seulement, mon général, c'est bien dur d'avouer cela, surtout devant ses subordonnés.

A ces mots, le grognard alla se perdre au milieu des

grenadiers, qui, l'un après l'autre, s'esquivèrent pour chercher aventure ailleurs.

Le général Kléber s'avança vers la cetti-kébir de Mourad, le chapeau à la main.

— Madame, lui-il, les hasards de la guerre sont cruels. Je me vois forcé de vous prier de m'accompagner auprès du général Bonaparte. Mais rassurez-vous : votre captivité ne peut être que douce et agréable.

Il s'adressa ensuite à Louise Rivolet.

— Quant à vous, citoyenne, je sais que vous êtes la sœur de mon jeune et brave officier d'ordonnance, Charles Rivolet. Le capitaine Omar, qui m'avait raconté votre histoire, vous a reconnue aussitôt. Je bénis le hasard qui m'a fait vous trouver dans cette habitation... Mais comment se fait-il que vous soyez en ces lieux, en compagnie de la femme de Mourad ?

— Général ! j'avais accompagné hier soir cette noble femme, qui n'a cessé de me protéger et de m'aimer. Nous avons passé la nuit dans le camp de Mourad, et dans la journée nous avons assisté à la bataille sous la tente du bey. Mais en voyant s'enfuir ce dernier vers la Haute-Égypte, la cetti-kébir songea à rentrer au Caire. Nous nous dirigeâmes en toute hâte vers le village de Gizeh, d'où nous espérions gagner la ville, en traversant le Nil. Mais déjà la cavalerie française avait atteint et occupé les bords du fleuve...

— En poursuivant les Mamelouks, je le sais.

— Alors l'eunuque noir Amourat nous mena vers le schérif Moustapha, qu'il connaissait, et comme la maison du vieil effendi est une pauvre demeure où la cetti pensait que, par cela même, elle serait en sûreté...

— Mais nos soldats furettent partout. Ils ont toujours le nez au vent.

— On nous découvrit... Citoyen général, épargnez cette dame. Eh-Nehfiz est une digne et respectable femme. Que de fois les chrétiens ont pu apprécier son noble cœur! Dans maintes circonstances, elle les a protégés contre la colère du bey.

— La citoyenne Rivolet a raison, général! dit Omar. Parmi les Francs, comme parmi les Cophtes, la femme de Mourad est vénérée.

— Ce fut grâce à son intercession, dont j'ai été témoin, reprit Louise, qu'un instant l'ordre fut donné par le bey de remettre en liberté mon père, mon frère et les négociants français prisonniers à la citadelle.

— En effet, ajouta le capitaine des guides, ce fut un Mamelouk qui vint transmettre cet ordre à El-Kâlah, ordre révoqué presque immédiatement.

— C'est à elle, général, que moi-même je dois mon salut, car les projets du bey...

La jeune fille baissa les yeux en rougissant.

— Pouvez-vous, mademoiselle, nous donner des nouvelles de votre frère? demanda Omar. L'avez-vous revu?

— Hélas! non. Quoique le bey eût renoncé à ses cruels desseins, il ne défendit pas moins de me rendre à la liberté!... Mais j'avais trouvé dans Eh-Nehfiz une amie, une mère... Ma captivité fut douce... Ah! général, je vous en supplie : faites que la sienne soit de même!

— Rassurez-vous! Je m'intéresse vivement à elle, et le général en chef, j'en suis sûr, en apprenant de ma bouche tous ces détails, saura concilier les vues de sa politique avec tous les égards dus au sexe, au rang et au caractère de cette dame... Mesdames, veuillez m'accompagner.

Au moment où Kléber allait se diriger vers la porte, le vieux schérif, qui jusqu'alors s'était tenu silencieux, les

yeux fixés sur le général, se plaça devant lui, et après
l'avoir salué en croisant les bras sur la poitrine, lui prit
la main qu'il baisa.

— Je te salue, *Sultan grand!* lui dit-il. « Une parole
honnête, de bons procédés, » dit le livre descendu du
ciel, valent mieux qu'une aumône mal donnée. Dieu est
riche et clément! Tu as détourné de nous l'orage qui
grondait : sois béni. Tu es grand ! le Seigneur te récompensera de tes œuvres dès cette vie, et après ta mort, tu
iras dans le jardin des délices, où l'on ne voit que des
arbres magnifiques, des beautés aux yeux noirs et où
l'on n'entend que ces paroles : *Paix! Paix!*... Le schérif
Moustapha, descendant en ligne directe de Mahomet, —
que Dieu lui soit propice et le conserve! te salue, sultan
grand, et te bénit au nom d'Allah et du Prophète!

Tandis que parlait le schérif, Omar s'entretenait avec la
cetti-kébir, l'eunuque noir rajustait ses vêtements de soie
orange, dérangés par les soldats, et Louise Rivolet s'ap-
prochait de la porte de la rue, espérant peut-être que son
frère viendrait à passer.

Le cheval de Kléber et celui d'Omar, attachés à la grosse
branche d'un jujubier, profitaient de leur repos pour en
brouter les feuilles et les drupes à la chair sucrée.

La jeune fille ne craignit pas de dépasser le seuil,
n'ayant rien à redouter des Français qui pouvaient traverser la rue. Elle tourna les chevaux pour mieux voir.

Soudain un homme parut devant elle, un homme au
turban et au burnous blancs.

A peine cet homme l'eut-il examinée, qu'il poussa une
exclamation stridente qui la fit frémir.

Elle aussi reconnut celui qui se présentait ainsi, comme
l'ayant remarqué maintes fois dans le quartier El-Afrang,
devant la maison de son père, tandis qu'il dardait sur elle

un regard de flamme. Il lui avait même semblé, dans la soirée où les Mamelouks la conduisaient au palais de Mourad, que c'était le même individu qui avait voulu l'entraîner, après avoir poignardé l'un des deux Mamelouks.

Louise voulut rentrer dans le jardin.

Mais déjà le Syrien Soleyman, — car c'était bien lui qui venait retrouver son maître, Moustapha-effendi, — avait jeté un rapide coup d'œil dans l'intérieur et y avait distingué le général français et son aide de camp.

Prompt comme l'éclair, Soleyman saisit la jeune fille par la taille, la souleva malgré ses cris, sauta en selle sur le cheval d'Omar, coupa de son poignard la bride qui retenait la bête au jujubier, et de ses talons laboura les flancs du coursier, qui partit d'un trait.

Quand Kléber et son ami, attirés par les cris de Louise, se montrèrent à la porte, le Syrien était déjà loin et fuyait dans la direction du Nil.

— Prends mon cheval, Omar, et cours après le ravisseur! dit Kléber.

L'ex-janissaire ne se le fit pas répéter, et une minute après, lui aussi faisait voler la poussière sous les pas de son coursier.

Le village de Gizeh est séparé du Kaire par le Nil, à l'endroit où s'élève l'île de Roudah. Autrefois, deux ponts de bateaux reliaient l'île aux deux rivages opposés; mais à l'époque de la conquête de l'Egypte par les Français, on passait d'un bord à l'autre sur des djermes ou de grands kanjas.

C'est dans l'île de Roudah, remplie de jardins et de maisons de plaisance, que se trouve le fameux *mikkias* ou nilomètre. C'est un bassin, adossé à une mosquée, qui communique avec le fleuve : au milieu, s'élève une colonne qui sert à indiquer la hauteur des eaux.

Aussitôt que le Nil commence à hausser, on bouche et on nettoie les grands et les petits canaux tirés du fleuve, destinés à arroser les campagnes. On tient ces canaux fermés jusqu'à ce que les eaux soient parvenues à une certaine hauteur, qui se détermine par le nilomètre de Roudah.

Un scheik se tient, à cet effet, dans le mikkias, et annonce aussitôt la crue des eaux, quand elle commence, à une foule de pauvres qui attendent à Fostat cette nouvelle, et qui courent la publier dans les rues du Kaire. Chaque jour, le scheik fait connaître ainsi de combien de pouces le Nil a haussé.

Lorsque le fleuve est arrivé à la hauteur voulue, on débouche les canaux, et des fêtes accompagnent ce grand événement.

Le capitaine Omar, en approchant du Nil, voyait déjà le ravisseur au burnous blanc faire signe au patron d'un kanja. Celui-ci, reconnaissant un Arabe, s'empressait de diriger sa barque vers le rivage. Tous les bâtiments sur le fleuve se tenaient à distance, sachant Gizeh déjà occupé par les Français.

Le kanja abordait la rive, et le Syrien allait y pousser son cheval, lorsque, d'un enclos de nopals, ou figuiers de l'Inde, un officier de carabiniers, le sabre au poing, s'élança pour empêcher le Syrien, avec sa proie, de sauter dans la barque.

— Hardi ! lieutenant Martial, cria de loin Omar à l'officier, qu'il avait reconnu. C'est la sœur du lieutenant Rivolet qu'on enlève...

Mais quelque diligence que pût faire l'officier, il arriva trop tard, et il vit avec douleur l'Arabe au burnous blanc lancer son cheval dans le kanja, qui s'éloigna aussitôt, grâce aux vigoureux coups de rame d'une demi-douzaine de mariniers, tandis que la pauvre enfant qu'on enlevait tendait vers celui qui voulait la sauver des mains suppliantes.

Instinctivement, Martial prit un pistolet à sa ceinture dans le dessein de casser la tête au Syrien ; mais il pouvait atteindre la victime aussi bien que le ravisseur, et force lui fut, ainsi qu'à Omar, qui venait d'arriver au bord du fleuve, d'assister impuissant à l'odieux rapt.

Mais Martial ne pouvait plus détacher sa vue du charmant visage de la jeune fille, embelli encore par les larmes qui l'inondaient, et il murmura :

— Qu'elle est belle !... Oh! je la retrouverai...

Il n'achevait pas, que le tambour résonna dans Gizeh.

Un sous-officier accourut.

— Lieutenant, dit-il, on rappelle à l'ordre au quartier général. A qui ordonnez-vous de s'y rendre?

— Nous y allons tous deux, mon vieux Leblanc ! C'est peut-être pour marcher sur le Kaire... Plus que jamais, je brûle d'y pénétrer.

Le capitaine Omar, Martial et le sergent Leblanc prirent le chemin de la maison de plaisance de Mourad-bey, où Bonaparte, comme on sait, avait établi son quartier général.

Déjà Kléber s'y était rendu, de son côté, avec la cetti-kébir du bey des Mamelouks.

Le général en chef avait accueilli la noble Géorgienne comme elle le méritait, après avoir entendu le récit de Kléber.

— Je compatis à votre infortune, madame, dit-il à Eh-Nehfiz. Mais si le sort des armes a été défavorable à votre époux, dont j'ai admiré le bouillant courage, soyez assurée que tous mes efforts tendront à vous faire oublier que vous êtes la femme d'un ennemi vaincu... Vous êtes ici chez vous, madame : c'est la propriété du bey Mourad. Vous commanderez en maîtresse.

Eh-Nehfiz remercia Bonaparte de ses généreuses paroles, en ajoutant qu'elle ne s'attendait pas à moins de la part d'un guerrier franc que sa glorieuse renommée avait précédé en Égypte.

Le soleil allait se coucher derrière la grande Pyramide de Chéops. Il se reflétait, à côté, sur le granit rose qui compose encore le revêtement de la Pyramide Mycerinus, et d'où ses rayons de feu semblaient faire jaillir mille étincelles, lorsque les officiers des corps stationnés à Gizeh se trouvèrent réunis devant le quartier général.

Bientôt parut Bonaparte.

— Citoyens ! dit-il, nous allons prendre possession de la capitale de l'Égypte.

Un frémissement de joie parcourut l'assemblée.

— Dès que la nuit sera venue, les compagnies d'élite, grenadiers et carabiniers, qui se trouvent à Gizeh, s'embarqueront sans bruit sur les quelques bâtiments que je viens de mander d'Embabeh. Le citoyen Dupuy, l'ancien chef de brigade de la 32ᵉ, que j'ai nommé général de brigade sur le champ de bataille, commandera le détachement... Vous ne serez que trois cents hommes au plus, et il s'agit d'occuper une ville de trois cent mille âmes... Mais il faut se contenter des moyens de transport que l'on a. C'est audacieux, je le sais ; mais il le faut... Je viens d'apprendre que le peuple de la ville se livre à des excès. On a pillé et dévasté plusieurs maisons de beys et de Mamelouks. Cela annonce, il est vrai, des dispositions qui nous sont favorables ; mais, d'un autre côté, je ne veux pas de désordres... Tenez-vous donc prêts ! Dans une heure on partira.

Celui des officiers qui se sentit le plus heureux en

8.

entendant cet ordre, ce fut sans contredit le jeune lieutenant de carabiniers Martial. Il songeait à la jeune Française, que pourtant il n'avait fait qu'entrevoir encore.

Mais Kléber aussi avait senti son cœur palpiter.

— Omar, dit-il à son ami, nous marcherons avec eux,
ou plutôt nous allons les devancer.

— Marchons! répondit l'ex-janissaire avec son flegme
habituel.

— Tu vas me procurer un costume du pays.

— Ce sera facile.

— Nous irons droit à la maison où se trouve Zaïra, ma
fille.

— C'est au centre de la ville.

— Qu'importe!

— Soit.

— M'y mèneras-tu, sans te tromper de chemin, ni de
rue, ni de maison?

— Ce que je sais, c'est que nous trouverons dans le
voisinage le lieutenant Rivolet et le Cophte Faraoun, à
moins que...

— A moins que...

— Le soulèvement des gens du Kaire ne les ait chassés
de leur poste d'observation.

— Omar! les quelques heures qui me séparent du moment où je verrai ma fille me paraîtront des siècles. La
verrai-je, seulement?

— Allah est grand!

VIII

LE DRAME DE LA TERRASSE DE LA RUE KANATAR-EL-SEBAA

Voici ce qu'avait appris Bonaparte, et ce qui l'avait dé-
cidé à brusquer la prise de possession du Kaire.

La fuite de Mourad, le retour d'Ibrahim et la nouvelle
du désastre éprouvé par l'armée égyptienne sur la rive
gauche du Nil avaient rempli cette capitale de terreur et
de confusion.

Les beys et les Mamelouks qui accompagnaient Ibrahim,
tous ceux qui avaient réussi à traverser le Nil à la nage
et tous les principaux partisans de ces dominateurs de
l'Égypte, croyant voir arriver les Français à chaque
instant, se disposèrent à gagner Belbeïs, capitale de la
province de Charkieh, située à l'est du Delta et dans la
direction de la Syrie.

Ibrahim sut persuader au pacha d'Égypte, Abou-Beker
qu'il était dans son propre intérêt de fuir avec lui sans
attendre les vainqueurs, qui ne respecteraient, dit-il, pas
plus le représentant du Grand-Seigneur que les Mamelouks.

Abou-Beker était un homme faible et crédule, auquel les beys avaient même dérobé la connaissance de la proclamation adressée par Bonaparte au peuple d'Égypte. Il se détermina à suivre les Mamelouks dans leur retraite sur Belbeïs, en laissant toutefois son lieutenant ou *kichja* dans la citadelle du Kaire, pour observer les démarches ultérieures des Français et lui en rendre compte.

Tandis que les Mamelouks pressaient ainsi le pacha à la citadelle, une partie de la population du Kaire, abandonnée à elle-même et n'étant plus retenue par aucun frein, se livra à tous les excès ordinaires aux hommes qui se sentent un instant libres après tant d'années d'esclavage. Elle s'était mise à envahir et à piller les maisons des beys et des principaux Mamelouks ; elle avait incendié les palais de Mourad et d'Ibrahim. Une troupe de ces dévastateurs eut même l'intention de pénétrer dans le quartier El Afrang, habité par les Européens ; mais ceux-ci se barricadèrent et tinrent en respect les agresseurs.

Après le départ du pacha et d'une partie de ses janissaires, les négociants français que nous avons vus prisonniers à la citadelle, représentèrent à son kichja qu'il se concilierait la bienveillance du général français si, dans la situation anarchique de la ville du Kaire, il se mettait lui-même à la tête des affaires et entrait en pourparlers avec le vainqueur des Mamelouks, pour la reddition de cette capitale de l'Égypte.

Le kichja, dont la position était singulièrement critique, et qui n'avait d'ailleurs aucun moyen de résistance ou de fuite à sa disposition, se laissa facilement peruader.

Quelques-uns d'entre les négociants français s'offrirent our être ses agents auprès du général en chef, et s'embarquèrent sur le Nil à l'effet d'aller trouver Bonaparte à son quartier général de Gizeh.

Ce fut après les avoir entendus, que le général en chef donna les ordres que nous savons.

Cependant Ibrahim n'avait pas encore atteint le Birket-el-Hadji ou le Lac des Pèlerins, lieu qui sert de halte aux caravanes de la Mecque, qu'il se frappa le front et prit à part un de ses officiers favoris.

— Hussein! lui dit-il, te sens-tu le cœur fort?

— Seigneur, répondit Hussein, je n'ai jamais connu la crainte.

— Es-tu prêt à me suivre pour retourner au Kaire?

— Ordonnez, ô bey!

— Je ne laisserai point dans Masr la belle esclave servienne qui m'appartient, que Mourad m'a cédée formellement et qui est restée dans la maison du kachef Ali-Daab!

— Dans la rue Kanâtar-el-Sebaa?

— Tu l'as dit. Elle vaut plus que cent autres esclaves. C'est une perle non pareille.

— Retournons, seigneur!

— Choisis une douzaine de tes plus braves cavaliers. Dans le village de Matarieh que nous venons de traverser, nous trouverons des vêtements arabes. Nous nous en couvrirons, et sous le manteau nous cacherons cimeterre, poignard et pistolets.

— Ce sera facile.

— Le soleil est à son déclin. La nuit sera close quand nous atteindrons le Kaire. Personne ne nous reconnaîtra et l'ombre favorisera notre entreprise.

— Vous parlez sagement, ô bey, comme le kalife Ali, le sublime, le vénéré parent du Prophète.

Ibrahim se mit à sourire.

— Oui, dit-il, je sais que tu es *chyite* et qu'en cette qualité tu as Ali en vénération. Mais quoique je sois *sunnite* comme la plupart des Turcs et des Égyptiens, et qu'à mes yeux Omar et Othman ne fussent point des usurpateurs, je ne t'aime pas moins, Hussein! parce que tu es brave.

Le bey aurait pu ajouter : « Et que je ne le suis pas. » Il fallait, certes, qu'il estimât à un bien haut prix l'esclave servienne, et que son amour de l'or fût bien puissant, pour qu'il se décidât à rentrer dans une ville révoltée et à la veille d'être occupée par un ennemi victorieux. Mais il comptait sur son déguisement et celui de ses hommes, et sur la nuit principalement.

Ayant ordonné au gros de la troupe de poursuivre son chemin vers le Lac des Pèlerins, où l'on devait camper, Ibrahim tourna bride avec Hussein et une douzaine de Mamelouks, dans la direction de Matarieh, où se voient encore les ruines de l'antique Héliopolis.

L'ordre donné par Bonaparte, dit un historien militaire, d'aller occuper une ville qui renfermait une population de trois cent mille âmes, avec un détachement de trois cents soldats, au plus, séparés de l'armée par un fleuve sans ponts (et n'ayant d'ailleurs que de faibles moyens de passage à leur disposition), doit paraître, au premier aspect, fort extraordinaire, pour ne pas dire un acte de folie.

Mais l'étonnement sera moins grand, si l'on réfléchit que les instructions du général Dupuy, investi d'avance par Bonaparte du commandement du Kaire, portaient : qu'il profiterait des ténèbres de la nuit pour pénétrer jusqu'au quartier des Francs et s'y retrancher.

Il faut observer, en outre, que les révoltés du Kaire, fatigués de leurs excès de la soirée, devaient en partie s'être retirés chez eux à l'heure où les Français entreraient dans la ville ; que la masse des habitants attendait en silence le résultat de la fuite précipitée des Mamelouks ; enfin que l'on comptait sur la terreur même qu'inspirait l'apparition des uniformes français aux bandes dont l'esprit de sédition n'avait évidemment pas pour but la défense de la ville.

D'un autre côté, le général en chef avait ordonné qu'on réunît pendant la nuit, sur la rive gauche du Nil, les embarcations nécessaires pour le passage de la division Bon et des autres corps à Boulaq, passage qui devait s'effectuer dès le lendemain matin.

A l'heure prescrite, le général Dupuy, l'adjudant général Beauvais, le nouveau chef de la 32ᵉ demi-brigade, Darmagnac, et les compagnies d'élite désignées, montèrent à bord de la barque qui avait amené les négociants français, et de quelques autres bateaux ou djermes qu'on put se procurer. Les négociants accompagnaient le détachement pour lui servir de guides.

— Je suis tranquille, dit Bonaparte en voyant partir les grenadiers. La 32ᵉ est là ! Je l'ai vue en Italie.

La nuit était profonde. C'était une de ces rares nuits de la Basse-Égypte, plus rares encore dans le Saïd, où le vent de la mer, amenant des nuages, tend un voile sur le ciel étoilé.

La petite troupe arriva sous les murs de la grande cité orientale. Les portes étaient fermées, mais sans gardes pour les défendre. La plupart des janissaires avaient suivi le pacha, le reste était enfermé dans la citadelle.

Les Français n'eurent qu'à pousser : les portes cédèrent aux premiers coups de hache de nos sapeurs, et s'entr'ouvrant, laissèrent apercevoir une ville sombre et muette comme les tombeaux des kalifes, ou plutôt pareille à ces demeures ensorcelées qu'on décrit dans les *Mille et une Nuits*, et que la baguette d'un puissant magicien a plongées dans le sommeil, le silence et l'immobilité...

Pas un habitant ne se montra.

Les petites fenêtres grillées faisaient ressembler les maisons à des prisons, et les monumentales mosquées de forme carrée, massives à la base, surmontées de leur dôme de forme ovoïde, hérissées de tours et de minarets ornés du croissant, flanquées de fontaines de marbre pour les ablutions, produisaient sur nos soldats l'effet de palais fantastiques, siège des puissants génies qui tenaient la ville endormie sous l'empire de leurs charmes.

Qu'on se représente une poignée de soldats parcourant, en bon ordre et sans crainte, les rues étroites et silencieuses de l'immense capitale de l'Égypte, dont la prise de possession, dans l'esprit de ses habitants, était le signe de la conquête même de tout le pays ; qu'on se les figure, cherchant dans un labyrinthe de rues obscures et désertes un gîte au centre même de cette ville enchantée !

— Citoyen général, fit observer un officier au général Dupuy, on ne marche que deux de front dans ces ruelles. Ceux qui sont à la queue de la colonne pourraient bien s'égarer au milieu de ces voies tortueuses et inhospitalières.

— C'est juste, répondit le général. Tambours, battez la marche.

Aussitôt retentit dans la ville muette le tambour français. Ce bruit nocturne, inusité, — on le sut depuis, — inspira aux Arabes une terreur profonde, surnaturelle.

Que de prières furent murmurées dans ces maisons mystérieuses, au passage des Français, au son de cette batterie insolite qui glaçait les habitants jusqu'à la moelle des os ! Que de versets du Koran ! Que d'Allah !

La colonne continuait d'avancer ; mais il était difficile de trouver le quartier franc au milieu de la nuit, dans une citée inconnue où, le jour, on a peine à se diriger sans guide. Les négociants français qui conduisaient nos soldats ne s'y reconnaissaient plus. On s'égara...

Laissons la petite troupe audacieuse se fatiguer de sa marche difficile sur le sol inégal, rocailleux et sablonneux des rues du Kaire ; laissons-la soupirer après un repos devenu si nécessaire par la chaleur et le besoin impérieux du sommeil. Nous n'y pouvons rien, hélas ! et leur bonne humeur du reste ne quitte pas nos braves, bien que des jurements sans nombre alternent avec leurs lazzi et leurs quolibets.

Laissons le Mâconais Jacquot Treillet échanger ses plaintes et ses joyeusetés avec Croustillac le Gascon et Jeannot le Manceau ; Dumanet, aiguillonner son cher Pâquot le Beauceron, et le caporal Landuron, en vrai grognard, envoyer au diable l'Égypte, le Kaire et jusqu'à son général en chef.

N'écoutons même pas les carabiniers de la 2ᵉ légère, en leur qualité de *Français du Rhin*, plaisanter parfois les grenadiers de la 32ᵉ de bataille comme *Français d'Italie*, et ces derniers riposter par des paroles narquoises, quelque peu aigres-douces.

Rendons-nous promptement à la rue Kanâtar-el-Sebaa, que longe le canal Kalisch, et où plusieurs de nos personnages sont déjà réunis ou vont se rencontrer.

A la droite d'une maison de belle apparence, dans cette rue, maison entourée de murs et dont les derrières donnent sur le canal, en est située une autre, très petite et bâtie en briques séchées au soleil.

I.   9

La salle basse de cette maison forme ce qu'on appelle un café.

La passion des Orientaux pour le café est un fait connu depuis longtemps : hommes, femmes, riches ou pauvres, en prennent indifféremment à toute heure du jour. En quelque lieu qu'on se trouve, quelque visite qu'on fasse, chez les grands, les marchands, les artisans, dans les maisons ou dans les bazars, aux bains ou dans les bureaux, à la ville comme à la campagne, le maître du logis commence par vous présenter le café. Si la visite est longue, le nombre des tasses qu'on distribue se réglera en proportion du temps.

La salle du café où nous allons nous introduire est une pièce de peu d'étendue, entourée d'un vitrage que l'atmosphère constamment enfumée de l'intérieur a rendu d'un jaune terne. Même au grand jour, les rayons de lumière peuvent pénétrer à peine dans la pièce, la façade du bâtiment étant, en outre, ombragée par des treilles de vigne.

En dehors, sur la rue, la maison est garnie de bancs, tenant lieu de sophas, pour les habitués. Au dedans, le café est complètement nu. On n'y voit que des bancs et des tabourets en osier qui garnissent tout le tour de l'appartement. Le café dont il est question est trop pauvre pour avoir, comme d'autres plus luxueux, son pavé de marbre, son bassin avec jet d'eau et ses fines arabesques dessinées aux murs.

A l'un des angles de la pièce se trouve une longue rangée de pipes, vis-à-vis le foyer où se prépare la délicieuse et stimulante boisson, et, à côté de ce foyer luisant et propre, se voient les narguilés remplis d'eau fraîche, avec leurs longs tuyaux en forme de serpents.

C'est là le sanctuaire des désœuvrés et des marchands, le rendez-vous du peuple.

Un café et une boutique de barbier constituent le *forum* des Orientaux. On y entend les cantiques des derviches, les nouvelles, les anecdotes, les contes. Les almées, à la chevelure longue, aux poses agaçantes, viennent y danser et charmer les indolents musulmans, dont la maxime est la suivante :

« Ne rien faire est bien doux ; mais mourir pour se reposer, c'est le bonheur suprême. »

Tous ces gens du peuple vivent à bon marché en Orient. C'est à peine s'ils mangent du pain, et la viande leur est presque inconnue. Le café, dont ils accompagnent les courges, les melons, les oignons, un peu de riz, leur suffit. Il en est bien qui s'enivrent d'eau-de-vie ou même de vin, malgré les prescriptions du Koran ; mais la peine de la bastonnade qui les attend en limite le nombre.

Il est pourtant encore des hommes qui vivent à meilleur marché que tous les autres : étrangers à tout autre plaisir, une pilule d'opium les soutient, les enivre, les jette dans des extases ravissantes, dont ils vantent le bonheur.

Ces hommes, connus sous le nom de *thériakis*, sont encore plus décriés que les ivrognes. Ils commencent d'abord par un demi-grain de la substance narcotique, et vont en augmentant la dose, dès qu'ils s'aperçoivent qu'elle ne produit plus l'effet qu'ils désiraient.

Celui qui, à l'âge de vingt ans, prend l'habitude de l'opium, ne pousse guère sa carrière au-delà de trente ou trente-six ans. Au bout de quelques années, la dose est déjà de plus d'un gros ; alors la pâleur de la face, la maigreur extrême annoncent l'état de cachexie et d'un prochain marasme général, suivi de la mort.

Certains mangeurs d'opium, blasés sur les effets de ce narcotique, finissent même par prendre du sublimé.

Ce sont les derviches, les ulémas, les oisifs par excellence, qui font le plus ordinairement usage de l'opium.

A l'heure où la colonne française débarquait sur la rive droite du Nil, pour se diriger sur le Kaire, le café de sidi Farhan était veuf de ses pratiques habituelles.

Les préoccupations du moment et les scènes tumultueuses de la soirée avaient fait rentrer chacun chez soi.

Sidi Farhan avait mis les volets à son vitrage, et une petite lampe étique, dans une niche, éclaire seule tristement la salle.

Dans un coin, sur un tabouret, devant une petite table, est assis un jeune homme vêtu en Turc, qui fume dans sa houka, et, par moments, montre son impatience par des exclamations plutôt françaises qu'arabes.

— Seigneur, dit le maître du café en s'approchant de lui, tout en essuyant une tasse microscopique avec un chiffon de coton, il se fait tard, la rue est déserte, et...

— Pas si tard ! répondit le jeune homme avec humeur. Les rues seraient encore animées comme à l'ordinaire, sans les événements... D'ailleurs, je te paie bien. De quoi te plains-tu ?

— Vous ne me comprenez pas, sidi ! Vous êtes généreux, en effet, comme un émir-hadji ; vous m'avez déjà donné plus qu'il ne m'en faut pour acheter un habit neuf à la prochaine fête du Béïram, et j'en veux un bleu de ciel en beau drap de votre pays du Languedoc... Mais c'est pour vous, cher seigneur franc, que je crains...

— Pour moi ?

— Pour vous et le Cophte que vous attendez.

— Quand les Français sont aux portes ! Depuis plus de vingt jours que je fréquente ton établissement, matin et soir, et encore à l'heure de la sieste, alors que mes compatriotes étaient loin, je n'ai pas eu peur et n'ai pas été inquiété, grâce à mon déguisement, et aujourd'hui tu voudrais que...

— Oui, mais quelqu'une de ces bandes furieuses, que nous avons vues passer dans la soirée, pourrait revenir, et, vous voyant seul ici, chercherait à savoir qui vous êtes.

— Les premiers qui oseraient me regarder de trop près, je leur casserais la tête avec ces pistolets.

— Seigneur franc ! vous êtes bon et généreux... Vous n'oublierez pas que vous m'avez promis la protection des Français et de leur *Sultan de feu.*

— Je tiendrai ma promesse.

— Et aussi... la pratique des agas et des kichjas de l'armée... de quelque pacha même, si c'est possible.

Le bonhomme Farhan avait des vues ambitieuses, comme on voit, et n'oubliait pas le soin de ses intérêts.

En ce moment on frappa trois légers coups à la devanture du café.

— C'est Faraoun ! dit le jeune homme en se levant. Enfin !... Ouvre, Farhan !

Le cafetier s'empressa de retirer la barre de bois qui consolidait la fermeture de la porte.

Le Cophte au visage plat et au teint basané se montra sur le seuil.

— Eh bien ? demanda vivement Charles Rivolet.

— Seigneur ! tout est prêt. Le kachef Ali-Daab a suivi son maître Mourad : il n'a point reparu.

— Et les eunuques ?

— Mes promesses de votre part et vos menaces ont

produit leur effet. Ils redoutent les Français victorieux
et n'ont plus rien à attendre de leurs maîtres, les deux
beys fugitifs. Seulement, en gens prudents, ils veulent
qu'on sauve les apparences ; ils fermeront les yeux.

— Zaïra consent de son côté?

— Sa nourrice Hidja a fini par la décider.

— Comment?

— Fille de Kalila ! lui a-t-elle dit solennellement, votre
mère vous l'ordonne du fond de sa tombe.

— C'est tout ?

— Puis elle a murmuré à l'oreille de la belle Zaïra des
paroles que je n'ai pu entendre, mais qui l'ont fait tressaillir comme le feuillage du tamarin sous le vent rafraî-
chissant qui souffle de la mer Méditerranée.

— Elles nous attendent ?

— Sur la terrasse, dans dix minutes.

— Ne perdons pas un instant... Vous avez remis à
Hidja l'échelle de cordes, Faraoun ?

— Elle doit l'attacher à la galerie de la terrasse, du
côté du canal Kalish.

— Et, demanda le jeune homme, qui cette fois hésita
et sentait le rouge lui monter à la tête, avez-vous parlé de
moi, Faraoun ?

— J'ai dit à Zaïra que c'était le jeune seigneur franc
en personne, celui qu'elle avait vu plusieurs fois, du
haut de la terrasse en ma compagnie, dans le canal
Kalish, qui travaillait à sa fuite et qui l'attendrait au bas
de l'échelle.

— Qu'a-t-elle répondu ?

— Sous ses voiles, je l'ai vue frémir, et ses yeux noirs
lançaient les feux les plus doux.

— Croyez-vous que cette circonstance l'ait déterminée?

— Élevée dans le respect de la loi musulmane, elle

disait que c'était un crime de fuir le harem ; et, sans les paroles mystérieuses de sa nourrice, elle eût, je crois, renoncé de quitter la maison du kachef, bien que son cœur probablement la portât à se confier à vous.

— Courons au canal !

Charles Rivolet se précipita dans la rue.

Son cœur battait vivement. Quoiqu'il n'eût pu admirer encore la beauté de la Servienne, cependant tout ce qu'il en avait entendu dire, joint au mystère qui entourait la jeune fille et au vif intérêt que lui portait Omar, l'ami intime du général Kléber, avait enflammé pour elle le lieutenant des guides.

Le mystérieux a toujours son charme, surtout pour un jeune homme ; et du moment que l'on s'occupe de la fuite d'une personne qu'on sait jolie et digne d'amour, et qu'on concentre toutes les ressources de son esprit sur le salut de cette personne, celle-ci ne tarde pas à devenir chère et à exercer un empire dont la passion n'est pas éloignée.

— Seigneur franc, dit le cafetier Farhan, en refermant sa boutique, ne m'oubliez pas, je vous prie, auprès de vos pachas et officiers. Je leur servirai le meilleur moka apporté de Sana par les caravanes, et pour leurs chibouks je leur fournirai le *djehèle* le plus parfumé de Syrie.

Mais déjà l'officier français avait atteint le coin d'un *derb*, c'est-à-dire d'une ruelle, à côté de la maison du cafetier. Ce derb menait au canal Kalisch, c'est-à-dire sur les derrières de l'habitation du kachef Ali-Daab.

Au moment où il allait s'y engager, suivi du Cophte, deux hommes parurent inopinément devant lui et lui barrèrent le passage.

Reconnaissant un Mamelouk dans un de ces hommes, Charles tira vivement un pistolet de sa ceinture.

— Place ! fit-il en arabe, ou je tue !

Une exclamation de joie lui répondit.

— Le lieutenant Rivolet ! s'écria l'un des personnages, qui était de haute taille.

— Le général ! répondit Charles.

— Le hasard nous protège ; Omar dirait que c'est Allah.

— Vous, mon général, sous ce costume du pays ?

— Moi-même, et Omar en Mamelouk.

— Lui, cela ne m'étonne pas.

— Et moi, me croyez-vous moins capable que vous, lieutenant, de faire honneur aux coutumes et aux modes de l'Orient, du moment qu'il s'agit d'y faire son trou ? Me voici en Égypte : Égyptien je serai, comme Alexandre se fit Babylonien. D'ailleurs, j'adore l'Orient ; et demandez à Omar si je ne dis pas aussi bien que lui : « Il n'est qu'un Dieu, et Mahomet est son Prophète. »

— Général, j'allais pourtant violer les lois de Mahomet, mais...

— Mais ? demanda Kléber.

— Je suivais les intentions du capitaine Omar, qui est aussi bon musulman qu'un kalife de Bagdad.

L'ex-janissaire intervint pour demander à Rivolet :

— Cet homme qui vous accompagne et qui se cache est Faraoun ?

— En personne, capitaine.

— Dans ce cas, je devine ce que vous projetez.

— Nous allions aider à la fuite de Zaïra, qui nous attend.

Un cri de bonheur, de délire presque, s'échappa des profondeurs de la mâle poitrine de Kléber, qui en frémit.

— De ma fille ! s'écria-t-il, en saisissant le bras de son officier d'ordonnance.

Le père s'était trahi. Kléber, du reste, ne savait jamais

maîtriser sa passion, quelle qu'elle fût : il avait cela de commun avec les héros de tous les temps.

— Votre fille, mon général! dit Rivolet.

— Oui, Zaïra est mon enfant, mon enfant bien-aimée... Ah! je me sens pour elle un volcan de tendresse : c'est comme une tempête dans mon cœur... C'est pour elle que je suis accouru d'Alexandrie. Pour elle, j'ai pris ce déguisement et j'ai pénétré nuitamment dans une ville encore ennemie.

Le jeune homme était comme stupéfait devant cette révélation inattendue. Il ne put murmurer d'abord que quelques mots inintelligibles.

— Ah! mon général, dit-il enfin en saisissant la main de Kléber et en s'inclinant pour la baiser, je sens que je l'aime ; accordez-moi sa main.

— Diable! c'est une autre question, cela, répondit Kléber. Comme vous y allez, lieutenant!... Que dis-tu de cela, Omar?

— Allah est grand! se contenta de murmurer l'ex-janissaire.

— Nous verrons, répliqua le général. Il faut la sauver d'abord. Voyons, lieutenant, où en êtes-vous?

Charles Rivolet mit rapidement Kléber au courant de l'entreprise projetée.

— Il se nomme Faraoun, ce brave homme! dit Kléber, quand il eut appris où en étaient les choses. Cophte, vous avez mon estime. Je vous couvrirai de sequins, vous et votre maître, et ma protection vous est acquise.

Faraoun s'inclina à la manière orientale.

— Et maintenant, continua Kléber, au canal! Et sauvons ma fille!... Ah! comme je vais l'aimer. Ne fût-ce que pour elle, je préparerai toutes mes facultés pour aider Bonaparte à conquérir l'Égypte, la Syrie, l'Arabie,

9.

l'Inde même s'il le faut. Ma fille!... je verrai ma fille!

Le fougueux Kléber s'élança dans le derb qui conduisait au canal Kalisch.

A peine le général et ses compagnons eurent-ils atteint l'extrémité de la ruelle, que, par le côté oriental de la longue rue Kanâtar-el-Sebaa, une douzaine de cavaliers arrivaient au grand trot de leurs chevaux, dont on entendait à peine le bruit des sabots sur la voie poudreuse.

Une partie de ces cavaliers mit pied à terre, et ayant jeté les rênes de leurs coursiers à ceux qui demeuraient en selle, allèrent frapper à la maison de belle apparence à côté du café de sidi Farhan, et qu'on a déjà devinée comme étant celle du kachef Ali-Daab.

Le canal Kalisch était encore à sec. Quoique le Nil eût presque atteint le maximum de sa crue, qui, au Kaire, est de vingt-quatre pieds au-dessus du niveau du cours ordinaire du fleuve, la digue ne devait être ouverte que quelques jours plus tard. Mais les chaleurs et la sécheresse de l'atmosphère avaient depuis longtemps fait disparaître l'herbe qui avait poussé dans le canal, comme dans les birkets, quand les eaux s'étaient retirées au printemps.

Kléber et ses amis s'étaient approchés en silence de la maison d'Ali-Daab, dont les derrières donnaient sur le canal.

Cette partie du bâtiment avait deux étages, avec de petites ouvertures bien fermées par des treillages qui servaient de fenêtres, et une terrasse sur laquelle d'ordinaire les cettis et les esclaves prenaient le frais du soir.

Mais la nuit était déjà avancée, et vu les événements du jour, la terrasse de l'habitation d'Ali-Daab, comme celles de toutes les maisons voisines, était complètement déserte.

— Personne encore! murmura l'impatient Kléber.

— Elles ne peuvent tarder, répondit Charles Rivolet, non moins impatient.

— Seigneur, interrompit le Cophte, elles ont promis, et...

— Les voici! fit Omar.

Deux formes blanches venaient effectivement de surgir sur la terrasse.

Il y eut deux cœurs qui battirent vivement à cette apparition. Mais lequel eut les pulsations les plus violentes? Celui du père ou celui de l'amant?

Kléber sentait le sien bondir dans sa forte poitrine ; il ne se souvenait d'aucun rendez-vous d'amour, dans sa vie aventureuse, où il eût éprouvé une sensation pareille.

— Zaïra.... ma fille ! ne put-il s'empêcher de s'écrier, en tendant les bras.

— De grâce, général, dit Omar, modérez-vous ! Songez que nous sommes dans une ville ennemie...

— Et les eunuques pourraient revenir sur la parole promise, ajouta Faraoun, s'ils voyaient l'éveil donné. Ils ne veulent pas se compromettre.

Malgré ces avis, Kléber ne put se maîtriser. Cependant il baissa le ton, pour appeler :

— Hidja ! Hidja !

— Seigneur Kléber ! répondit la voix d'une des femmes penchées sur le bord de la terrasse. Je vous ai reconnu... Voici votre fille !

— Mon père! fit alors une autre voix, douce et tremblante, tout mon cœur s'élance vers vous... Béni soit le ciel !

— Hidja ! reprit Kléber, faites vite.

— J'attache l'échelle de cordes, seigneur.

— Fixez-la solidement.

— J'y mets tous mes soins.

— Mais, pour Dieu ! dépêchez-vous !

Il y eut une pause. Les quatre hommes avaient les yeux fixés sur l'endroit de la galerie où la nourrice était occupée à préparer l'instrument de fuite. Au milieu de l'obscurité, ils en suivaient autant que possible les mouvements.

— Que c'est long, mon Dieu ! dit encore le père.

— Pourvu que l'échelle soit bien attachée ! ajouta Charles Rivolet.

— C'est fait ! prononça enfin la nourrice.

— Lancez les cordes !

Comme un gros écheveau se montra dans l'air, se déploya, et, pareil à un long serpent, vint se dérouler jusqu'au pied du mur, avec un frôlement qui fit tressaillir d'aise Kléber et son jeune lieutenant.

— Hidja ! cria le général, descendez la première pour essayer la corde... ou plutôt non : je vais l'éprouver moi-même et monter jusqu'à vous.

— Laissez expérimenter Omar, dit ce dernier.

— Non... non. Si l'échelle supporte une masse comme la mienne, elle est à l'épreuve de tout. D'ailleurs... je presserai plus tôt ma fille dans mes bras.

A ces mots, Kléber s'élança vers l'échelle. Il en gravit trois enfléchures... et s'arrêta.

— Tonnerre ! fit-il, elle cède.

Il sauta à terre.

— Hidja ! attachez mieux. Serrez les nœuds.

Déjà celle-ci s'était remise à l'œuvre. Au bout de quel-

ques minutes, elle avertit que l'échelle était bien conso-
lidée.

Cette fois, le général saisit l'échelon qu'il put atteindre
au-dessus de sa tête, s'y crampronna avec les deux
mains et s'y suspendit comme à un trapèze.

— Cela va ! fit-il.

Il allait s'élancer pour l'escalade...

Soudain deux cris déchirants percèrent les airs, cris qui
furent aussitôt étouffés comme si l'on eût comprimé les
bouches qui les avaient poussés.

En même temps, Omar saisit à bras-le-corps son général, pour l'empêcher de gravir les échelons.

— Des Arabes ! murmura le Cophte en montrant la
terrasse avec un geste d'effroi.

On voyait, en effet, bondir sur la terrasse, comme des
démons, une demi-douzaine de Bédouins, reconnaissa-
bles au *keffié* blanc qui leur couvrait la tête, avec la corde
de poils de chameau faisant le tour, en guise de turban.
Ils entouraient les deux pauvres femmes et les entraînaient.

De son côté, Charles Rivolet, n'écoutant que son
aveugle courage, s'élançait déjà vers l'échelle de cordes.

Mais, au même moment, la lame d'un cimeterre brilla
sur la galerie de la terrasse, s'abattit deux fois, et l'instrument de salut, coupé par le haut, tomba au pied de
la muraille.

Kléber lança aux ravisseurs une malédiction fou-
droyante. Mais déjà tous avaient disparu : la terrasse
était retombée dans le silence.

— Prenons d'assaut la maison ! s'écria le lieutenant
des guides.

— C'est cela, répondit Kléber. Enfonçons les portes !

— A la rue Kanâtar-el-Sebaa !

— Nous ne sommes que quatre, mais ils verront à nos coups que nous en valons vingt.

En parlant ainsi, Kléber avait déjà pris son élan, et s'engageait dans la ruelle. Mais ils n'étaient plus que deux à le suivre. Le prudent et timoré Faroun s'était éclipsé.

Le général, Omar et Rivolet eurent beau faire diligence, ils n'atteignirent la façade de la maison du kachef, que pour voir les faux Arabes, déjà tous en selle, éperonner les flancs de leurs coursiers et passer devant eux comme le vent.

Charles Rivolet voulut décharger ses pistolets sur la troupe.

Kléber l'arrêta à temps dans son dessein, en lui montrant deux des cavaliers qui tenaient les malheureuses victimes de ce rapt audacieux. Les balles eussent pu frapper ces dernières.

— Mais quels peuvent être ces misérables? demanda le général. Dans quel dessein ont-ils enlevé Zaïra? Pourquoi ces Bédouins ont-ils laissé les autres femmes du harem et ne se sont-ils emparés que de Zaïra et de sa nourrice?

— Nous le saurons, général, en pénétrant dans la maison.

— Vous avez raison, lieutenant. Frappons!

Au même moment, un bruit sourd, quoique rapproché, se fit entendre.

— Et voici du renfort qui nous arrive, fit observer Omar.

On écouta. Il n'y avait pas à s'y tromper. C'était le tambour français.

— Que ne sont-ils venus plus tôt! dit Kléber.

Le tambour battait dans une rue de traverse : c'était

cause pour laquelle les sons, quoique proches n'arrivaient que sourdement.

Mais la petite colonne du général Dupuy ayant débouché sur la rue Kanâtar-el-Sebaa, la batterie de la marche
française retentit claire et distincte.

Le détachement s'avançait dans la direction de la maison du kachef.

— Qui vive! s'écria un soldat de l'avant-garde, en
distinguant trois ombres.

— Le général Kléber !

Ce dernier se trouva bientôt en présence de Dupuy,
fort étonné de reconnaître son général au milieu du
Caire, à cette heure de la nuit et sous un déguisement
oriental.

Dupuy apprit à Kléber que la colonne s'était égarée,
qu'elle était fatiguée et qu'elle avait besoin de repos.

— Nous-mêmes, nous étions décidés à heurter à cette
porte, dit Kléber, et à l'enfoncer si on n'ouvrait pas...
La maison est vaste, bien située; elle appartient, du
reste, à un officier des Mamelouks en fuite.

— En ce cas, elle est de bonne prise.

— Vous pouvez en faire votre quartier général pour la
nuit.

— Frappons !

Du pommeau de son sabre, Dupuy fit aussitôt résonner l'huisserie de la porte; mais ce fut en vain. Il fallut
en arriver aux coups de hache.

Ce ne fut que lorsqu'on eut pénétré dans la seconde
cour, qui précédait le harem, qu'une lumière se montra.

Cette lumière était portée par un eunuque noir, qui
salua humblement.

— Vous n'avez donc pas entendu frapper? demanda
Dupuy.

Mais l'eunuque ne comprenait pas le français. Omar se fit interprète. Le nègre prétendit qu'en effet il n'avait rien entendu du fond du harem. Kléber intervint :

— Demande-lui donc, Omar, pourquoi il avait de si bonnes oreilles pour les Bédouins qui sortent d'ici?

A cette question, l'eunuque se troubla.

— C'est bon, c'est bon! reprit Kléber. Nous allons avoir des explications. Qu'il nous mène au harem! Son camarade et lui nous y feront une sincère confession, sinon... On ne pend pas en Orient, on empale!... Il faut suivre les coutumes du pays, comme le recommande le citoyen général en chef.

— Mais permets, Kléber! dit Omar en se penchant à l'oreille de son ami. Le général en chef recommande aussi qu'on respecte les femmes et les mœurs de l'Orient. Le harem...

— Mon brave Omar, répondit Kléber sur le même ton, tu sens le Turc d'une lieue. Il y a harem et harem, comme il y a Mamelouk et Mamelouk : tu en es une preuve. D'après ce que tu m'as rapporté, le harem de cette maison est comme qui dirait un caravansérail formé par les deux beys. Oh! les maudits, ils me le paieront cher... Il n'y a que des esclaves ici, des odalisques, et non des femmes légitimes. Quant à toi, je suis sûr que tu as quelque amour rentré.

A ces mots, Kléber entraîna Dupuy, qui finissait de donner ses ordres aux officiers du détachement.

Grenadiers et carabiniers s'installèrent aussitôt dans la maison du kachef des Mamelouks. On disposa des sentinelles, et comme on était harassé de fatigue, on s'étendit dans les cours ou dans les appartements du *selam-lik* (partie de la maison réservée aux hommes), les deux généraux, Omar et Charles Rivolet ayant seuls pénétré dans le harem.

Bientôt cette poignée de Français dormait aussi tranquillement, au centre d'une ville ennemie, que si elle eût été au milieu de Paris, au quartier Popincourt ou dans la caserne de Babylone.

Tel fut le premier acte de la prise de possession du Kaire.

IX

LE SECRET D'OMAR

Une demi-heure après la retraite des deux généraux dans le harem de la maison du kachef, et tandis que dormait tout le détachement, sauf les sentinelles, qui toutefois avaient elles-mêmes de la peine à vaincre le sommeil, un lieutenant des carabiniers de la 2e légère, couché au milieu même de ses hommes dans une salle de marbre du *selamlik*, se sentit réveillé en sursaut.

On venait de lui poser une main sur l'épaule.

En ouvrant les yeux, il aperçut devant lui le capitaine Omar dans son costume de Mamelouk, ayant à ses côtés le lieutenant Rivolet, toujours habillé en Turc. Une lampe suspendue au plafond éclairait leurs visages.

— Lieutenant Martial, lui dit Omar de sa voix grave, voici le frère de celle que vous avez voulu défendre à Gizeh, sur la rive du Nil, de celle qu'un Arabe a enlevée.

— Si je ne me trompe, répondit le jeune officier, j'ai déjà vu le citoyen quelque part.

— A Toulon, se hâta de dire Charles. Je suis le lieutenant des guides Rivolet, officier d'ordonnance du général Kléber.

Martial fut aussitôt debout et serra la main du frère de la charmante femme qui avait fait sur son cœur une si prompte et si profonde impression.

De son œil plein d'intelligence et de finesse, l'ex-janissaire observait l'officier d'infanterie.

— Lieutenant, lui dit-il après que les deux jeunes gens eurent fait connaissance, il s'agit de retrouver la citoyenne Rivolet dans cette ville du Kaire, où, sans aucun doute, le ravisseur la cache.

Un éclair jaillit des yeux bruns de Martial, qu répondit vivement :

— Je suis prêt. Que faut-il faire ?

— Nous suivre jusqu'à la place Ezbekyeh.

— Connais pas, capitaine, mais il n'importe. Je ne vous demande même pas ce que nous y ferons.

— Nous y rechercherons un Cophte, du nom de Faraoun, qui tout à l'heure encore était avec nous, mais qui s'est enfui.

— Faraoun ! c'est donc un descendant des Pharaons ? Je suis curieux de le voir.

— Ce Cophte interrogera les siens, qui savent tout, et nous apprendrons sans doute de la sorte où l'Arabe, en sortant du kanja, aura conduit sa proie.

— Quand allons-nous à la place Ezbekyeh ?

— Tout de suite.

— Une demi-heure de sommeil a suffi pour me remettre. Je me sens toutes mes forces. Partons !

— Voici un manteau arabe. Couvrez-en votre uniforme, vous aurez l'air d'un musulman comme le citoyen Rivolet.

Les trois téméraires officiers sortirent de la maison du

kachef, suivirent un bout de la rue Kanâtar-el-Sebaa, puis prirent à leur gauche une ruelle qu'ils pensaient devoir les mener vers la place où était situé le quartier des Cophtes.

Mais cette ruelle était un de ces *afteh* ou longues impasses qui trompent si souvent les étrangers. Le jour, les habitants avertissent ordinairement quand on s'égare de la sorte. Nos nocturnes promeneurs ne s'aperçurent de la réalité, que lorsqu'ils se virent en face d'un mur de jardin qui leur barrait le passage.

Il fallut rebrousser chemin.

En repassant devant une maison à un étage adossée à une mosquée zaouïa, ou petite mosquée, où sont inhumés les restes d'un saint personnage, comme le capitaine Omar venait d'élever la voix pour demander à Charles Rivolet s'il espérait ne plus se tromper de la sorte, son nom, prononcé tout à coup par une voix de femme, le fit tressaillir.

— Seigneur Omar ! seigneur Omar ! est-ce bien vous ? disait-on au milieu du silence de la nuit.

L'ex-janissaire leva la tête vers la terrasse de la maison d'où partait cette voix, et distingua une femme sans voile.

— Qui êtes-vous et que me voulez-vous ? demanda-t-il étonné.

— Bénis soient le Dieu suprême et son prophète Nanck ! Ses oreilles n'avaient pas trompé la fille des Sikhs quand vous passiez tout à l'heure... Je priais au milieu de la nuit, sous le ciel, suivant notre sainte religion, et je récitais, en l'honneur du Très-Haut, quelques passages du livre sacré de l'*Adi-Grunth*.

— Mais enfin, qui êtes-vous ? Parlez ! nous sommes pressés.

— Ne me reconnaissez-vous pas, comme je vous ai reconnu?

— Par Allah ! non.

— Je suis Lameh, l'Indienne du royaume de Lahore, l'ancienne esclave de la première kadine du Persan Nadir, de la belle Adigué de Damas, la Circassienne...

Un tremblement nerveux s'était emparé d'Omar. Il dut s'appuyer contre une échoppe à ses côtés. Pourtant il se remit le mieux qu'il put, et, s'adressant à ses amis :

— De grâce, leur dit-il, laissez-moi causer seul un instant avec cette femme.

Le Turc aime le mystère dans ses amours. Il craint l'oreille comme le regard.

En s'éloignant, le jeune Rivolet ne put s'empêcher de souffler à l'oreille de son compagnon Martial :

— Enfin !... Le voilà découvert, le pot aux roses... Ah ! je savais bien que sous cette enveloppe de marbre il y avait un cœur, sous ce masque grave et austère un volcan d'amour... Le petit citoyen Cupidon a des flèches pour tous les mortels. Chinois et Hottentots, Mamelouks et Turcs, ils y passent tous ; ils ont beau faire et beau dire. Si le grand Lama seul n'en est pas atteint, c'est qu'on l'a fait dieu malgré lui.

L'ex-janissaire, dont le cœur bondissait en effet dans la poitrine, demanda vivement à la fille des Sikhs :

— Lameh ! qu'est devenue Adigué ?

— Le dernier soir que vous fûtes sous la terrasse, répondit l'Indienne, le seigneur Nadir avait surpris la kadine, le visage découvert, vous faisant des signes et vous envoyant un baiser, en retour du *sélam* de fleurs symboliques que vous lui montriez de la rue.

— Que fit-il ?

Le seigneur Nadir est un musulman craignant Dieu et suivant le Koran à la lettre. Il n'avait nullement la preuve que sa femme fût coupable d'autre chose que d'entretiens par signaux. Comment eût-il pu la traduire devant le grand cadi, quand la loi exige quatre témoins, et la faire condamner à être murée, lapidée ou fouettée ? D'un autre côté, la répudier avec générosité n'eût pas été la punir. A ses yeux elle était criminelle : il la vendit.

— Il la vendit !

— Avec moi, son esclave et sa complice.

— A qui? demanda vivement Omar.

— A des marchands de la caravane de Bagdad, qui nous exposèrent au marché d'*Acca*...

— De Saint-Jean d'Acre !... Continue!...

— Où nous fûmes achetées par le pacha Ahmet.

— Le cruel, le *djezzar*, le boucher !

— Lui-même. Mais...

— Mais ? Expliquez-vous !

— La pauvre Lameh ne fut pas longtemps au harem de Djezzar. Elle fut surprise, par un eunuque indien, priant à la manière des vieux Sikhs; cet eunuque fit contre elle un faux rapport, et on la revendit après l'avoir fouettée.

— Et Adigué?

— J'ai su depuis, par une esclave que je rencontrai au Kaire, et qui avait été comme moi au harem du pacha d'Acca, que la belle Circasienne est puissante et honorée dans le magnifique sérail de Djezzar-pacha...

— Le maudit !

— Elle a su captiver et dominer le féroce vieillard. La Circasienne enseigne même au pacha le français, qu'elle connaît comme sa propre langue. C'est elle, m'a-t-on dit, en outre, qui lui a fait bâtir la superbe mosquée Zékie, enrichie de superbes colonnes de marbre antique, recueillies dans les anciennes villes voisines. Mais que votre cœur se réjouisse, seigneur Omar !

— Pourquoi ?

— Parce que cette mosquée, Djezzar, d'après l'avis d'Adigué, l'a fait construire sur le plan même de celle de Jérusalem.

— Eh ! que m'importe !

— Que vous importe, sidi ? Ignorez-vous donc ou avez-vous oublié que la grande mosquée de Jérusalem est consacrée à...

— A Omar ! c'est vrai.

— A Omar, le deuxième kalife... Et n'avez-vous pas déjà deviné pourquoi Adigué...

Tout le sang d'Omar bouillonnait dans ses veines, et à son cœur montaient des effluves ardents : il avait deviné qu'Adigué pensait toujours à lui.

— Adieu, Lameh ! et merci ! dit-il. Que le Dieu unique, qu'adorent tous les hommes, vous protège pour ces bonnes nouvelles.

— Que le Très-Haut vous conduise, seigneur Omar !

Omar rejoignit ses amis, la joie dans l'âme, et murmurant :

— Je la reverrai, je la reverrai... à Acca !

On ne se trompa plus de chemin. On atteignit enfin la place Ezbekyeh.

L'or du capitaine Omar fit ouvrir la porte du quartier des Cophtes. C'est un talisman devant lequel cèdent toutes les barrières, s'aplanissent tous les obstacles.

Le portier venait de voir rentrer Faraoun, et ce dernier fut découvert couché devant la maison de son maître Hallem Yakoub, presque aussi pauvre que lui, mais riche de sa science et de sa généalogie pharaonienne. Hallem Yacoub prétendait descendre en droite ligne de Protée, roi de la dynastie des Bubastites et contemporain du siège de Troie.

Le talisman d'Omar fit merveille chez les besoigneux Cophtes, presque tous marchands, courtiers, interprètes, copistes où exerçant d'autres états interlopes qui leur permettent de tout voir, de tout entendre, de tout savoir dans Masr.

Il ne se passa pas un quart d'heure, qu'une vingtaine de ces figures basanées, au visage aplati, le descendant du roi Protée en tête, étaient rassemblés autour de nos trois officiers français.

Quoique à moitié endormis encore, ils rassemblèrent leurs souvenirs de la soirée, se communiquèrent leurs observations, les coordonnant et les rectifiant l'une par l'autre. Enfin, après bien des paroles échangées, après force gesticulations et disputes même, on arriva à un résultat qui parut certain.

Omar et ses amis surent qu'un Arabe à cheval, au manteau et au turban blancs, avait débarqué d'un kanja à l'île de Roudah ; que ce cavalier tenait sur sa selle une femme blonde, au visage découvert, par conséquent une Franque ; qu'on l'avait vu passer au galop devant la ferme d'Ibrahim ; qu'il avait pénétré dans la ville du Kaire ; qu'il avait traversé la place Birket-el-Fil, et qu'un peu avant la nuit il avait atteint les bâtiments de la grande mosquée El-Azhar. Là, il s'était fait ouvrir la porte du *Medressé* ou collège des imans et ulémas.

C'était Hallem Yacoub lui-même qui donnait ces derniers détails. En sa qualité d'habile copiste, il était en relations avec l'un des principaux chefs de la loi, Seyd-Mohammed-el-Gazhi, Syrien de naissance comme la plupart des autres muphtis et prêtres. Il causait avec Seyd-Mohammed, lorsqu'on vint avertir ce dernier de l'arrivée de l'Arabe, qui le demandait avec instance.

Hallem avait quitté le Medressé, au moment même où l'Arabe, avec la femme, qui était bâillonnée au moyen d'un mouchoir de mousseline passé sur sa bouche, était reçu par l'uléma. Il n'avait pu entendre que les paroles suivantes échangées entre eux :

— Toi! Soleyman, mon fils! s'était écrié le prêtre.

— Moi-même, daï-kébir!... Au nom du Prophète et d'Ismaël, fils de Giafar, accorde l'hospitalité au plus fidèle des fédavis. Au point du jour je quitterai la mosquée...

Omar arrêta le savant Cophte pour lui demander :

— Ces ulémas d'El-Azhar sont donc des Ismaéliens, des Haschischins ?

— Hélas! Mais que voulez-vous : les Cophtes sont pauvres et ont besoin de vivre.

— Et c'est tout ce que vous savez ?

— Tout, seigneur, absolument tout.

Charles Rivolet et le lieutenant Martial s'écrièrent à la fois :

— A la mosquée El-Azhar ! Le jour va poindre...

— Et nous avons encore une bonne partie du Kaire à traverser, ajouta Omar. En route! si nous voulons arriver à temps.

Les officiers français s'élancèrent aussitôt du quartier des Cophtes, suivis des bénédictions de ces braves gens, tout joyeux de la générosité avec laquelle on leur avait donné un dizaine de sequins d'or.

Ils coururent, plutôt qu'ils ne marchèrent, vers la grande mosquée. Pour y arriver, ils durent revenir sur leurs pas et repasser par la rue Kânatar-el-Sebaa.

Mais quelque promptitude qu'ils missent à faire ce long trajet, la rapide aurore d'Égypte les devança, et presque aussitôt le soleil, ayant chassé les nuages de la nuit, resplendit au-dessus des sommets escarpés du Mokattam.

Ils débouchaient sur la place devant El-Azhar, quand ils virent le cavalier arabe disparaître à l'angle d'une rue qui menait à la porte voisine, nommée Bab-el-Belbeïs, ou porte de Belbeïs.

— Le maudit!... Car c'est bien lui avec mon cheval.

— Le brigand !

— Ah! le scélérat!

Tels furent les cris qui accompagnèrent le Syrien. Mais on ne pouvait songer à le poursuivre : c'eût été folie. Il allait au galop avec le cheval d'Omar.

Nos trois Français reprirent tristement le chemin de la maison du kachef, où le général Dupuy avait si hardiment établi son quartier général.

— Il est écrit, murmurait Omar, que toutes celles que nous voulons sauver nous glissent entre les mains... Serai-je plus heureux pour Adigué?

Il n'avait pas achevé, qu'à travers les airs silencieux et le dédale des rues du Kaire, encore plongées dans la solitude, arrivèrent à ses oreilles et à celles de ses compagnons des sons qui font tressaillir tout soldat.

On entendait au lointain, du côté du Nil, la musique militaire accompagnée de la marche des tambours français.

C'était la division Bon qui entrait dans la ville sainte.

Elle fut bientôt suivie par les divisions Kléber, Menou et Reynier.

Cependant, si Omar et ses amis fussent encore demeurés quelque temps devant la mosquée El-Azhar, ils en eussent certainement béni le ciel.

Ils avaient à peine pu voir le Syrien, au moment où il

disparaissait à l'angle de la place ; aussi ne s'aperçurent-
ils pas qu'il était seul en selle.

Or, la porte du Medressé s'étant ouverte de nouveau
quelques minutes après le départ des Français, il en
sortit trois chevaux et un mulet.

Sur le bât élevé du mulet était attachée et maintenue
une femme enveloppée de voiles à l'orientale, et les chevaux étaient montés par un aga et deux spahis ou cavaliers réguliers turcs. Quatre ulémas se tenaient sous la
porte et disaient adieu à l'aga des janissaires.

— Bon voyage, Ahmed ! disait l'un de ces derniers. Et
qu'Allah protège nos desseins !

— J'ai bien fait, ô daïs, répondit l'aga, de venir cette
nuit à votre mosquée, avant de partir pour le Liban.

— Allah t'a conduit, frère !

— Sans moi, vous laissiez partir Soleyman avec celle
qui doit nous servir d'instrument pour arriver au but
sacré qu'auront de la peine à atteindre les Mamelouks et
les Turcs réunis.

— Seyd-Moahammed et tous les ulémas de la mosquée se fient en ta sagesse, Ahmed. De même que Soleyman, ils te doivent obéissance maintenant. Te voici
daï-kébir dominant !

— Il est passionné et fougueux ce fédavi ! mais il a dû
s'incliner devant ma volonté formelle.

— Et tu seras bientôt auprès de nos frères les Ismaéliens ? demanda l'uléma.

— Dès que j'aurai revu à Jaffa le santon Abou-Chanfara, que j'ai envoyé vers le grand-vizir, je me rendrai,
avec cette belle Franque, dans le Liban, où s'accomplis-
sent nos mystères, et où le fédavi Soleyman sera pré-
paré, par le keif, à l'œuvre sacrée qui peut seule sûre-
ment débarrasser de ses ennemis la terre de l'Islam,

— Qu'Allah te garde, ô daï-kébir !

— Et que l'esprit du Prophète demeure parmi vous, ô ulémas !

A ces mots, l'aga Ahmed éperonna son cheval, et, tenant la bride du mulet, força celui-ci de prendre son allure et de le suivre. Il s'éloigna avec ses spahis.

Cependant les habitants du Kaire ayant vu, à travers leurs fenêtres à treillages, les colonnes françaises pénétrer dans la ville en bon ordre, sans se livrer au pillage comme ils le craignaient, mais en leur montrant, au contraire, un visage ami et enjoué, avaient fini par sortir de leurs maisons et se répandre dans les rues.

Les faisceaux une fois formés, ce fut bien autre chose. Nos soldats, toujours gais et causeurs, eurent bientôt fait connaissance avec leurs nouveaux hôtes, et plus d'un grave musulman finit par rire des gestes grotesques des loustics des compagnies.

Aussi, quand vers dix heures du matin, le général en chef fit son entrée dans la capitale de l'Égypte, le plus grand nombre des habitants de Masr, revenus de leur première frayeur par la modération des Français, si différente de la conduite altière et tyrannique des Mamelouks, se porta à la rencontre du cortège, pour contempler le vainqueur des beys, le chef de ces audacieux étrangers que leur renommée avait même devancés.

Accoutumée au spectacle de la marche sombre, rapide et toujours menaçante de ses anciens dominateurs, cette population, composée d'individus de toutes les classes, ne pouvait voir sans le plus grand étonnement Bonaparte, les généraux et tous ceux qui l'escortaient, s'avancer lentement au milieu d'elle et lui sourire avec bienveillance.

La singularité des vêtements, comparés avec ceux en

usage dans l'Orient; le luxe de quelques habits et la simplicité des armes; la douceur empreinte sur le visage de ces guerriers qui venaient, en une seule journée, de renverser le gouvernement des Mamelouks et dont on s'était fait une idée si terrible, étaient autant de causes qui contribuaient à augmenter chez les gens du Kaire, dont l'esprit, en général, était sans culture, la surprise qui devait naturellement les frapper en cette circonstance.

Bientôt même l'imagination des habitants du Kaire se monta, et, à la vue de tant de choses nouvelles et prodigieuses, l'enthousiasme succéda à la gravité, et éclata sur tous les tons.

— Honneur aux braves de l'Occident! disait-on. Dieu les protège et les conduit.

— C'est Ali, la prunelle d'Allah! ajoutait-on en montrant Bonaparte.

— Le favori de la victoire!

— Le sultan kibir! le sultan de feu!

— Entouré de ses pachas, comme jadis Mahomet de ses saints Ashabs!

Dans un des groupes qui se montraient les plus émerveillés, les plus pompeux dans leurs expressions, se faisaient remarquer surtout le barbier Ibn-Hâni et Othman, le serviteur de la grande mosquée, nos anciennes connaissances.

— Eh bien! Sidi Othman? dit le barbier en voyant disparaître l'état-major au coin d'une rue, ces Français ne seront-ils pas des maîtres plus doux que les Mamelouks, qu'Eblis (Satan) confonde?

— Je le crois comme vous, Ibn-Hâni, mais tous ne pensent pas ainsi parmi les gens de Masr.

— Cependant les Français annoncent qu'ils viennent en amis...

— C'est vrai.

— Qu'ils respecteront la religion du Prophète...

Othman secoua la tête et répliqua :

— Ce n'est pas là ce que prétendent nos muphtis, imans, ulémas et nos docteurs.

— Que voulez-vous dire?

— Ecoutez, Ibn-Hâni! j'ai entendu d'étranges choses cette nuit à la mosquée d'El-Azhar.

— Contez-moi cela, Othman!

— Il y avait là un jeune Syrien et un agâ de janissaires, qui étaient en conférence dans la mosquée même avec quatre de nos ulémas. Assis sur un tapis, au pied de la *member du Khatib* (la chaire du prédicateur), ils parlaient des Français. Mon maître, l'iman Seyd Mohammed el Gazhi, avait le plus souvent la parole.

— Et comment avez-vous pu entendre ce qu'ils disaient? Ils ne se cachaient donc pas de vous?

— Comme j'étais chargé, cette nuit, de l'entretien des cierges qui brûlent devant la *kiblah*, la niche pratiquée au *mirahb* dans la direction de la Mecque, je me dirigeais vers ce saint lieu, après avoir quitté mes babouches.

— Comme tout fidèle doit avoir soin de le faire.

— Je fus curieux de savoir ce que pouvaient avoir à se dire nos ulémas et les deux étrangers. Je gagnai la *member*, sans qu'ils me vissent, et, caché derrière la chaire, j'écoutai.

— Et qu'avez-vous entendu?

— Des choses horribles! Mon maître, — je l'ignorais jusqu'à ce jour, — est Ismaélien...

— Ismaélien! s'écria le barbier.

— De la secte des Ismaéliens ou Haschischins, secte

damnable s'il en fut, que tant de kalifes ont maudite...

— Et que projetaient-ils ?

— Mon maître disait aux autres Haschischins : « Faites donc assembler dans le Liban tous nos frères, les daïs, les rékifs et les jeunes fédavis. Choisissez le scheik, notre grand maître et chef suprême, afin qu'il ordonne que l'Ordre sacré revive enfin, comme autrefois, dans toute sa régularité et sa puissance, et que le poignard, dans la main des fédavis, aille frapper au cœur les chefs de ces Français maudits ! Quant à nous, ici, dans Masr, nous les inquiéterons sans cesse, nous fomenterons des troubles, nous susciterons des *inspirés* pour prêcher la guerre sainte... Puisque les Mamelouks et le pacha du Sultan sont impuissants contre les ennemis du Prophète, c'est à nous, docteurs de la loi et saints Ismaéliens, qu'il appartient de travailler à l'extermination de ces Francs. » Voilà ce que disait l'iman.

— Quelle abomination ! Mon esprit en est bouleversé.

— Quant à moi, j'étais saisi d'horreur. Jusqu'alors, assidu et fidèle lecteur du *Kitab-Allah*, le livre de Dieu, j'avais cru que les disciples du Prophète ne devaient suivre que les prescriptions et recommandations du Koran.

— « Sur lequel il n'y a point de doute », fit pieusement le barbier.

— Et qui est « la *direction* de ceux qui craignent le Seigneur. » Or, que dit le *Tanzil*, le livre descendu du ciel ? — « Nous croyons aussi aux livres qui ont été donnés à Moïse et à Jésus ; nous ne mettons point de différence entre ceux qui croient et nous-mêmes. » — « Combattez dans la voie de Dieu les infidèles, mais ne commettez pas d'injustices : Dieu n'aime pas les injustes. » — « Leur Evangile est le *Livre qui éclaire.* » —

« Marie, mère de Jésus, est sans souillure ; elle a été élue parmi toutes les femmes de l'univers. » — « Celui qui aura tué un homme, sans que celui-ci ait tué un homme ou fait des brigandages sur le grand chemin, sera regardé comme le meurtrier du genre humain. »

— *Amin !* répondit avec dévotion le barbier, quand le pieux Othman eut achevé cette kyrielle de versets du Koran.

— Louanges à Dieu, maître de l'univers, le clément, le miséricordieux ! crut devoir ajouter le serviteur de la mosquée.

— Et que dirent encore les Haschischins, dignes du feu subtil de la géhenne ?

— Ils parlèrent d'une Franque détenue dans le collège du Medressé, et que le jeune Syrien voulait emmener au point du jour.

— L'a-t-il emmenée ?

— Non ; l'aga, qu'on appelait respectueusement premier ministre et daï-kébir dominant, ordonna au jeune Syrien de la laisser entre les mains des ulémas de la mosquée, ajoutant qu'il la retrouverait à son retour dans Masr, où il aurait sans doute une mission sacrée à remplir.

— Un meurtre, sans doute !

— Qu'elle serait la récompense de son dévouement, comme les houris au paradis le sont pour les pieux musulmans morts.

— Elle est restée à la mosquée ?

— Non. Après le départ du Syrien, l'aga la fit monter sur un mulet et partit avec elle à son tour.

— Il y a là-dessous, sidi Othman, quelque abominable machination.

— Je le crois comme vous, Ibn-Hâni. Qu'Allah nous protège !.

Le barbier répondit à ce salut selon les paroles du Koran, qui recommande la civilité en ces termes : « Si quelqu'un vous salue, rendez-lui le salut plus honnête encore. Dieu compte tout. »

Et les deux amis se séparèrent.

Le lendemain, 24 juillet, la proclamation suivante de Bonaparte fùt publiée et affichée dans la ville sainte.

« Peuple du Kaire, je suis content de votre conduite ; vous avez bien fait de ne pas prendre parti contre moi. Je suis venu pour détruire la race des Mamelouks, protéger le commerce et les naturels du pays. Que tous ceux qui ont peur se tranquillisent ; que tous ceux qui se sont éloignés rentrent dans leurs maisons ; que la prière ait lieu aujourd'hui comme à l'ordinaire, comme je veux qu'elle continue toujours.

» Ne craignez rien pour vos familles, vos maisons, vos propriétés, et surtout pour la religion du Prophète, que j'aime.

» Comme il est urgent que la tranquillité ne soit pas troublée, il y aura un divan de sept personnes qui se réuniront à la grande mosquée ; il y en aura toujours deux près du commandant de la place, et quatre seront occupés à maintenir la tranquillité publique et à veiller à la police. »

En même temps, Bonaparte envoyait une partie des troupes dans les provinces environnantes, pour y organiser également l'administration du pays, et ordonnait la construction de redoutes autour du Kaire et au pied des grandes Pyramides.

La garnison du Kaire fut formée d'une partie de la division Bon et de celle de Kléber.

Quant à ce dernier, Bonaparte le renvoya à son commandement de la ville d'Alexandrie.

— Eh bien ! Kléber, demanda en riant le général en chef, au moment où l'ami d'Omar prenait congé, avons-nous fait ce fameux déjeuner sous la Pyramide de Chéops ?

— Général ! répondit Kléber en contractant les sourcils, c'est le sommet même qui me servira de table, le jour où...

— Le jour où ?...

Un profond soupir accompagna les paroles suivantes de Kléber :

— J'ai le cœur bien gros, général !

— Des chagrins domestiques !

— Si jamais vous devenez père, vous les comprendrez.

— Diable ! c'est différent... J'ignorais cela. Voyons, contez-moi vos peines.

— Plus tard... Je me rends à mon poste, général : le devoir avant tout. Mais permettez-moi de laisser au Kaire mon fidèle Omar...

— Le Mamelouk que j'ai vu hier à vos côtés ?

— Oui, général.

— De grand cœur, d'autant plus que l'idée que vous m'avez donnée de créer un corps de Mamelouks français me sourit. C'est lui que je chargerai de l'organiser, avec Bartolomeo Serra, auquel j'en confierai le commandement.

— Pourvu que vous laissiez Omar vaquer un peu à ses petites affaires, — car je commence à croire qu'il en a aussi dans ce pays, — et aux miennes, que je lui ai confiées.

— Il est avec le service des accommodements.

— Adieu, mon général !

— Adieu, Kléber !

Ce dernier repartit aussitôt pour Alexandrie avec le lieutenant Rivolet, aussi triste que lui, et son escorte de guides. Omar et Martial les accompagnèrent jusqu'à Boulaq, où Kléber leur fit les recommandations les plus vives.

Desaix, de son côté, avait remonté les rives du Nil, à la poursuite de Mourad-bey.

Restait à poursuivre également Ibrahim-bey, qu'on savait à Belbeïs, sur la route de Syrie, et qui paraissait vouloir tenir la campagne.

Après s'être occupé de donner à la ville du Kaire une organisation régulière et s'être entouré des scheiks et des principaux habitants du pays, pour établir la perception des impôts et pour fournir aux besoins de l'armée, qui connut enfin l'abondance et oublia bientôt ses privations lors de son passage par le désert, Bonaparte se détermina à marcher sur Ibrahim avec les troupes déjà postées à El Kanka, en avant du Kaire, et deux colonnes de troupes des divisions Menou et Kléber sous les ordres des généraux Lannes et Dugua.

Dans sa marche d'El Kanka sur Belbeïs, ce corps d'armée rencontra une partie de la grande caravane qui se rend chaque année du Kaire à la Mecque, et qui est composée de tous les pèlerins et marchands venus de l'ouest et du centre même de l'Afrique.

On voit dans cette caravane, montés sur des dromadaires, des mulets et des ânes, des hommes, des femmes et des enfants de toute classe, de toute race, de toute couleur. Il s'y trouve des gens d'Alger et du Maroc, et jusqu'à des nègres du Soudan, de Tombouctou et du Dangola. On se rend à la Mecque et à Médine, autant pour y faire ses dévotions à la Kâba et au tombeau de Mahomet, que pour s'y livrer à des opérations commerciales. C'est le grand moyen de commnnication, à travers les déserts, entre l'Afrique et l'Asie.

La caravane qui revenait des saints lieux avait été attaquée par les Bédouins, qui l'avaient dispersée après lui avoir enlevé un certain nombre de chameaux.

Celui qui la commandait portait le titre habituel d'*émir hadji* ou prince des pèlerins.

En arrivant au port de Suez, à l'extrémité nord de la mer Rouge, sur les frontières de l'Arabie Pétrée et de l'Égypte, le prince des pèlerins avait envoyé des exprès à Mourad et à Ibrahim, pour avertir ces deux chefs de sa prochaine arrivée.

Ibrahim seul avait reçu la dépêche de l'émir hadji, et lui avait fait dire d'éviter le chemin du Kaire et de se diriger sur Salahieh, l'informant des succès obtenus par les Français. L'intention d'Ibrahim, très rapace de sa nature, comme on sait, était tout simplement de s'approprier les marchandises de la caravane ; mais il comptait sans les Français.

Notre cavalerie aperçut tout à coup, en débouchant d'un village, quelques pèlerins et les Arabes qui emmenaient leur butin dans le désert. Elle s'élança au galop.

Les marchands et les pèlerins se mirent aussitôt sous la protection des Français, et les Arabes, forcés d'abandonner une grande partie de ce qu'ils avaient enlevé, disparurent dans le désert.

Une partie de la caravane avait réussi à s'échapper au moment où les Arabes l'avaient attaquée, et était parvenue à rejoindre Ibrahim, au delà de Belbeïs.

Bonaparte réunit tous ceux qui venaient d'être délivrés par la cavalerie, et leur donna une escorte pour se rendre au Kaire avec les marchandises, qu'il leur fit restituer. Il fut immédiatement proclamé : *Protecteur des caravanes.*

Les Mamelouks n'avaient point attendu les Français à Belbeïs. On ne trouva personne dans cette ville, et l'on s'avança sur Salahieh, cité fondée par Saladin.

Auprès du village de Lourein, on rencontra cette autre partie de la caravane qui avait joint l'arrière-garde d'Ibrahim.

Le seul aspect des Français mit en fuite les Mamelouks qui escortaient les marchands et les pèlerins, et ceux-ci purent rejoindre les débris que Bonaparte avait déjà dirigés sur le Kaire. Malgré les secours qu'elle venait de recevoir des Français, la caravane avait éprouvé de grandes pertes ; beaucoup de pèlerins avaient été tués par les Arabes, quelques-uns par les Mamelouks d'Ibrahim.

Aussi, quoique le général en chef eût fait rendre à ceux qu'il avait réunis toutes les marchandises et effets qui leur appartenaient, le butin fait sur les Arabes et les Mamelouks fut encore très considérable. De même qu'après la bataille des Pyramides, nos soldats se trouvèrent possesseurs d'une foule d'objets et d'étoffes précieuses, et notalement de *schals* de Kachemir, dont ils ne connaissaient pas toute la valeur et qu'ils vendirent à vil prix.

Quelques-uns de nos généraux en envoyèrent en France, où ces schals firent fureur. Un industriel, Bellangé, songea dès lors à imiter ces beaux tissus ; ce fut l'origine du châle français. Avant l'expédition d'Égypte, on connaissait à peine en Europe les châles de l'Inde. Cependant ils n'avaient pas été inconnus des Grecs et des Romains. Ainsi, on regarde comme un véritable châle le précieux manteau décrit par Aristophane dans sa comédie des *Guêpes.*

— Hé ! Jacquot ! comment me trouves-tu ? criait à son camarade Treillet le Manceau Jeannot.

Ce dernier avait déroulé une de ces belles et longues étoffes, sur laquelle éclataient les plus vives couleurs. Il s'en enveloppait et se drapait, ouvrant de grands yeux et s'admirant lui-même.

— Et moi donc, milladious ! repartit Croustillac, la bouche pleine.

Le Gascon étendait devant lui un long tuyau de chibouk, dont la magnifique anche d'ambre lui remplissait la bouche.

— Pas mal, répondit le Mâconnais en se grattant la tête ; mais moi, j'aimerais mieux avoir quelque chose à me mettre sous la dent, comme une cuisse de poulet, par exemple, avec un bon verre de pomard... A quoi bon cette bague, quand on a faim et soif ?

En disant cela, le Mâconnais regardait avec un air de dédain une magnifique bague en turquoise avec un entourage de rubis, qui brillait à son index.

— Toujours le même, ce Jacquot ! dit une grosse voix, celle du sergent Leblanc. Il ne pense qu'à son ventre.

— C'est égal, reprit le Mâconnais, si nous avions quelques-uns de ces pigeons que je vois perchés là-bas sur le dôme de cette mosquée de village, cela ne ferait pas de mal... Vous avez beau dire, vous autres !

— Au fait, oui, mordious ! Quoiqu'on ait l'honneur d'appartenir à la 2e demi-brigade légère, et qu'on ait fait toutes les campagnes du Rhin, on n'en a pas moins un estomac comme un autre, et cette bouillie de riz, avec la pastèque de ce matin, est déjà loin, milladious !

C'étaient, en effet, nos carabiniers de la 2e légère qui étaient bivaqués aux alentours du grand village de Koraïn, où Bonaparte venait d'établir son quartier général.

Ils sont en observation, comme avant-poste, sur un
petit monticule, dernier contrefort du Mokattam vers le
Delta. L'ombrage de quelques dattiers les protège contre
les ardeurs du soleil, qui pourtant n'envoie plus de l'extrémité de l'horizon, où se trouvent la vallée du Fleuve
sans eau et le bassin des Lacs de Natron, que des rayons
obliques.

Sous une touffe de cactus dort le lieutenant Martial.

X

LE TOMBEAU ET LE SCHEIK DU DÉSERT

Du haut du monticule où bivaquent nos carabiniers, le panorama qui se déroule a quelque charme : il offre dans tous les cas, à des yeux européens, celui de la nouveauté.

La plaine du Delta est parsemée de groupes d'arbres dont le feuillage ne rappelle en rien celui des arbres d'Europe, de villages ou de villes surmontés par les flèches aiguës des minarets.

Sur le canal (l'ancienne branche Pélusiaque du Nil), on voit des djermes, des kanjas et de lourds maschs, chargés de blé, de pastèques ou de ruches à miel, venant du Saïd. Il y a aussi des radeaux de poteries de Ballas.

Sous l'ombrage des sycomores et de ces beaux palmiers, qui ressemblent à autant de colonnes corinthiennes agitées par le vent, on aperçoit des chameaux chargés et des Arabes enveloppés dans leur ample couverture ; ils attendent que le soleil se baisse sur l'horizon pour se remettre en voyage.

Dans les rizières et les champs de fèves aux fleurs

épanouies, des fellahs cultivateurs, le turban sur la tête, en blouse bleue et les jambes nues, s'animent par un chant triste et monotone, et font mouvoir une machine grossière qui verse l'eau du Nil dans les rigoles d'irrigation.

Leurs femmes, en longue robe, et sur la tête l'amphore de terre, qu'elles soutiennent de leur beau bras arrondi, traînent après elles un enfant en chemise de laine serrée aux reins par une corde.

Sur quelques points, des moulins à riz, où beuglent une cinquantaine de bœufs, tellement en honneur dans l'antique Égypte, qu'on adorait un des leurs sous le nom d'Apis, et qu'à leur mort on leur faisait des funérailles.

Koraïn, qui sert de quartier général, et dont les palmiers, avec leurs parasols verts, prêtent en ce moment leur ombre aux Français, est assis sur son monticule, comme tous les villages du Delta, à cause des inondations. Autour de la mosquée, avec son dôme et sa tour, se dressent quelques maisons à terrasse ; mais tout le reste du village est composé de cabanes bâties avec le limon noir du Nil et de forme conique. Ces cabanes figurent assez bien, par leur ensemble, un groupe de ruches à miel.

A l'est, le canal de Suez s'allonge entre deux chaînes de montagnes : c'est la vallée formée par ces montagnes qui sert de chemin aux caravanes.

Vers le nord-est, par les dunes de sables mouvants et le long du fameux lac Sirbon des anciens, de terrible mémoire, suivant Diodore de Sicile, se prolonge la route de Syrie par le El-Arich.

Partout des ruines de villes célèbres dans l'antiquité. Au loin celles de Bubaste, qui apparaissent sous l'aspect d'une montagne.

Çà et là aussi, des tombes. On y a enterré quelque saint

musulman, quelque prophète, auprès d'une fontaine,
d'un puits entouré de palmiers. Ces tombeaux sont quelquefois de grands monuments, avec dômes et clochetons.

C'est un usage chez tous les peuples de l'Orient de
donner des proportions colossales aux tombeaux. On
veut imposer à la postérité. Alexandre le Grand avait,
dit-on, fait jeter des armures propres pour des géants
sur le passage de son armée, afin de faire croire aux gé-
nérations futures qu'il commandait des demi-dieux.

A quelques portées de fusil, en avant du monticule où
nos carabiniers de la 2ᵉ demi-brigade ont établi leur poste,
s'élève un de ces mausolées de construction arabe.

Le lieutenant Martial s'est éveillé ; il promène son regard autour de lui. Le saint tombeau attire son attention.
Il appelle :

— Jacquot, mon ami ?
— Présent, mon lieutenant !
— Veux-tu faire un petit tour avec moi ?
— Dame ! oui, mais...
— Mais quoi ?

Croustillac intervint.

— C'est qu'il n'ose vous le dire, citoyen lieutenant !
— De quoi retourne-t-il ? Voyons !
— C'est qu'il a l'estomac vide, et, mordious ! vous le
savez, mon lieutenant : ventre affamé n'a pas...

— Il a des yeux du moins... nonobstant, intervint le
sergent Leblanc. Et justement j'aperçois là-bas, près de
cette espèce de petite mosquée...

— C'est un tombeau, un mausolée.
— Mausolée, soit, lieutenant !... J'aperçois, dis-je, un
superbe genre de volatile...

— Au plumage bleu lustré et aux pieds de pourpre...
C'est une magnifique poule sultane !

— Et voilà toute une nuée d'oiseaux. On dirait des alouettes et des cailles pêle-mêle...

— Prends ton fusil, Jacquot... vite !

— Pour le coup, ça me va, mon lieutenant !

— A moi aussi ! répétèrent plusieurs voix, parmi lesquelles celles de Croustillac, de Jeannot et même celle du sergent Leblanc.

— D'autant plus, ajouta ce dernier, que j'ai de bons yeux et qu'au loin... les voyez-vous, mon lieutenant, au pied de cette colline grise où commence le désert ?

— Encore nos petits amis les Bédouins, avec leurs manteaux blancs et leurs lances... Ils sont une vingtaine : quelque avant-poste.

— Encore et toujours ! comme dans la chanson... Ils nous guettent... Ils ne nous perdront jamais de vue, ceux-là, et je veux bien que le diable m'emporte si nous vous laissons aller seul, mon lieutenant, jusqu'à cette bicoque isolée que...

Une exclamation du lieutenant rendit tous les carabiniers attentifs.

— Qu'est-ce que c'est que cela ? s'écria le sergent.

— Un Arabe, sorti des palmiers, qui galope vers nous...

— Je comprends maintenant pourquoi les oiseaux se sont envolés.

— Serait-ce un parlementaire ? demanda Martial. Mais oui, il fait des signes et il tient sa lance en travers... Allons au-devant de lui, mes amis !

Le lieutenant, suivi de Leblanc, de Jacquot Treillet, de Jeannot et de Croustillac, descendit le monticule et s'avança à la rencontre du Bédouin.

Quand ce dernier fut à vingt pas de la petite troupe, il

ficha sa lance en terre et attendit. Martial s'approcha du cavalier.

— *Maça-el-rher !* bonsoir sur toi ! dit l'Arabe.

Le lieutenant rendit le salut, et lui demanda, grâce aux quelques mots arabes qu'il avait appris, ce qu'il voulait.

Le Bédouin fit comprendre à Martial que le scheik, chef de sa tribu, avait des propositions à faire au sultan des Français.

— Où est le scheik ?

— Au *santon.*

— A ce tombeau là-bas ?

— Oui.

— Est-il seul ?

— Avec trois autres de sa tribu.

— Tu fais le quatrième... En tout cinq ?

— J'ai dit.

— Nous sommes cinq aussi ; la partie serait égale, s'il avait de mauvaises intentions. Va lui dire qu'il se montre avec les siens en avant des palmiers.

Le Bédouin retourna vers le santon.

— Vos fusils sont chargés, camarades ? demanda le lieutenant.

— Et l'amorce est en état, fut-il répondu.

— Attention, donc ! et tenons-nous sur nos gardes.

Martial lui-même inspecta ses pistolets.

Quelques minutes après, cinq Arabes sortaient des arbres ; ils étaient à pied, mais armés. Le scheik avait deux beaux pistolets à sa ceinture. Il était reconnaissable à son manteau de soie, brodé en or, qui recouvrait une cotte de mailles. De dessous son *keffié*, ses cheveux lui descendaient jusqu'au milieu du dos en deux longues tresses noires. Les Bédouins, du reste, ne se rasent jamais la tête. A côté de son *seif*, ou sabre, était attaché le *sekin*, ou coutelas recourbé.

Après une grave salutation, le scheik commença par se faire connaître en ces termes pompeux :

— Je suis Ali, fils de Hénessé, scheik de la puissante tribu des Arab-el-Kebli, aussi nombreux que les grains de sable du désert.

Martial crut devoir s'incliner par politesse et comme pour dire qu'il ne doutait nullement de ces vérités.

— Mon *nezel* (camp ou grand *douar*), continua-t-il, forme six rangées. Nos chevaux sont plus beaux que ceux de la tribu des A'nezé (1) ; nos chameaux peuvent, du soleil levant au soleil couchant, parcourir neuf journées de marche ; nos moutons et nos chèvres sont innombrables.

— Où veut-il en venir ? pensa le lieutenant.

— Notre alliance est recherchée par toutes les tribus du Nord et du Sud.

— Êtes-vous les amis des Mamelouks ?

— Aucun de ceux que tu nommes n'a jamais couché sous ma tente.

— Voulez-vous être des nôtres ?

— J'allais te le proposer.

— Voyons ?

— Veux-tu aller porter mes paroles au grand Sultan Kibir, le favori de la victoire ?

— C'est mon devoir.

— Dis-lui que le scheik Ali, fils de Hénessé, de l'invincible tribu des Arab-el-Kebli, lui offre son alliance.

— A quelles conditions ?

— Que le sultan des Français attaque Ibrahim-bey,

(1) La plus grande des tribus des frontières de la Syrie.

11.

et je me joins à ses cavaliers pour charger les Mamelouks. Le butin sera partagé entre ma tribu et les Français (1).

— Voilà une proposition qui sera agréable au général en chef, je n'en doute point, venant de la part d'un aussi puissant et renommé scheik. Mais je dois vous dire que, d'après nos coutumes, le butin...

— Hésiterait-il à partager avec le fils de Hénessé ?... Écoute ! En témoignage de ma bonne foi et du désir que j'ai de devenir l'allié du sultan franc, je lui offre une esclave chrétienne que depuis huit jours je possède...

— Une esclave chrétienne ?

— Belle comme la lune, dont sa chevelure a les doux reflets ; ses yeux sont vifs et languissants comme ceux de la gazelle, et sa taille élancée est semblable aux longues lances de l'Yémen. Deux pommes de Grenade sur un sein d'albâtre...

— Où est-elle? demanda vivement Martial, qui n'avait pas oublié le charmant et gracieux portrait de la sœur de Charles Rivolet. Où est-elle ? répéta-t-il. Comment avez-vous eu cette chrétienne ?

— Il y a huit jours, dans ce *santon*, je surpris un aga de janissaires avec deux spahis qui la tenaient captive. Je leur ai laissé la vie sauve, mais j'ai gardé l'esclave.

— Vous l'avez menée dans votre tribu ?

— Mon nezel est près de la mer Rouge. J'ai enfermé la jeune beauté dans le santon.

— Conduisez-moi vite auprès d'elle, ô scheik ! et je vous promets de transmettre fidèlement votre offre d'alliance au général Bonaparte.

— Viens donc! dit le chef arabe.

(1) Cette proposition d'un scheik, qui caractérise les Arabes d'une manière si remarquable, est relatée dans les *Victoires et Conquêtes*.

Martial s'élança vers le mausolée. Les Arabes et les quatre carabiniers le suivirent, et le trouvèrent auprès d'une charmante blonde, pâle de chagrin et de fatigue, mais dont les grands yeux bleus étaient levés au ciel en signe de remerciement. La seule vue de l'uniforme français lui avait annoncé le salut.

Martial prit vivement une de ses mains.

— C'est bien vous, mademoiselle Louise! s'écria-t-il. Dieu m'a conduit vers vous.

— Je vous reconnais, monsieur, répondit-elle. Vous avez déjà une fois tenté de me sauver.

— Vous daignez vous en souvenir! Oh! merci, mademoiselle.

— Il y a de ces moments dans la vie dont le souvenir ne s'efface jamais... Mais vous avez prononcé mon nom, monsieur. Comment me connaissez-vous?

— Par votre frère, le citoyen Charles Rivolet.

— Vous êtes de ses amis?

— J'ai cet honneur.

— Ah! tant mieux...

Sentait-elle qu'elle en avait trop dit, et se repentait-elle de ce cri de satisfaction qui venait de lui échapper? L'incarnat de la pudeur venait de faire disparaître de son front les traces de la souffrance.

Le scheik et ses Bédouins regardaient cette scène d'un amour naissant d'un œil curieux. Ce langage doux et poli les étonnait. Dans le désert brûlé par le soleil, la passion est plus vive et s'exprime d'une tout autre façon. Les romans arabes la dépeignent enflammée et se traduisant par des images poétiques, il est vrai, mais matérielles.

La manière dont, un instant auparavant, le scheik avait décrit la beauté de la jeune captive n'est qu'un faible échantillon du genre descriptif en usage dans le désert. Un Arabe amoureux a des hyperboles qui choquent notre goût. Que penser, par exemple, de cet idéal de la femme dont le visage est pareil à la pleine lune et dont « les hanches, d'un volume immense, peuvent à peine passer par la porte de la tente » ?

— Mademoiselle Louise, dit Martial, vous reverrez bientôt vos parents au Kaire.

— Oh! partons...

— Patience encore un peu! J'ai à porter d'abord au général en chef les paroles de ce chef arabe qui, pour témoigner de son bon vouloir, offre de vous remettre entre ses mains. Je cours au quartier général.

— Rester encore dans ce tombeau! J'ai peur avec ces gens-là... Mon esprit est plein de pressentiments sinistres...

— Tranquillisez-vous! Bientôt...

— Faites-moi sortir du moins de ce lieu lugubre.

Le scheik consentit à ce que la jeune fille allât respirer l'air sous les palmiers.

— Reviendrez-vous bientôt, monsieur? demanda celle-ci au lieutenant, en s'asseyant auprès d'une touffe de henné vert, dont le jus sert aux Égyptiennes et aux femmes arabes à se teindre les ongles de rouge, ainsi que les pieds et les mains d'un brun jaune.

— Aussi vite que je le pourrai. Mon cœur y est trop intéressé.

Quoiqu'il eût murmuré ces dernières paroles à voix basse, Louise ne les entendit pas moins, car elle rougit de nouveau.

— Soyez certaine, mademoiselle, ajouta-t-il, que si je n'ai pu réussir à vous sauver au bord du Nil, cette fois du moins...

Il n'acheva point. Un des Bédouins, qui venait de tourner l'angle du bâtiment dans la direction de Sala-hieh, revint vivement en s'écriant :

— Qu'Allah soit avec nous! Voici les Turcs!

On se précipita pour voir. Une centaine de spahis et de delhis, conduits par un aga de janissaires, arrivaient comme la foudre.

C'était Ahmed, qui avait obtenu cette troupe du pacha Abou-Beker, et qui accourait reprendre la proie néces-saire à ses desseins.

— Carabiniers! s'écria Martial, feu sur cette troupe! et retranchons-nous dans le santon... Scheik! où sont vos cavaliers?

Le scheik s'arrachait la barbe.

— Je n'ai que vingt cavaliers près de la colline. Le gros de mes guerriers est à une lieue d'ici.

Le lieutenant ne put s'empêcher de pousser un ju-rement. Les quatre carabiniers avaient juré d'une autre façon : ils avaient fait feu sur les Turcs.

— Au santon! leur cria Martial.

Le sergent et ses hommes s'y jetèrent. Le lieutenant, de son côté, s'élança vers la jeune fille, plus morte que vive, et clouée à sa place par la terreur.

— Venez, mademoiselle, lui dit-il. Venez vite!

Il dut la soulever dans ses bras. En se retournant, il vit le scheik et ses Bédouins, qui avaient sauté sur leurs coursiers, s'enfuir au galop vers la colline grise.

Il n'avait pas atteint la porte du mausolée avec son précieux fardeau, que les Turcs l'entouraient.

— Chien de chrétien! s'écria l'aga en levant son cime-terre. Rends-moi cette femme, ou tu es mort! Ahmed-aga n'est revenu que pour cela.

Pour toute réponse, Martial déchargea sur l'Ottoman

un de ses pistolets. Mais il tomba en même temps : le coup de sabre d'un spahi s'était abattu sur lui.

— Enlevez cette esclave ! cria l'aga à ses cavaliers, et ventre à terre ! par où nous sommes venus.

Deux delhis furent à terre en un clin d'œil, s'emparèrent de Louise évanouie, remontèrent en selle, et la troupe repartit de toute la vitesse de ses chevaux, en poussant de grands cris.

Tout cela s'était fait avec une telle rapidité, que déjà les ravisseurs étaient loin, lorsque les quatre carabiniers dans le santon, ayant rechargé leurs armes, purent en faire usage. On vit bien rouler un cheval dans le sable, mais le cavalier démonté sauta en croupe derrière un des siens, et bientôt spahis et delhis disparurent derrière un amas de ruines.

— Notre pauvre lieutenant ! dit Jacquot Treillet en apercevant Martial baigné dans le sang.

— Un coup de sabre à l'épaule gauche !

Le sergent Leblanc examina la blessure en silence et le front sombre. Une larme coula de la paupière sur sa balafre. Les camarades regardaient anxieux.

Ceux-ci ne respirèrent que lorsqu'ils entendirent le sergent s'écrier avec joie :

— Ce ne sera rien ; je m'y connais, nonobstant... Un mois d'hôpital, et il n'y paraîtra plus...

— Faisons une civière avec nos fusils, dit Jacquot.

— Avec nos mouchoirs arrêtons d'abord le sang.

On le fit aussi bien que possible.

— Et maintenant, portons-le à l'ambulance, mais non pas sur les fusils : c'est trop dur... sur nos bras.

— Surtout, ajouta le sergent Leblanc, allons-y doucement.

On souleva le lieutenant, qui avait perdu connaissance

et l'on se dirigea vers Koraïn. Les soldats de la compa-
ignie descendirent tous du monticule à l'approche du
blessé, et s'empressèrent autour de celui qui était leur
ami plutôt que leur chef.

Le lendemain, tandis qu'un convoi transportait au
Kaire Martial et d'autres blessés, le général Bonaparte
se mit à la tête de la cavalerie, qui pouvait se monter à
trois cents hommes, et, précédant l'infanterie, qui se
mit également en marche, il arriva de bonne heure sur
la lisière d'un bois de palmiers qui entoure Salahieh, à
quatre lieues de Koraïn. Il s'arrêta dans cet endroit auprès d'une citerne, et envoya un détachement pour reconnaître l'ennemi. Celui-ci ayant campé la nuit dans le
bois de palmiers, ne devait pas être éloigné.

En effet, le général en chef fut bientôt informé qu'I-
brahim venait de quitter le bois de palmiers, pour s'a-
vancer dans le désert, traînant à sa suite un bagage considérable, où se trouvaient ses femmes et ses trésors.

Avec sa cavalerie, Bonaparte se mit à la poursuite. Il
atteignit l'arrière-garde d'Ibrahim, composée de quatre
cents Mamelouks qui semblaient manœuvrer pour protéger l'immense convoi de dromadaires, d'ânes et de muets, dont la tête se perdait à l'horizon.

Il s'engagea sur ce point un combat sanglant, auquel
prirent part les guides du général en chef et presque
tous les officiers qui accompagnaient ce dernier. Les
hussards du 7e régiment et les chasseurs du 22e y firent
des prodiges de valeur. Les Français, enveloppés par les
Mamelouks, qui s'étaient éparpillés autour des deux es-
cadrons, allaient succomber, quand survint heureusement le général Leclerc avec un renfort de cavalerie.

Les Mamelouks, menacés d'être pris entre deux feux,
cédèrent le terrain et rejoignirent la colonne d'Ibrahim,

qui, pendant ce temps, avait accéléré sa marche dans le désert.

On ne put s'emparer que d'une cinquantaine de chameaux et de deux pièces de canon. Caffarelli, quoique privé d'une jambe, n'en avait pas moins combattu avec ardeur, et le général Murat avait montré cette fougueuse intrépidité qui, plus tard, fit l'admiration des Russes. Aucun corps d'infanterie n'avait été engagé dans cette action.

Après cette affaire, Bonaparte, désespérant d'atteindre Ibrahim, et surtout de décider le pacha turc, Seïd-Abou-Beker, d'abandonner le bey et de rentrer dans son pachalik, laissa le général Reynier avec sa division dans ces parages, envoya Dugua à Mansourah, célèbre par la bataille qu'y livra saint Louis aux Sarrasins, et où ce roi fut fait prisonnier. Les deux généraux devaient organiser l'administration dans ces provinces.

Bonaparte s'en retournait au Kaire avec le reste de l'armée, lorsqu'un peu en avant de Koraïn, un officier des guides se présenta à lui, couvert de sueur et de poussière.

— C'est le lieutenant Rivolet, l'officier d'ordonnance de Kléber, dit Bonaparte. Qu'y a-t-il donc de si pressé?

— Une dépêche d'Alexandrie, citoyen général !

— Donnez !

Le général en chef ouvrit la dépêche et lut.

L'événement qu'annonçait la missive était désastreux. Cependant pas un muscle, dit-on, ne tressaillit sur le visage pâle de Bonaparte. Il replia la dépêche, et fit signe au lieutenant des guides de le suivre un peu à l'écart.

— Donnez-moi quelques détails sur cette catastrophe, dit-il à l'envoyé.

Charles Rivolet lui fit alors le récit du désastre d'A-boukir.

Une imprudence de l'amiral français, Brueys, qui négligea la garde d'un étroit passage vers sa gauche, entre un îlot et la côte, mais plus encore l'inaction de Villeneuve, furent la cause de la destruction de notre flotte par l'amiral anglais Nelson, le 15 thermidor (2 août).

Brueys mourut en héros.

Quoique pour ainsi dire coupé en deux par un boulet, il ne voulut pas qu'on l'enlevât de la dunette. Le brave s'écria d'une voix ferme :

« Un amiral français doit mourir sur son banc de quart. »

Il expira presque aussitôt.

Bonaparte, qui avait écouté avec la plus apparente impassibilité, dit avec sang-froid :

— Nous n'avons plus de flotte. Eh bien ! nous mourrons ici, ou nous en sortirons grands comme les anciens.

La bataille navale d'Aboukir est la plus désastreuse que la marine française ait soutenue. Elle eut les plus funestes conséquences pour l'armée d'Égypte. En effet, cette flotte devait seconder les opérations en Syrie, et en cas de revers, ramener nos soldats en France.

La lettre de Kléber se terminait par ces mots, qui peignent bien notre héros :

« Cet événement n'a produit chez le soldat qu'indignation et désir de vengeance. Quant à moi, il m'importe peu où je dois vivre, où je dois mourir, pourvu que je vive pour la gloire de nos armes et que je meure ainsi que j'ai vécu. Comptez donc sur moi dans tout concours de circonstances, ainsi que sur ceux à qui vous ordonnerez de m'obéir. »

Ne croirait-on pas entendre le langage des hommes de

Plutarque ? Grande et mémorable époque que celle qui enfantait de tels caractères !

Bonaparte écrivit aussitôt à Kléber :

« Cet événement nous obligera à faire de plus grandes choses que nous n'en voulions faire. Tenez-vous prêt ! »

« Oui, lui répondit Kléber par le retour du courrier, nous ferons de grandes choses. *Je prépare mes facultés.* »

Il était impossible de tenir longtemps secrète une pareille nouvelle ; aussi Bonaparte fut le premier à la communiquer à ceux qui l'entouraient.

Le calme du général en chef, et bientôt après le ton d'inspiré avec lequel il s'efforça de dérouler aux yeux de ses soldats un avenir de gloire et de prospérité, écartèrent de leur imagination toute pensée sinistre.

Toutefois, la dépêche de Kléber détermina Bonaparte à se rendre en toute diligence au Kaire. Les Français qui s'y trouvaient étaient dans la consternation. Pour relever leur moral, le général en chef fit célébrer le 1ᵉʳ vendémiaire an VII, avec une grande pompe, l'anniversaire de l'établissement de la République.

Afin de frapper l'esprit des troupes, il fit inscrire sur une pyramide, élevée au milieu de la place Ezbekyeh, les noms des soldats et des marins morts sur la terre d'Égypte. La pyramide était entourée circulairement de colonnes en nombre égal à celui des départements qui formaient alors la France républicaine. A l'un des points de la circonférence, on avait dressé un arc de triomphe, sur lequel était représentée la bataille des Pyramides.

Entouré de son état-major, des chefs d'administration, des membres de l'Institut et de la commission des sciences et des arts, des scheiks du divan du Kaire, du kichja, du pacha, des agas et autres officiers de la milice urbaine, Bonaparte parut sur la place, où sa présence fut annoncée par des salves d'artillerie.

Parvenu au pied de la pyramide, il prononça d'une voix solennelle une allocution, souvent interrompue par es acclamations des soldats.

Après avoir rappelé à ces derniers leurs faits d'armes n Allemagne et en Italie, il ajoutait :

« Depuis l'Anglais, célèbre dans les arts et le commerce, jusqu'au féroce Bédouin, vous fixez les regards du monde.

» Soldats ! votre destinée est belle, parce que vous êtes dignes de ce que vous faites et de l'opinion que l'on a de vous. Vous mourrez avec honneur, comme les braves dont les noms sont inscrits sur cette pyramide, ou vous retournerez dans votre patrie, couverts de lauriers et de l'admiration de tous les peuples... »

Pendant ce temps, un détachement allait planter sur la plus haute des Pyramides de Gizeh le drapeau tricolore.

Après la fête européenne, qui, excita la surprise des Égyptiens, vinrent les fêtes orientales.

L'arrivée des eaux du Nil dans les canaux fut célébrée avec tout l'éclat digne de la circonstance. Bonaparte, suivi des autorités françaises et musulmanes, environné d'une foule immense, se rendit à l'entrée du canal, et ce fut en sa présence que le mollah principal procéda à la cérémonie de la rupture de la digue qui retient les eaux du fleuve, jusqu'à ce qu'elles aient acquis la hauteur nécessaire pour qu'on puisse naviguer dans la ville.

Bonaparte fit distribuer de l'argent au peuple, et revêtit lui-même d'une pelisse noire le mollah chargé de veiller à la conservation du *mikkias* ou nilomètre, dont nous avons déjà parlé, et d'un benisch blanc, le *nakib redjah* ou intendant des eaux. On distribua également des pelisses et des kaftans aux principaux officiers civils et militaires du pays.

Deux jours après, nouvelle fête, cette fois en l'honneur du législateur de l'Orient, de Mahomet.

Bonaparte alla à la grande mosquée, et, les jambes croisées sur un coussin, dans l'attitude des fidèles qui se livraient aux génuflexions et aux adorations, il assista aux cérémonies du culte, le visage tourné vers la Mecque.

Il y eut parade extraordinaire de la garnison, et tous les officiers généraux et supérieurs s'empressèrent d'aller en visite solennelle présenter leurs félicitations au scheik El-Beki, chef de la famille reconnue la première parmi les nombreux descendants du Prophète.

Le général en chef s'y rendit lui-même, et accepta le magnifique repas à l'orientale que lui offrit le scheik, nommé le matin *nakib-el-ascheraf*, ou chef des schérifs, en remplacement d'Osman-effendi, qui avait pris la fuite.

Seulement, on assure qu'un élégant chibouk ayant été présenté à Bonaparte, celui-ci essaya en vain de fumer, bien qu'on eût bourré la pipe du tabac de Syrie le plus parfumé.

— Jamais, murmura-t-il, je ne pourrai m'habituer à cela. Priser, je ne dis pas...

Par ses inondations annuelles et par les irrigations artificielles qu'il permet de faire, le Nil est un bienfait inestimable pour la grande vallée égyptienne, où il ne pleut que rarement. Sans son fleuve aux débordements périodiques, l'Égypte ne serait qu'un affreux désert, comme ceux de Lybie et d'Arabie, qui la flanquent au-delà de ses deux chaînes de montagnes parallèles. Aussi a-t-on appelé l'Égypte un *don du Nil*.

Le lendemain même de la fête du Prophète, la formation de l'Institut égyptien fût arrêtée. Cette corporation savante, dont Monge fut le président, Bonaparte le vice-président, et Fourier secrétaire perpétuel, devait s'occuper du progrès et de la propagation des lumières en Égypte. Elle devait, en outre, rechercher, étudier et publier, dans l'intérêt de la science, tous les faits naturels, industriels et historiques du pays.

Quant à nos soldats, ils finirent par s'accoutumer à l'idée de coloniser la terre d'Hermès et de Sésostris.

XI

UNE AVENTURE AU BAZAR

Tandis que Bonaparte s'attachait ainsi à assurer la conquête de l'Égypte, en cherchant à gagner les esprits de la multitude par l'éclat des fêtes publiques, ressort politique qu'on peut souvent faire mouvoir avec succès, le général Desaix se préparait à la poursuite de Mourad-bey, adversaire encore redoutable malgré sa défaite.

Ce chef infatigable, réfugié dans l'Égypte supérieure après la bataille des Pyramides, avait mis à profit le repos momentané qu'on lui avait laissé.

Tous les Mamelouks dispersés dans la Basse et Haute-Égypte, à l'exception de ceux qui avaient accompagné le bey Ibrahim en Syrie, s'étaient réunis à Mourad, et celui-ci s'était encore renforcé de nombreuses tribus de Bédouins, accourues des déserts situés à droite et à gauche de la vallée du Nil pour faire cause commune avec lui. Il avait, en outre, une flottille sur le fleuve.

Le général en chef, qui avait admiré la bravoure de Mourad, eût bien voulu se l'attacher et assurer ainsi l'oc-

cupation tranquille du Fayoum et du Saïd, afin de pouvoir tourner entièrement ses vues du côté de la Syrie, où
quelque chose lui disait qu'un orage s'amoncelait.
Ibrahim, Djezzar, le pacha de Saint-Jean d'Acre, et les
Turcs, poussés par l'Angleterre, devaient en effet, comme
nous le verrons bientôt, menacer les Français sur ce
point.

Mais il n'était pas facile d'amorcer le farouche Mourad. Bonaparte songea pourtant à la Géorgienne Eh-
Nehfiz. Une circonstance fortuite vint à son aide.

Sur la prière de Martial, encore malade de sa blessure
au grand hôpital du Mouristan, le capitaine Omar se
rendait un soir à Gizeh, dans cette maison du vieux
schérif Mustapha-effendi, afin de s'enquérir auprès de
celui-ci de l'Arabe qui avait enlevé à sa porte la citoyenne
Louise Rivolet; car l'aga du tombeau ne pouvait être
qu'un complice.

Mustapha connaissait-il cet homme? Savait-il quels
pouvaient être ses desseins et où il avait fait conduire
la jeune fille?

Le schérif, vieillard franc et loyal, aux yeux duquel le
mensonge était un péché, avoua à Omar que le ravisseur
était un Syrien, le fils de son ami Hadji Mohammed-
Amyn, auquel il avait appris à lire et à écrire; mais il
ajouta qu'il ne savait pourquoi le jeune homme s'était
livré à cet acte condamnable. Depuis le jour du rapt, le
schérif n'avait pas revu Soleyman, et il ignorait absolument ce qu'il était devenu, ni ce que pouvait être l'aga
supposé son agent.

— Mais peut-être, dit-il en terminant, les ulémas de la
mosquée d'El-Azhar, Syriens comme lui, vous donne-
ront-ils des nouvelles de ces deux hommes.

— Comment se nomment les ulémas avec lesquels ce Soleyman avait des rapports ? demanda Omar.

— Seyd-Mohammed el Gazhi était celui qu'il fréquentait le plus... Et, j'y songe maintenant, sidi, certain aga des janissaires, s'il est encore à Masr, et qui voyait souvent l'uléma Mohammed, sera peut-être à même de vous renseigner sur Soleyman. Qui sait si ce n'est pas celui-là même qui a paru au tombeau du santon et qui est revenu s'emparer de la jeune fille? Soleyman et lui seraient alors de connivence dans toute cette affaire.

— Le nom de cet aga?

— Ahmed.

— Ahmed! qui était en garnison à la citadelle? s'écria le capitaine des guides.

— Lui-même. Le connaîtriez-vous, sidi?

Omar ne répondit pas ; il réfléchissait.

— Qu'Allah vous protège, ô schérif! dit-il enfin en prenant congé du vieillard.

— Et qu'il vous accorde de longs jours, sidi, à vous, à votre femme et à vos enfants! répondit le schérif.

L'ex-janissaire poussa un soupir et quitta l'humble demeure du descendant de Mahomet.

Son chemin le conduisit devant la résidence de Mourad.

On se rappelle que Bonaparte avait occupé deux jours cette maison, et qu'il y avait reçu Eh-Nehfiz, la femme du bey.

A son départ pour le Kaire, le général avait dit à la Géorgienne :

— Madame, je vous laisse dans cette demeure, qui est bien la vôtre. Vous y êtes entièrement maîtresse, et je pourvoirai à tous vos besoins. Montez votre harem et votre maison comme vous l'entendrez. Entourez-vous d'esclaves pour vous servir. Je veux que rien ne vous manque, que toutes les jouissances du luxe auquel vous êtes habituée, continuent à vous charmer comme par le passé...

— Seigneur! vous êtes généreux comme tout vrai guerrier, répondit Eh-Nehfiz, et l'univers racontera vos vertus aussi bien que votre gloire.

— Puissé-je, par tous les moyens en mon pouvoir, vous rendre supportable votre séparation d'avec votre époux !

— Hélas ! rien ne peut me le faire oublier, et mon triste cœur...

— Car je ne dois pas vous cacher, madame, que, pour des raisons politiques faciles à comprendre, je ne puis vous permettre de le rejoindre, tant qu'il aura les armes à la main pour nous combattre.

— C'est une chaîne dorée, seigneur, à laquelle vous m'attachez.

— Une garde d'honneur, continua Bonaparte sans faire attention à cette observation, montera continuellement à ce palais, et quand vous sortirez pour visiter les bazars du Kaire, ou pour vous rendre au bain, une escorte vous accompagnera...

— Je comprends, dit Eh-Nehfiz sur un léger ton d'amertume.

— Mais vous serez entourée de tous les égards qui vous sont dus, et l'officier de garde exécutera le moindre de vos ordres, pourvu que...

— Je ne lui commande pas de m'accompagner dans le Fayoum, où est mon époux, interrompit en souriant la Géorgienne... Seigneur, afin que je ne me sente pas prisonnière, je veux m'engager moi-même envers vous. Je vous promets donc, sans ajouter *s'il plaît à Dieu*, c'est-à-dire sans aucune restriction, de ne pas rejoindre mon époux sans votre permission.

— Vous êtes une noble femme !

Eh-Nehfiz avait remonté son harem et sa maison ; par les soins de l'eunuque Amourat, elle se revit promptement au milieu de nombreux esclaves et de serviteurs.

Quand Omar passa devant le sérail de plaisance de Mourad-bey, la nuit était venue. Il longeait le mur du jardin, lorsqu'il aperçut une ombre à quelques pas devant lui. Il se tint immobile.

Cette ombre était arrêtée devant une grille qui interrompait la muraille en cet endroit, et qui était destinée à faire jouir la vue du panorama du Nil et du Caire.

Il entendit cette ombre appeler deux ou trois fois... Bientôt on répondit et on accourut à l'appel.

Autant qu'Omar pouvait en juger, celui qui se tenait extérieurement devant la grille était un fellah.

— Es-tu de la maison de la Géorgienne au *Cœur d'or ?* demanda l'Arabe à la personne de l'intérieur.

— Je le suis depuis une demi-lune. Que me veux-tu ?

— Puis-je me fier en toi ?

— Je suis l'esclave de la cetti-kébir du bey Mourad, chargé des eaux... Pour preuve, quand tu m'as appelé, je rentrais avec mes *djarres* que je venais de frotter avec des amandes amères, pour rendre potable l'eau que demain matin j'irai chercher au Nil.

— Es-tu fidèle ?

— Un nègre du Dongola l'est toujours à ses maîtres.

— Eh bien ! va trouver la cetti-kébir, et dis-lui qu'un homme est là, envoyé par le bey Mourad, qui désire lui parler de sa part.

— Fais le tour : par la grande porte tu entreras.

— Mais les Français ?

— Chacun est libre de venir parler à la Géorgienne au *Cœur d'or*.

— Je l'ignorais.

— Va ; je cours prévenir la cetti, et j'irai ensuite au-devant de toi.

Le fellah se rendit à la porte du palais.

Quant à Omar, il résolut d'avertir aussitôt le général en chef de ce qu'il venait d'entendre.

Bonaparte, auprès de qui il fut introduit, se frappa le front en entendant cette communication.

— Voilà mon affaire ! dit-il. Je vais faire des ouvertures à Mourad. La Géorgienne m'appuiera, j'en suis sûr; et ce fellah, qui sait où se trouve le bey, portera ma lettre.

Voici ce qu'il écrivit :

« Bey ! j'ai admiré votre courage et désire vous avoir pour allié plutôt que pour ennemi.

» La supériorité des forces que je commande ne peut plus être contestée ; vous voilà errant, et bientôt le désert sera votre seul séjour.

» Vous pouvez trouver dans ma générosité la fortune et le bonheur que le sort vient de vous ôter. Une épouse qui vous aime et que j'honore vous attend. Faites-moi connaître votre intention. »

Étant monté à cheval, le général se rendit à Gizeh, y vit la Géorgienne, qui le remercia vivement de sa générosité et des bonnes intentions qu'il montrait envers son époux, et écrivit elle-même une lettre où elle engageait fortement le bey à accepter l'amitié du Sultan Kibir. Le fellah emporta les deux missives.

Mais trois jours après, l'Arabe revint avec un refus de la part de Mourad, qui comptait encore sur la fortune des armes.

Desaix reçut l'ordre de s'avancer dans l'Ouestanieh,

ou Moyenne-Égypte. Une partie de ses troupes remonta le Nil, embarquée sur un chebek, une demi-galère et six avisos, et l'autre suivit la rive gauche du fleuve, malgré l'inondation, qui était alors dans sa plus grande crue.

La division atteignit avec la plus grande peine le canal Joseph, en traversant huit autres petits canaux d'irrigation et un lac, ayant de l'eau jusqu'au-dessus de la ceinture.

Nous ne raconterons pas la glorieuse bataille de Sediman, où les 3,000 hommes de Desaix, formés en carrés, vainquirent l'armée de Mourad, composée de 4,000 cavaliers et de 8,000 fellahs. Les Mamelouks y furent en partie détruits. Desaix, continuant sa marche, acheva ce qui avait survécu aux combats de Louqsor, dans l'antique et célèbre vallée de Thèbes, à ceux d'Aboumanah, de Sahama, de Syène, de Beni-Adin, dans le Saïd, près des cataractes du Nil. Il devint ainsi maître de toute la Haute-Égypte.

Mourad-bey alla chercher un refuge dans les déserts de la Nubie.

Libre des soins de la guerre, Desaix s'appliqua alors à faire chérir sa clémence, autant qu'il avait fait admirer sa valeur. Il se consacra tout entier à l'administration. Bientôt la Haute-Égypte offrit l'aspect d'une contrée soumise à un gouvernement paternel. Les peuples reconnaissants donnèrent à Desaix le surnom le plus digne d'envie, celui qu'un conquérant devrait le plus s'honorer de porter, celui de *Sultan juste*.

Quant aux soldats de Desaix, après avoir battu des mains devant l'admirable spectacle que leur offrait la vallée de Thèbes, avec son allée de sphinx et ses obélisques de Louqsor, dont l'un orne aujourd'hui notre place de la Concorde, ils se croyaient absolument chez eux dans la Haute-Egypte. Les descendants des Gaulois, possesseurs d'un pays où régna Sésostris, et qu'embellit Hermès Trismégiste, écrivaient sur les colonnes, au milieu des hiéroglyphes : *Route de Paris*.

Nous ne parlerons pas non plus des avantages remportés dans le Delta par les généraux Menou, Marmont, Vial, Andréossi, Verdier, Murat et Dumas, qui, avec de faibles détachements, eurent à combattre quelquefois des masses de Bédouins unis aux habitants.

Il faut le dire, du reste : plusieurs révoltes dans les provinces, que devait suivre une autre des plus formidables, prouvaient aux Français qu'un |peuple barbare, façonné à l'esclavage et dirigé par un fanatisme aveugle, n'était pas aussi disposé qu'ils le pensaient d'abord à supporter le frein bienfaisant de la civilisation européenne.

Les mots de liberté et d'indépendance, inconnus dans l'Orient, sonnaient mal aux oreilles des sectateurs de l'islamisme.

Avec le peu d'idées politiques qu'avaient les habitants à demi sauvages de cette ancienne terre classique des hautes sciences, des beaux-arts et de la civilisation, peu leur importait d'être gouvernés par un délégué du Grand-Seigneur ou par des esclaves affranchis tels que les Mamelouks ; mais pouvait-on espérer que tous les raisonnements, toutes les protestations, les démonstrations même de modération, de douceur et de tolérance, eussent assez de force pour étouffer les préjugés religieux qui contraignaient les Égyptiens à repousser, avec une sorte d'indignation, la prétendue protection qui leur était offerte par des infidèles ?

Bonaparte n'avait point trouvé dans les finances du pays les ressources qu'il en espérait. La cessation du

12.

commerce extérieur, les trésors emportés par les Mamelouks, la méfiance générale des gens riches avaient fait disparaître une grande partie du numéraire. Pour se procurer l'argent nécessaire aux besoins de l'armée, il aurait fallu recourir à la voie des *avanies*, moyen odieux, précaire, et qui aurait trop rappelé les Mamelouks.

En Égypte, comme dans toutes les contrées de l'Orient où règne le despotisme, presque toutes les propriétés ne sont que des concessions temporaires du gouvernement; elles peuvent être retirées ou renouvelées, suivant le caprice du maître absolu, à la mort du titulaire. On résolut d'établir un droit d'enregistrement, de soumettre toutes les concessions à une revision, et de faire enregistrer tous les actes portant confirmation.

Ce moyen fiscal, absolument inconnu en Orient, fut regardé comme une avanie déguisée et excita un mécontentement général, notamment au Kaire, séjour habituel de tous les grands concessionnaires de l'Égypte.

Le 20 octobre, Kléber arriva au Kaire. Il avait allégué des raisons de santé pour obtenir son changement et quitter le commandement d'Alexandrie. Mais ce n'était là sans doute qu'un prétexte : il pressentait l'expédition de Syrie, et Omar lui avait écrit qu'il avait fini par découvrir quels étaient les ravisseurs de Zaïra. Charles Rivolet avait accompagné Kléber.

Martial était guéri de sa blessure, mais encore convalescent. Omar avait pris en amitié le jeune lieutenant. Tous deux avaient revu avec joie Rivolet; mais en s'entretenant des deux jeunes filles, dont la malheureuse destinée les préoccupait si vivement, leur visage s'était attristé. Charles remercia Martial avec chaleur du dévouement qu'il avait montré pour sa sœur au tombeau du santon. L'officier de carabiniers n'osa dire encore à son ami, que c'était l'amour même qui l'avait fait agir.

Pour distraire les jeunes gens, Omar les engagea à parcourir la ville, à jouir du spectacle pittoresque qu'offre toujours une cité orientale à l'œil de l'Européen. Il les invita aussi à visiter les bazars.

C'est, en effet, une singulière ville que le Kaire, qui rappelle Bagdad, la capitale d'Aroun-al-Raschid au temps de sa splendeur.

Anes, mulets, chameaux, bandes de chiens affamés embarrassent rues et birkets, et les cris des conducteurs s'entendent à peine au milieu des vociférations des jongleurs et des *saadis* qui font danser leurs serpents ou les mangent.

Le costume brillant des Mamelouks, dont plusieurs s'étaient soumis et qu'on allait utiliser, la draperie orientale des Bédouins, leur longue barbe, et la figure grave et régulière des Arabes, la chemise bleue des fellahs au visage brûlé, la nudité de plusieurs santons, le tournoiement des derviches, la multitude d'esclaves nègres, frappent d'étonnement par le contraste.

Ici, c'est un convoi funèbre, avec les hurlements de ses femmes pleureuses, qui croise le bruyant cortège d'une noce témoignant sa joie par les cris de *lu! lu! lu!*

Là, tout un harem de femmes empaquetées de la tête aux pieds, avec un trou seulement à l'endroit des yeux, qui lancent des flammes, se rend au bain public; ces momies vivantes sont assises sur des ânes fringants et escortées par des eunuques.

Ailleurs s'avance un scheik opulent, avec sa pittoresque escorte et ses domestiques qui font ranger la foule.

Plus loin, on montre des moutons et ses singes savants de l'Yémen, des marionnettes et des lanternes magiques.

Des religieux *merlavi* jouent du *semendsje*, mauvais

violon, ou de la harpe, qu'ils touchent avec un morceau de cuir rude.

Des *ghasies* ou *almées* dansent au son du tambura et de la flûte de roseau, l'antique flûte de Pan, en agitant leurs crotales.

Une bande de chiens affamés vient, en aboyant, se jeter dans les jambes des spectateurs, qui les pourchassent comme des animaux immondes, et secouent leur caftan souillé par le contact.

A côté d'un bruyant bazar, se pressent des chameliers qui viennent décharger leurs outres pleines d'eau du Nil dans un *hod*, ou abreuvoir, orné de colonnes et construit avec le plus grand luxe.

L'intérieur des bazars est surtout curieux à voir avec leur animation, leur physionomie orientale, leur profusion de marchandises, les types variés qu'on y rencontre et les étrangers de tous pays qui les fréquentent.

Le commerce du Kaire est très considérable. Il trafique avec l'Europe, l'Asie et l'Afrique intérieure, et la grande caravane de la Mecque, qui passe au Kaire tous les ans, l'alimente sans cesse. Les habitants fabriquent très bien les nattes; ils font des passementeries très variées; ils tournent avec adresse le bois, l'ivoire et l'ambre; ils excellent à préparer le cuir et le maroquin; ils distillent l'eau-de-vie et l'eau de roses; ils raffinent le sucre, font de la poterie, de la verrerie, et travaillent assez bien en orfèvrerie.

Instinctivement, les deux officiers, sans se communiquer leur pensée secrète, se rendirent d'abord à l'oqual des Gellabs, qui est le marché aux esclaves.

Peut-être comptaient-ils y trouver celles qui occupaient leur pensée.

Les esclaves étaient au milieu de la cour, assises sur

des nattes, les jambes croisées, et divisées par groupes de quinze. Les vêtements de bure blanche qui les couvraient annonçaient leur triste condition ; mais elles étaient loin d'en paraître affectées, car elles riaient et babillaient à qui mieux mieux, et avec assez de bruit pour qu'on eût peine à s'entendre. Celles qui étaient assises sous le portique, à l'ombre, celles-là surtout étaient joyeuses et chantaient.

On en voyait de blanches, de cuivrées, de noires. Ces dernières dominaient.

— Elles sont loin d'être toutes belles, murmura Charles à l'oreille de Martial.

— Il y en a au moins quatre cents.

— Il y a tant de harems à peupler ! On vient en chercher pour toute l'Égypte, jusqu'à Suez et aux Cataractes.

— Y a-t-il beaucoup de Géorgiennes et de Circassiennes parmi les blanches ? Celles-là ont la réputation d'être les plus jolies, m'a-t-on dit.

— Je n'en vois guère qui méritent d'être prises pour ces spécimens de l'idéal des Orientaux. Voyez donc : ce sont de grosses femmes à la peau d'un blanc mat, des figures de pleine lune !

— Je ne m'étonne plus maintenant qu'Ibrahim, puis Mourad, aient trouvé Zaïra si merveilleuse.

— J'en aperçois qui ont des yeux bleus et des cheveux blonds.

— Comme...

Martial n'acheva pas sa comparaison ; il songeait à Louise, la sœur de son ami, et il ne voulait pas que ce dernier sût qu'elle occupait toutes ses pensées. Les amoureux ont toujours une sorte de réserve et de pudeur.

Charles Rivolet venait du reste de lui pousser le bras, en s'écriant :

— Chut! voilà des acheteurs...

Plusieurs scheiks et riches habitants du Kaire, accompagnés de domestiques blancs et nègres, venaient en effet de leur côté.

Ils rôdaient de groupe en groupe, faisaient ouvrir la bouche aux esclaves, regardaient leurs mains et les examinaient comme on fait des animaux.

En apercevant les deux officiers, l'un des scheiks fronça les sourcils et montra les Français aux autres visiteurs d'un air de colère concentrée.

Avant l'arrivée des Français au Kaire, il fallait aux Européens un firman spécial du bey Mourad pour pouvoir pénétrer dans le marché des Gellabs. Mais les officiers de l'expédition avaient, dès le lendemain de l'occupation de la ville, sauté par dessus les prescriptions et les coutumes, et à tout moment il en venait, attirés par l'étrangeté du spectacle, passer en revue les esclaves de l'oqual.

Mais il ne faut pas oublier que, depuis plusieurs jours, les riches du Kaire nourrissaient contre les Français un ressentiment profond. Ces mêmes hommes qui, par amour pour la tranquillité, avaient résisté aux insinuations des muphtis malveillants, tant qu'ils avaient cru leurs propres droits en sûreté, partageaient la haine des ennemis des Français, maintenant que l'établissement du droit d'enregistrement dont nous avons parlé plus haut menaçait leurs intérêts.

Cette disposition d'esprit chez les grands propriétaires, patrons des classes inférieures du peuple, comme chez les Romains, avait même déjà gagné celles-ci, et l'on avait vu le matin des ulémas, des imans, parcourir les différents quartiers de la ville et s'introduire mystérieu-

sement chez certains habitants des rues populeuses,
connus par leur influence sur la masse.

Des derviches, en se livrant à leurs psalmodies et à
leurs pratiques dévotes dans les cafés et dans les boutiques des barbiers, lieux de réunion ordinaires, avaient
été surpris par des Français prêchant et fanatisant leurs
auditeurs.

Il y avait, en outre, les agents des beys Mourad et
Ibrahim, les émissaires du grand vizir Yousouf et ceux
de l'Angleterre, qui travaillaient la population, annon-
çant que bientôt les armées du sultan viendraient au
secours de l'Égypte pour en chasser les infidèles.

Bientôt les visiteurs musulmans du marché aux esclaves, animés de haine contre les Français, enhardis
d'ailleurs par ce qu'ils savaient des dispositions du
peuple du Kaire, en arrivèrent aux menaces contre nos
deux officiers.

Ils appelèrent enfin plusieurs gardiens du marché qui,
le poignard à la main, vinrent en jurant et en les traitant
d'infidèles, leur intimer l'ordre de sortir.

Charles et Martial eussent pu tirer le sabre et résister.
Mais ils se montrèrent pleins de modération, ne voulant
pas froisser le sentiment des musulmans, jaloux même
de femmes qui ne leur appartenaient pas encore. Toutefois, ils firent retraite en maintenant à distance, par leur
attitude, leurs grossiers assaillants.

— Allons aux bazars ! dit le lieutenant Rivolet. Ils ne
sont pas loin. Là, du moins, il est permis aux Européens,
comme aux Chinois, d'arpenter les galeries sans être
inquiétés, et d'y examiner tout en détail.

Les bazars sont nombreux au Kaire. Bien qu'on y
trouve toutes les marchandises réunies, chacun de ces

marchés est pourtant spécialement affecté à une branche
de commerce ou d'industrie.

Rien de plus curieux à visiter. Les bazars occupent
presque un mille carré. Réunissez toutes les boutiques
de Paris et de Londres, enlevez-en les façades, empilez
les marchandises sur des tablettes, métamorphosez des
commis élégants en vieux musulmans graves et barbus,
ou bien faites-en des Grecs en kalpack et des Arméniens
au teint rosé, et vous aurez une idée d'un bazar.

C'est une cité ouverte. Vous pouvez y marcher une
journée entière, y faire mille détours, passer d'une galerie dans une autre, monter et descendre, sans jamais
vous reconnaître.

Le toit est aussi élevé que le toit d'une maison à trois
étages, et la lumière affaiblie y arrive à grand'peine à
travers une lanterne qui n'est jamais nettoyée que par
la pluie, et celle-ci tombe rarement au Kaire.

Il n'est pas toujours facile de circuler à l'aise dans ce
bazar, tant les allées en sont encombrées.

Tantôt c'est une troupe de dames glissant légèrement
dans leurs pantoufles jaunes, le visage couvert jusqu'aux yeux; tantôt une grosse esclave portant un enfant; plus loin un eunuque, armé jusqu'aux dents et
chargé de faire des achats pour son harem, ou un cavouass en robe noire, frayant le passage avec son bâton
ferré pour un dignitaire qu'il précède.

Au milieu de ces costumes divers de l'Orient, circulaient des uniformes français, qui formaient, avec les
amples vêtements des musulmans, un singulier contraste. Nos soldats, arrivant par groupes, considéraient
tout sans s'étonner de rien; leurs bons mots joyeux
troublaient seuls le silence qui régnait au sein de cette
foule affairée, mais qui se heurtait, se poussait sans

bruit et sans le fracas inséparable des marchés de nos
pays.

Les boutiques ont six pieds de large et trois ou quatre
de profondeur. Ce sont des trous. Le marchand, accroupi
sur son comptoir, les jambes croisées, vous présente
ce que vous lui demandez ; mais il paraît être là plutôt
pour obliger que pour s'enrichir.

Le Turc flegmatique ne met aucun empressement à
vendre. Incapable de surfaire, il retire, sans mot dire,
la marchandise dont on lui offre un prix inférieur à sa
demande.

A côté de lui, se démène le Grec industrieux et retors,
le juif exagéré dans ses prix. L'Arménien, probe et réfléchi, attend gravement comme son voisin le Turc.

Ce dernier vend d'un air de protection; le Grec délié
fait valoir toutes les ruses de son esprit naturel; l'Arménien est occupé à peser ses bijoux, son or, son argent; tandis que le juif achète, vend, offre sa médiation
dans les affaires, se mêle de tout, est tout activité, tout
attention, et ne se laisse rebuter par rien.

Qu'on ajoute à cela l'aspect varié des galeries, où sont
distribuées tant de boutiques différentes, l'odeur des
parfums qui s'exhale au loin, et on aura une idée complète de ces vastes dépôts.

Martial et Charles Rivolet se sont arrêtés devant la
boutique d'un marchand syrien d'Alep. Comme ses con-
frères, ce dernier est assis sur le comptoir, large banc à
deux pieds de terre, qui règne sur toute la longueur de la
galerie, au-devant des boutiques, séparées l'une de
l'autre. Un habitant du Kaire, aux vêtements qui dé-
notent l'opulence, s'approche et commence par s'asseoir
lui-même sur le comptoir pour être à l'abri de la foule.
Il demande ce qu'il désire : le marchand étale gravement

ses soiries sur ses genoux, sans daigner ouvrir la bouche, si ce n'est pour en dire le prix.

Tout à coup le Syrien, toujours sans prononcer une parole, et laissant ses précieuses étoffes entre les mains de l'acheteur, se retourne et se glisse par un trou dans la niche qui lui sert de chambre à coucher.

— Où diable va-t-il ainsi, et que fait-il là dedans? demanda Martial.

— Ce qu'il fait! répondit Charles Rivolet, qui était au courant des pratiques musulmanes en sa qualité d'ancien habitant du Kaire ; hé! l'idée lui a pris de faire ses ablutions. Vous allez voir...

— Voilà des coutumes qui, chez nous, en France, feraient bien l'affaire des voleurs.

Le marchand revint. Dans le même silence, il étala son tapis sacré dans la direction de la Mecque, se prosterna et dit ses prières, sans s'inquiéter le moins du monde de la présence de son acheteur, ni des passants. Aucune affaire ne saurait empêcher un vrai mahométan de remplir ses devoirs de religion.

— Gagnons le *bezestein!* dit le lieutenant des guides.

— Qu'est-ce que le bezestein? demanda Martial. Connais pas.

— C'est le cœur du bazar. Venez.

Ce qu'on appelle le bezestein est, en effet, le centre, le sanctuaire du bazar. Pour y arriver, on descend de quatre côtés différents, en passant sous des portes massives. On n'y vend que des armes et des objets de grands prix. Le toit est plus élevé et la lumière plus faible encore que dans les autres bazars.

De tous côtés s'offrent à vos regards des sabres de Damas aux manches ornés de pierres précieuses, de

brillants poignards, des pistolets et des fusils incrustés
d'or et d'argent.

En parcourant des yeux l'immense et sombre galerie
qui se projette au loin et que n'éclairent, de distance en
distance, que quelques lampes de cuivre, nos deux officiers distinguèrent une longue rangée de barbes grises
sortant de dessous leurs turbans neigeux. Là sont aussi
les mangeurs d'opium qui fument en dormant, les fata-
listes qui ne se dérangeraient pas, fût-ce pour échapper
à un lion.

A côté des armes sont étalés des schals, des cassolettes
d'encens, des robes perses, des tapis d'Ispahan, des
perles, des colliers, des bracelets du temps du sultan
Mahmoud Ier, et une foule d'autres objets rares et précieux.

Bien qu'ils fussent coudoyés par la foule, nos deux
amis s'arrêtaient à chaque pas, admirant réellement ces
merveilles de l'industrie orientale.

Une demi-douzaine de femmes vinrent se placer tout à
coup entre eux et la boutique qui faisait leur admiration,
pour se livrer à des achats.

Toutes étaient voilées jusqu'aux yeux, sauf une, qui
était une almée, ou danseuse. Elle était reconnaissable
par la profusion d'ornements dont son cou, ses cheveux,
ses bras se trouvaient surchargés, par sa jupe ouverte
devant et serrée à la taille au moyen d'une large ceinture avec deux boutons d'une grosseur considérable, et
notamment par la paire de crotales d'ivoire (casta-
gnettes) avec laquelle jouaient ses doigts jaunis par le
henné. Elle avait de grands yeux déterminés, effrontés
même, surmontés de sourcils grossis par l'alquifoux ou
galène de plomb, qui sert à les teindre.

Les deux officiers observaient ces dames discrètement,

et s'étonnaient qu'elles ne fussent pas accompagnées de l'éternel eunuque.

Celle des femmes qui paraissait être la maîtresse, portait une grande robe de taffetas bleu de sortie, qui recouvrait les ajustements d'intérieur. Un premier voile, rejeté en arrière, était destiné à cacher la coiffure et le front. Un *borgol*, en fine mousseline brodée, lui montait jusqu'aux yeux et servait de voile réel. Enfin le *rhabara*, ou grande pièce carrée en soie noire, l'enveloppait du cou jusqu'en bas. Elle était chaussée de larges bottines jaunes.

L'éducation des dames du Kaire, comme de celles de toutes les villes d'Orient, peut se résumer en ces simples mots : Être coquettes pour plaire ; plaire pour être riches de bijoux et de parures.

La première vertu de l'homme, à leurs yeux, c'est la générosité. Ce sont bien les femmes orientales qui sont de vrais enfants.

Toutefois, il y a des exceptions chez le beau sexe de l'Orient comme partout ailleurs. On rencontre parmi ces dames des caractères excentriques pour le pays. Ainsi l'on a vu telle cetti de harem sacrifier tout au sentiment ; mais ces femmes-là sont rares.

La dame qui paraissait être la cetti-kébir, la maîtresse, demanda à voir des étoffes pour robes et *sourouals* (pantalons).

Mais le vieux musulman, afin de bien disposer ses pratiques, que du reste il paraissait connaître, voulut que ces dames acceptassent le café. Bon gré, mal gré, il fallut attendre qu'on eût présenté le moka parfumé, ce qui eut lieu aussitôt dans les petites tasses que l'on sait, plus grandes à peine qu'un dé à coudre.

A la fin, le marchand commença à étaler ses trésors.

Le comptoir ressembla bientôt à un arc-en-ciel, dont l'œil avait de la peine à supporter l'éclat et la variété des couleurs. Il y avait des étoffes d'or dignes de figurer dans la garde-robe d'une reine ; d'autres, d'une fine gaze brodée de fleurs d'argent ; des robes de Brousse, de Smyrne et de Bagdad. Toutes les feuilles de l'herbier le plus complet, toutes les arabesques les plus capricieuses, étaient reproduites dans leurs riches broderies.

Les six femmes, y comprit la cetti, s'agitaient, babillaient, bourdonnaient autour de ces richesses comme un essaim d'abeilles devant un parterre de fleurs.

En ce moment, un petit groupe de soldats s'approcha du comptoir, et, en voyant tant de riches étoffes, l'un d'eux éleva les mains en l'air en s'écriant :

— Ah ! que de belles rouenneries pour me faire une blouse, quand je retournerai au pays... Regarde donc, Jeannot ! Aussi vrai que je m'appelle Jacquot Treillet, je n'ai jamais rien vu de pareil.

Jeannot avait la bouche ouverte, dans un complet ébahissement.

— Hé ! milladious ! s'écria Croustillac, nos draps du Languedoc sont moins brillants, c'est vrai, mais plus solides. Je crois même que...

Le Gascon s'arrêta court... Une scène singulière qui commençait lui fit écarquiller ses yeux à fleur de tête.

Aux paroles et au geste du Mâconnais, toutes les femmes avaient tourné la tête.

L'almée, qui était la plus proche du carabinier, avait suivi de son regard hardi et déterminé les mains de celui-ci. Elle n'y lança qu'un coup d'œil, mais cela suffit.

Aussitôt elle s'approcha de sa maîtresse et lui souffla quelques mots, en montrant le doigt du soldat où brillait la bague en turquoise avec son cercle de rubis, qu'il avait trouvée sur le corps d'un Mamelouk mort, comme on se le rappelle.

On vit flamboyer les yeux noirs de la cetti-kébir, qui, laissant sur le comptoir la robe de Perse d'une rare beauté sur laquelle elle venait de fixer son choix, bondit, plutôt qu'elle ne marcha, vers Treillet, se suspendit à son bras, qu'elle abaissa vivement, et se mit sans façon, sans en demander la permission, à examiner la bague avec une ardente curiosité.

De ses mains douces et potelées elle la tourna et la retourna sur le doigt de Jacquot, qui était devenu rouge comme une cerise et qui ne savait quelle contenance tenir. Les parfums qu'exhalait la dame lui montaient au cerveau et l'enivraient.

— *Machalla!* combien cette bague? demanda la cetti vivement et en arabe.

Le Mâconnais perdait la tête et ne savait quoi répondre.

— Comprends pas, balbutia-t-il enfin.

Charles Rivolet, qui, avec son ami Martial, avait observé cette scène rapide, cria au Mâconnais :

— On vous demande si vous voulez vendre votre bague, et à quel prix vous la céderiez.

— Mais... mais, lieutenant!... je ne sais pas...

La dame s'impatientait déjà et trépignait des pieds. Martial intervint à son tour.

— Allons, Jacquot! c'est une bonne fortune...

— Une bonne fortune!... hé! hé!

Le carabinier s'était hasardé à regarder ce que lui et ses camarades appelaient une odalisque : ce mot *bonne fortune* lui donnait des idées. Mais il baissa aussitôt les paupières sous les yeux noirs et fixes de la belle kadine.

Martial s'approcha, et donnant à sa voix l'inflexion la plus douce et la plus polie, il dit au Mâconnais :

— Voyons ! cède ta bague. Cette dame y attache peut-être un grand prix, comme ayant appartenu à quelqu'un qu'elle connaissait. Sois galant !

Le lieutenant se trompait. La belle cetti, comme toutes les femmes turques et arabes, aimait les turquoises à la folie. Le bleu clair est leur couleur favorite. Il n'y avait pas d'autre raison au désir qu'elle exprimait.

Indiscrète comme toutes ses pareilles, qui examinent partout, avec une attention minutieuse, la physionomie d'un étranger, qui prennent sans hésiter les objets lui appartenant, bourse ou gants, dont la vue les a frappées, et qui les regardent avec curiosité, la cetti avait examiné la bague du soldat ; or comme la turquoise était une belle calaïte de la *vieille roche*, très artistement taillée en cabochon, la pierre lui plaisait et lui faisait envie. Elle était riche et pouvait payer cher ses moindres caprices.

Cependant, au son de la voix du jeune officier intervenant si courtoisement, la dame avait distrait ses beaux yeux de la turquoise, pour les relever sur Martial.

Un poète oriental a dit que le cœur de la femme est comme la poudre, qu'une étincelle suffit à enflammer. Sans doute il voulait parler plus particulièrement du beau sexe de son pays, où le soleil est si ardent et rend les cœurs facilement inflammables. Chez nous, les exemples de ces passions subites sont plus rares.

La vue du bel et aimable Français eut-elle pour effet de faire naître dans le cœur de la beauté voilée une de ces passions instantanées, et d'y produire une explosion fulminante ?

Le fait est que la dame parut oublier bague et turquoise, qu'après un long et profond regard dont elle couvrit le jeune homme, et qui parut être à ce dernier comme une flèche aiguë, chargée de fluide magnétique, elle tournoya sur elle-même, saisit le bras de l'almée au regard audacieux, et lui désigna Martial, en prononçant quelques paroles rapides.

— Et la bague? demanda la danseuse.

— Lui aussi, répondit la dame.

— *Taïb!* c'est bien.

— Ce soir même, Mirzane! après le coucher du soleil.

— C'est mon affaire. Vous serez obéie, cetti Fatouma!

La dame se retourna vers le marchand, qui, grave et immobile, attendait patiemment derrière son comptoir. Elle fit signe à une femme de prendre les étoffes choisies. Une autre tira une bourse de soie à perles d'or, et paya. Puis, tout l'essaim féminin, avec ses amples vêtements et ses voiles flottants, toujours jasant et riant, s'éloigna; mais chacune des femmes se retourna plusieurs fois, pour lancer des lorgnades aux Français. Les yeux de flamme de la cetti-kébir ne quittèrent Martial qu'au haut de l'escalier du bezestein. Enfin, tout disparut comme une vision fantastique...

Officiers et soldats riaient encore de l'aventure, tandis qu'ils gravissaient également un des escaliers, et Jacquot Treillet, encore tout ahuri, était l'objet de mille plaisanteries de la part de ses camarades.

Parvenu dans le bazar supérieur, le Mâconnais, toujours en appétit et friand de sa nature, se sentant du reste le besoin d'oublier le regard bouleversant de la femme voilée, s'arrêta devant la boutique d'un confiseur.

L'Orient a été de tout temps célèbre par ses bonbons et ses confitures. Le sucre candi de toutes les couleurs s'élève en piles immenses sur les comptoirs : on n'a qu'à étendre la main pour en prendre, et moyennant quelques paras on en a de quoi s'en dégoûter.

Jacquot acheta un bonbon appelé *Paix à notre gosier.* On lui en donna, pour un para, une si grande quantité qu'avec la meilleure volonté du monde, lui et ses camarades, auxquels il en distribua, n'auraient pu en consommer le quart.

Les femmes surtout se nourrissent de bonbons et de confitures. Elles en mangent des quantités incroyables. A Constantinople, dit-on, les épouses et les femmes du Sultan emploient cinq cents cuisiniers, presque exclusivement pour les friandises, et consomment, par jour, deux mille cinq cents livres de sucre. C'est probablement l'article le plus coûteux de la cuisine du sérail.

Notre Mâconnais s'en donnait à cœur joie et s'en léchait même les doigts, lorsque tout à coup il se sentit doucement frapper sur l'épaule. Il se retourna et eut un mouvement presque de frayeur.

Mirzane, l'almée, était devant lui et plongeait son regard dans le sien.

— *Françaon*, dit-elle, êtes-vous discret?

Jacquot rougit jusqu'au blanc des yeux, et ne put que balbutier une réponse embarrassée.

— On vous veut du bien, reprit l'almée. Vous pouvez faire votre fortune.

— Moi?

— Oui, vous.

— Que... que faut-il faire?

— Attendez-moi ici... seul, quelques instants. Car votre officier est déjà au bout de la galerie, et il faut que je lui parle aussi.

— Lequel?

— Celui qui s'est approché tantôt de ma maîtresse.

13.

— Le lieutenant Martial!

— Il se nomme ainsi?

— Presque un enfant de giberne, et un bon! Il était tambour au 3ᵉ bataillon de l'Ain.

— Et vous... votre nom?

— Jacquot Treillet, né natif à Mâcon, Saône-et-Loire, où il y a du vin... mais du vin! Je voudrais bien en avoir.

— *Taïb!* Attendez ici, *Jakko*... sans bouger... et seul!

— Que le loup me croque si je fais un pas, belle odalisque! Mais revenez vite.

— Dans un instant.

On voit que notre Mâconnais s'était déjà enhardi. L'aventure dont il se voyait le héros le remplissait d'orgueil. Il se sentait grandir, et les fables des *Mille et une Nuits*, dont on lui avait conté quelques-unes, lui revenaient à l'esprit avec leurs bosquets enchanteurs, leurs mystérieux kiosques, leurs parfums et leurs femmes aussi belles que les houris du Prophète.

— Que t'a-t-elle dit, Jacquot?

— Que te veut-elle?

— T'a-t-elle donné un rendez-vous?

Telles furent les questions, avec beaucoup d'autres, dont Jacquot fut assailli par les carabiniers, ses camarades.

Mais lui, fier et se sentant déjà transformé en pacha ou en vizir, grâce à la protection de sa mystérieuse dame, se tordait les moustaches et se dandinait sur les hanches.

— Mes amis! se contenta-t-il de répondre en daignant enfin abaisser sur eux son regard devenu impudemment fat et qui sentait déjà son lovelace, j'ai promis le secret.

Quant à la danseuse, elle était déjà loin.

XII

LA RÉVOLTE DU KAIRE

L'almée Mirzane aborda le lieutenant Martial au moment où il sortait du bazar avec son ami, l'officier des guides.

— Un mot, seigneur *françaon !* dit-elle.

Étonné, Martial regarda Charles Rivolet.

— C'est la danseuse, fit observer ce dernier, celle qui accompagnait ces dames il n'y a qu'un instant.

— Je désire vous parler, répéta la ghasie.

— A moi ? demanda l'officier.

— A vous-même, sidi kachef.

— Dites. Je vous écoute.

— C'est en particulier que je veux vous entretenir.

— Allez, mon cher, fit Rivolet en riant. C'est un rendez-vous, j'en suis sûr.

— Mais... je ne puis... je ne dois, répliqua Martial, qui songeait à la charmante Louise, dont l'image remplissait son âme.

— Allez toujours. Laissez-vous faire !

Martial hésitait. L'almée le prit sans façon par la main et l'entraîna sous la porte d'une *zaouïa*, ou chapelle voisine.

— Seigneur, lui dit-elle, trouvez-vous, après le coucher du soleil, dans le faubourg el Karafe, devant la maison où le cad rend justice. Chacun vous l'indiquera.

— Pourquoi? demanda froidement Martial.

— Vous m'y trouverez.

— Mais dans quel but?

— Ma maîtresse, la cetti-kébir, que vous avez vue faire des achats dans le bezestein, jouit d'une grande fortune. Elle est veuve...

— Ah! c'est donc pour cela qu'il n'y avait point d'eunuque avec vous?

— Vous le dites, sidi.

— Elle se nomme?

— Fatouma. Je vous attends donc, seigneur, à la nuit close.

— Un moment!... Que ferai-je là?

— Vous me suivrez... Vous n'avez rien à craindre ; la cetti-kébir est libre, maîtresse d'elle-même et de sa maison. Elle n'a de compte à rendre à personne.

— Que m'importe, à moi !

— Point de mari jaloux, ni d'eunuque...

— Mais enfin, que veut-elle?

— Ne l'avez-vous pas compris?

— Nullement.

— Elle vous aime.

— Moi?... Voilà une inclination venue bien promptement ! A peine si elle m'a vu.

— Faut-il voir deux fois un aimable seigneur comme vous, pour être éprise ?

— Diable ! voilà qui est flatteur... Vous me feriez rougir, si...

— On vous dit galants et empressés auprès des dames, vous autres *Françaoni*.

— Nous en avons la réputation et l'air, mais...

— Mais ?... achevez votre pensée.

— Mais pas toujours la chanson. D'ailleurs...

— Vous hésitez ?... cela m'étonne.

— Mon cœur est à une autre.

— Dans votre pays? Qu'importe !

— Non, ici même, en Égypte.

— Quoi ! déjà!... et vous refusez ?...

— Je refuse.

— De venir à ce rendez-vous ?

— Absolument.

— Vous n'êtes pas un Français, prononça sèchement l'almée.

— Hein ! fit Martial choqué de ce ton, où il y avait du mépris.

— Je dis que vous êtes moins qu'un Turc.

— Voilà de gros mots !

— Presque un sauvage Albanais...

— De mieux en mieux.

— Un Kourde brigand et vagabond...

— A la bonne heure !

— Un chien de chrétien !

— Ah ! pour le coup, c'est trop fort.

La ghasie avait le regard furibond, l'écume à la bouche, les poings posés sur ses fortes hanches. C'était à peu près l'attitude traditionnelle sous laquelle on nous dépeint nos dames de la Halle... du temps de Vadé, s'entend.

L'almée, vraie poissarde égyptienne, venait de débiter à notre officier tout son vocabulaire d'injures orientales.

Au dernier trait décoché, Martial s'emporta un instant. Il allait lever le bras pour châtier l'insolente danseuse dont les pareilles, à ses yeux comme à ceux de toute la population du Kaire, étaient moins que des esclaves; mais Charles Rivolet était accouru et le retint.

— C'est vrai, dit Martial, qui se calma immédiatement; je m'oubliais.

— Je n'oublierai pas, moi! lui cria la ghasie en s'en allant.

— Je m'en inquiète fort peu.

— Craignez ma maîtresse !

— Ah ! bon. Si elle a le verbe aussi haut que vous, je ne crains que pour mes oreilles.

— Redoutez sa vengeance, mécréant !

Elle le menaça encore du poing au moment de pénétrer dans le bazar, où l'attendait, comme on sait, notre triomphant et déjà amoureux Jacquot Treillet.

— Vous avez eu tort, mon cher Martial, dit le lieutenant Rivolet à son ami, après le départ de la danseuse.

— Pourquoi, je vous prie !

— Parce que nous sommes pour quelque temps au Kaire.

— Sans doute, car Mamelouks et Turcs ne sont pas de taille à nous en chasser.

— Et que, chez ces femmes de harem, un amour dédaigné se change promptement en haine mortelle.

Martial se mit à sourire.

— Le poignard, le poison, reprit Rivolet, ne jouent que trop souvent leur rôle dans ces circonstances. Elles ne reculent devant aucun moyen pour satisfaire leur soif de vengeance.

— Soit ! je serai sur mes gardes.

— Oui, prenez vos précautions, je vous y engage fortement.

Mirzane, encore tout animée par la colère, s'avançait
vers le carabinier, fixe à son poste. Elle murmurait, en
grinçant des dents :

— Il faut que l'autre y vienne maintenant, coûte que
coûte... d'abord pour la bague, ensuite pour que Fatouma,
qui va entrer dans une fureur terrible — je la connais —
ait des renseignements précis sur cet officier.

Dans la galerie du bazar, elle passa au beau milieu des
camarades de Jacquot, qu'elle bouscula.

— Milladious ! s'écria Croustillac. Quelle gaillarde !

— C'est l'odalisque de cette coqueluche de Treillet !

— Qu'il est donc heureux, ce Jacquot ! ajouta avec un
soupir d'envie Jeannot le Manceau. Oh ! les *fâmmes*, les
fâmmes ! J'étais pourtant né pour les *fâmmes !*

— Tout exprès ! conclut le Gascon.

L'almée s'empara du bras du Mâconnais.

— Tu seras fidèle au rendez-vous, toi ? lui dit-elle.

— Nonobstant Mahomet et sauf la consigne, jusqu'à
la mort !

— *Taïb !* à la bonne heure !

— Faut-il préparer une échelle de cordes ? demanda
Jacquot, déjà prêt à tout.

— A quoi bon ?

— Escalader une terrasse ?

— Non, répondit Mirzane en haussant les épaules.

— Où faut-il courir, aimable odalisque ? Que dois-je
faire ?

— Après le coucher du soleil, trouve-toi devant la maison du cadi, dans le faubourg el Karafe.

— Où il y a tant de mosquées en ruines, qu'on dirait
des démolitions ? Connu !

— C'est cela. Tu n'auras pas à t'en repentir, Jakko !

— D'avance, charmante houri, je sens mon cœur battre la breloque.

— N'y manque pas, au moins !

— Dieu des dieux ! j'aimerais mieux perdre ma giberne et tout le tremblement.

— Tu te souviendras de l'endroit ?

— Je retiens la consigne.

— Dès que le soleil sera couché...

— La lune ne sera pas plus empressée à paraître que moi, belle et incomparable sultane !

La danseuse s'éloignait, un doigt sur ses lèvres orangées par le henné. Le carabinier la retint par sa jupe aux broderies d'or.

— O la plus délicieuse des kadines !... comme on dit dans votre pays.

— Aurais-tu une objection à faire ? demanda la ghasie, dont l'œil lançait déjà des éclairs, croyant que celui-là aussi allait lui échapper.

— Allah m'en garde ! répondit vivement le Mâconnais, qui crut devoir parler le langage musulman pour rassurer sa connaissance. Mais...

— Mais quoi ?

— C'est que... balbutia-t-il en se grattant l'oreille.

— Parle !

Jacquot ôta lentement son bonnet à poil, y fourra la main, puis s'arrêta au moment de la retirer.

— Que cherches-tu là ? demanda l'almée.

— Mon... mon... En faut-il un blanc ? dit-il naïvement.

— Un blanc ! que veux-tu dire ?

— C'est que...

— Explique-toi !

— C'est que... il n'est pas très beau ni très neuf.

— Quoi donc?

— Mon mouchoir.

— Ton mouchoir! Pourquoi?

— Mais ne faut-il pas?... O céleste houri! je sens que mon cœur enflammé brûle déjà pour vous comme une cartouche pleine. Mais...

— Tu m'impatientes, avec tes *mais*.

— Si pourtant, dans le harem... je devais... choisir, suivant ce que je me suis laissé dire, il me faudrait... jeter le mouchoir.

Malgré la colère qui animait encore la messagère de cetti Fatouma, elle ne put s'empêcher d'éclater de rire au nez du carabinier.

— Vous riez? demanda Jacquot étonné.

— Ah! je comprends. Ha! ha! ha!

— Eh bien! adorable houri?

— Vous en êtes encore, dans votre pays de sauvages, à croire ces choses-là?... C'était bon du temps du kalife Aroun-al-Raschid; les récits de nos vieux conteurs arabes vous ont tourné la cervelle.

— Vraiment? dit Jacquot en ouvrant de grands yeux.

— A tantôt. Je serai au rendez-vous. Sois exact!

— Et mon lieutenant, il en sera aussi?

— Lui? s'écria Mirzane.

Jacquot vit la colère éclater sur la physionomie mobile de l'almée, qui leva au ciel son poing fermé et s'écria en s'éloignant :

— C'est un chien!

Les musulmans ont toujours cette expression à la bouche quand ils veulent montrer envers quelqu'un leur haine ou leur mépris. Au-dessous du chien immonde, vagabond dans les rues, il n'y a plus rien.

— Qu'est-ce que c'est? Un chien!... Le lieutenant Martial, un chien! murmura le bon Jacquot en voyant disparaître la danseuse au milieu de la foule.

Notre Mâconnais se mit à réfléchir.

— Pour sûr, se dit-il enfin, il y a du grabuge... Elle lui a parlé... Elle est en colère. Faut voir le lieutenant! Ah! mais, Jacquot ne marche pas sans son lieutenant... Une, deux, trois, pas accéléré, marche!

Il n'écouta pas même ses camarades, devant lesquels il passa, s'élança dans la rue, regarda à droite, à gauche, et heureusement avisa encore les deux officiers.

— N'y va pas, Jacquot! lui dit Martial quand le carabinier lui eut raconté son aventure. On n'en veut qu'à ta bague.

— Et moi qui pensais... balbutia Jacquot.

— Crois-moi, rentre au quartier, d'autant plus... Dis même à tes camarades de se hâter...

— Pardon, excuse, mon lieutenant! pourquoi nous hâter? La retraite n'est pas battue.

— Le soleil se couche...

— Je le vois bien, mon lieutenant.

— Et sitôt qu'il est couché dans ce pays, il fait nuit.

— C'est vrai. Mais...

— Ne remarques-tu pas ces groupes, de distance en distance?

— Tiens! je n'y faisais pas attention.

— Avec leurs yeux sombres et menaçants?

— Dieu! qu'ils sont laids!

— Si ce n'était que cela!

— Vous croyez alors...

— Qu'une révolte menace... Nous venons d'en causer, le lieutenant Rivolet et moi.

— En ce cas, le fusil en main et le doigt sur la dé-
sente !

— Engage tous nos soldats que tu rencontreras à rentrer comme toi... Il y a de l'orage en l'air.

Le Mâconnais s'empressa de rejoindre ses camarades.
Il avait déjà perdu tout goût à l'aventure ; ses beaux
rêves s'envolaient en fumée. Il communiqua à tous les
Français qu'il trouva sur son passage les appréhensions
de son lieutenant, et chacun regagna son quartier.

La nuit vint. Masr ressemblait à une mer houleuse. Les
excitations des riches et des fanatiques ulémas, qui
avaient enfin trouvé l'occasion favorable de mettre en
œuvre le grand ressort de la religion, commençaient à
porter leurs fruits.

Cependant, de cette sourde fermentation à une révolte
ouverte, lorsque les Français, sans doute sur leurs gardes,
occupaient la ville en tous sens, il y avait encore loin.

Une occasion, une circonstance, ou l'audace d'un
homme influent pouvait seule faire éclater la rébellion.

Dans le faubourg el Karafe, entouré de jardins, s'élève
une habitation somptueuse. Le marbre, les fontaines
jaillissantes, les divans et les coussins soyeux n'y font
pas défaut.

Sur une ottomane de velours d'Alep, son beau bras
appuyé sur un coussin de brocart, une femme d'une
trentaine d'années est assise. Deux esclaves noires du
Sennaar s'occupent incessamment à l'éventer avec un
écran de plumes d'autruche. Une troisième brûle des
parfums sur une cassolette d'argent.

Mais si le corps de la belle kadine a l'air d'être en repos, son esprit est agité, son âme fiévreuse, et la mousseline de fibres d'ananas qui recouvre son sein à l'étroit
dans une *sedria* (veste) de satin bleu, ornée de perles

blanches, se soulève et se meut comme la mer agitée par la tempête.

Devant elle, sur une petite table ronde en bois de citronnier, très basse et incrustée de tabletteries en nacre, s'étalent en vain des confitures exquises, des fruits aux couleurs vermeilles et le *scherbet* (sorbet) parfumé.

—Mirzane ne revient pas! s'écria-t-elle en crispant les doigts. Zuléma! allez donc voir.

Une esclave grecque, assise sur une natte à ses pieds, s'empressa de se lever et de sortir.

— Ce *couly* (soldat) ne viendrait-il pas plus que son kachef? Ah! le chien! moi qui brûlais pour lui! Moi, la veuve du scheik Esméir, propriétaire de tant de rizières du Delta et grand cadi de Tant, la ville des foires et des pèlerins!... Je me vengerai!

Elle fit un signe, et l'une des esclaves, beauté de bronze de l'Abyssinie, lui tendit le scherbet dans son verre de cristal. Mais elle humecta à peine ses lèvres de la limonade odorante, rendit la coupe à l'Abyssine, promena un regard distrait sur les friandises de la table, et s'accouda sur son coussin en murmurant des paroles de colère.

Fatouma demeura ainsi immobile, mais les sourcils contractés, ses yeux errant sur les versets du Koran et les arabesques qui ornaient les murs de la salle, au milieu de laquelle, dans un bassin de marbre, retombait en gerbes un jet d'eau limpide. Ses négresses continuaient à jouer de l'éventail, tant pour lui donner de l'air, que pour écarter les insectes.

Au bout d'un quart d'heure, Zuléma revint avec l'almée.

Fatouma se redressa vivement.

— Il n'est pas venu! s'écria-t-elle, en remarquant la figure pleine de dépit de sa danseuse. J'en étais sûre...

— Non, cetti ! Depuis longtemps le soleil est couché : il était inutile de l'attendre plus longtemps... Monterez-vous sur la terrasse, maîtresse ?

Mais la cetti s'était élancée de l'ottomane, l'œil enflammé, s'écriant fiévreusement :

— J'ai bien autre chose à faire ce soir... Belsaba ! mes voiles, mon rhabara... Djinna ! va faire seller deux mules, et dis au cavouass de se tenir prêt.

Tandis que deux filles mingréliennes s'empressaient autour de leur maîtresse et l'habillaient pour la sortie, Mirzane demanda :

— Quel est votre dessein, cetti?

— Tu vas m'accompagner.

— Où allons-nous si tard ?

— A la mosquée El-Azhar.

— A la mosquée ! s'écria l'almée.

— Tu sais bien ce qui se passe. Tout Masr fermente...

— En effet, je l'ai remarqué.

— Il ne s'agit que de mettre le feu aux poudres, pour que tous ces chiens de Francs soient exterminés. Je veux me venger d'eux en masse.

— Vous exciterez donc à la révolte le peuple répandu dans les rues ?

— Je ferai prêcher la guerre sainte.

— Par quel moyen ? demanda Mirzane.

— Oublies-tu que le cousin de mon mari défunt, l'uléma Seyd Mohammed, me presse depuis longtemps de devenir sa femme ?

— Vous allez vous remarier, cetti, reprendre les chaînes ?

— Je le lui promettrai du moins, mais j'ajouterai tout bas : *Si Dieu le veut...* Mais j'aspire avant tout après la vengeance. Nous verrons après.

— Vous écoutera-t-il ?

— Je veux qu'au lever du soleil on coure aux armes.

Les mulets étaient prêts. Fatouma et l'almée se mirent sur le bât, et le cavouas, avec son bâton ferré, précéda les deux femmes, qui prirent le chemin de la grande mosquée.

L'uléma reçut avec empressement la belle et riche veuve de son parent, le scheik Esméir. Leur entretien dura à peine vingt minutes.

Une heure après, les lumières brillaient dans toutes les mosquées, grandes et petites, dans les *mesdjid* où l'on se prosterne, comme dans les *djâmi* où les croyants s'assemblent pour la prière, comme dans les *zaouïas*, chapelles funéraires, où l'on instruit les enfants.

Les ulémas et les cadis frappaient aux portes ; les derviches et les santons parcouraient les cafés ; les muezzins, au lieu de monter au balcon des minarets, se promenaient dans les birkets et les impasses, invitant les fidèles à se rendre dans les lieux saints sans tarder.

· Dans les *member*, chaires à escalier droit, montèrent les *khatib*, qui prêchèrent à la foule la révolte, au nom d'Allah et de son Prophète.

Toute la nuit se passa de la sorte dans une sourde agitation, car tout cela se faisait sans grand bruit, dans les sermons, la prière, les *rikas* ou génuflexions, les adorations ou *soudjouds*.

Le 21, à la pointe du jour, toute cette population fanatisée par les sermons, surexcitée par la fièvre et la veille, se répandit dans les rues. Partout des rassemblements.

Une foule considérable se porta en tumulte au palais, où le divan était assemblé, pour inviter celui-ci à se mettre à la tête du mouvement, qui devait chasser de la ville sainte cette poignée d'hommes qu'on ne dépeignait plus que comme les oppresseurs les plus odieux.

Se fiant à la faiblesse numérique de la garnison et à l'éloignement des différents postes occupés par elle, des détachements nombreux se portèrent simultanément dans les quartiers particulièrement occupés par les Français, et massacrèrent tous ceux de ces derniers qu'ils rencontrèrent ; les habitants mêmes qu'ils soupçonnaient d'être leurs partisans furent égorgés.

La maison occupée par le général du génie Caffarelli fut investie et mise au pillage. Fort heureusement, cet officier était sorti de bonne heure pour aller, avec le général en chef et presque tous les officiers de l'état-major, visiter l'île de Roudah, où il était question de faire quelques établissements militaires. Deux ingénieurs des ponts et chaussées se trouvaient seuls dans la maison de Caffarelli, au moment où les révoltés s'y présentèrent en poussant des hurlements effroyables.

Les deux officiers, n'écoutant que leur courage, rassemblèrent les domestiques du général et voulurent opposer une vive résistance à ces furieux ; mais, forcés dans les derniers appartements de la maison, les malheureux ne purent éviter la mort et furent mis en pièces.

Dans le même temps, une troupe de révoltés se portait sur la maison de Cassim-bey, dans un quartier assez éloigné de ceux occupés par les Français. Ce local avait été donné par Bonaparte aux membres de l'Institut et de la commission des arts et des sciences, pour s'y réunir.

Obligés de se défendre dans cet asile consacré aux études, les savants et les artistes prirent les armes, et, secondés par leurs domestiques grecs, ils se barricadèrent.

Malgré la supériorité du nombre des assaillants, les dignes compagnons des guerriers français donnèrent la preuve que la bravoure et l'intrépidité s'allient fort bien au savoir et aux talents libéraux. Ils se défendirent avec tant d'opiniâtreté et de présence d'esprit, que l'attaque dirigée contre eux ne put avoir aucun succès. Les membres de l'Institut et la commission restèrent sous les armes jusqu'au moment où, ayant reçu quelque renfort, ils se virent délivrés de l'espèce de siège qu'ils avaient soutenu pendant toute la journée.

Cependant, le général Dupuy, commandant du Kaire, avait été promptement averti des rassemblements formés par la populace.

Moins alarmé qu'il n'aurait dû l'être sur un pareil mouvement, il s'était contenté d'abord d'ordonner quelques patrouilles, qui furent bientôt insuffisantes pour dissiper les séditieux.

Mais apprenant, par les rapports qui lui arrivaient de tous les côtés, que l'insurrection avait un caractère sérieux, Dupuy quitta son hôtel, accompagné de son aide de camp, d'un interprète et d'un piquet de dragons. Ordonnant en même temps à la 32ᵉ demi-brigade, casernée sur la place Birket-el-Fyl, de prendre les armes et de se tenir prête à marcher, le général se dirigea vers le grand cimetière, appelé la *Ville des Tombeaux*, où se trouvait, suivant les rapports, un des plus considérables attroupements.

La plupart des rues étaient obstruées par une foule immense, et un grand nombre d'habitants, postés dans les maisons, tiraient sur les Français, ou les accablaient de pierres et de morceaux de bois.

Toutefois, le général Dupuy s'était avancé jusqu'au

quartier El-Afrang, en chassant ou dissipant à coups de sabre tout ce qui se présentait sur son passage.

Il allait entrer dans la rue dite des Vénitiens, lorsqu'il se vit arrêté par un groupe qui barrait la rue et paraissait vouloir disputer vivement le passage.

L'interprète voulut haranguer la foule, mais sa voix fut couverte à l'instant par des hurlements.

Emporté par son bouillant courage, et méprisant trop peut-être le genre d'ennemis qu'il avait à combattre, le général ordonna aux dragons de le suivre, et se précipita avec eux sur le rassemblement sans attendre l'arrivée de l'infanterie, dont le feu eût été nécessaire pour ébranler préalablement la masse qu'il s'agissait de charger.

Le premier choc de Dupuy et de son escorte fit d'abord reculer les assaillants les plus proches; mais la rue était trop étroite pour laisser écouler le groupe en retraite.

Le général, qui s'était ouvert avec les plus grandes peines un passage à travers les révoltés, est bientôt entouré et couvert de blessures; un coup de lance l'atteint au-dessous de l'aisselle gauche et lui coupe l'artère.

L'aide de camp Maury, cherchant à parer les coups portés à son général, est lui-même renversé de cheval.

Dupuy, quoique blessé à mort, voit le danger de son aide de camp, et se baisse pour lui tendre la main et l'aider à se remettre en selle. Ce mouvement fait sortir à gros bouillons le sang de la plaie du général, qui tombe lui-même évanoui.

Les dragons parvinrent cependant à écarter les assaillants. On transporta Dupuy dans la maison du colonel Junot, aide de camp de Bonaparte, où il expira quelques minutes après.

La nouvelle de la mort du général Dupuy se répandit en un instant dans presque tous les quartiers de la ville.

I. 14

Aussitôt, le canon d'alarme retentit, et le général Bon prend le commandement des troupes qui se rassemblent de toutes parts.

De nombreux détachements d'infanterie, dirigés dans les rues principales, font un feu aussi vif que meurtrier sur les insurgés. Plus de quinze mille de ces derniers, chassés et poursuivis la baïonnette dans les reins, se réfugient dans la grande mosquée El-Azhar. Ils s'y retranchent, résolus de se défendre jusqu'à la mort, cherchant à rallier tous ceux des habitants qui n'ont pas encore osé se réunir à eux, et que les imans et les mollahs, placés sur les galeries des minarets et de la magnifique coupoule, appellent à la vengeance commune...

D'un autre côté, les Arabes du désert, prévenus de l'insurrection, se sont avancés jusque sous les murs du Kaire, et cherchent à pénétrer dans la ville pour se réunir aux révoltés, profiter du désordre général et se livrer au pillage.

Le bruit du canon d'alarme et les exprès qui lui avaient été envoyés avertirent Bonaparte de ce qui se passait au Kaire.

Le général en chef, qu'accompagne Kléber avec Omar et Charles Rivolet, se hâte d'accourir de l'île de Roudah.

Arrivé à l'une des portes du Kaire avec son état-major et ses guides, il y trouve un rassemblement considérable qui l'empêche de pénétrer.

S'étant présenté ensuite à la porte dite de l'Institut, il y rencontre un obstacle semblable. Il ne peut rentrer au Kaire que par la porte de Boulaq.

Les communications des différents quartiers de la ville entre eux étant interrompues, Bonaparte donna le commandement de la partie qu'il occupait à son aide de camp Junot, et fit disposer des postes autour de la place Ezbekyeh.

Sur ces entrefaites, un convoi de malades de la division Reynier, venant de Belbeïs, fut attaqué par les Bédouins au moment où, ignorant ce qui se passait, il allait entrer dans la ville. Les Arabes eurent bientôt dispersé la faible escorte de ce convoi, et tous les malades furent égorgés sans qu'il en échappât un seul.

A la chute du jour, Bonaparte avait réussi à faire mettre plusieurs canons en batterie à l'entrée des rues principales, et la nuit se passa sous les armes.

La plus grande partie des insurgés, selon l'usage général en Orient de ne point combattre après le coucher du soleil, s'étaient retirés dans les maisons, et ceux qui occupaient la grande mosquée avaient cessé de faire feu sur les Français.

Cette espèce de suspension d'hostilités dura toute la nuit.

Mais le lendemain, sitôt que les vautours blancs, perchés pendant les ténèbres sur les terrasses des maisons du Kaire, eurent fui devant les rapides lueurs de l'aurore, en prenant leur vol vers les monts Lybiques, les insurgés se rassemblèrent de nouveau.

Maîtres de plusieurs issues de la ville, ils en facilitèrent l'entrée aux Arabes et aux révoltés du dehors. Ce secours remplit la ville de Bédouins et de fellahs armés de bâtons, de piques, de sabres, de poignards et même de fusils.

Cependant Bonaparte avait profité de la nuit pour prendre toutes les dispositions propres à repousser les nouvelles attaques des Égyptiens.

Une colonne d'infanterie marcha sur le grand cimetière, qui se trouvait occupé par un nombreux rassemblement. Ceux qui le formaient furent dispersés ou taillés en pièces. La « Ville des tombeaux » eut une hécatombe qui la peupla plus en une heure que les morts ordinaires pendant toute une année. Chaque pierre de sépulcre avait son cadavre sanglant.

La grande rue dite Dupetit-Thouars, en mémoire du brave capitaine du *Tonnant*, tué au combat d'Aboukir, devint aussi le théâtre d'un carnage non moins grand. Une compagnie de grenadiers et une batterie d'obusiers étaient placées au débouché de cette rue sur la place d'Ezbekieh.

Les insurgés, voyant qu'ils s'exposaient à une mort certaine en s'avançant par une voie aussi dangereuse, s'étaient glissés par des chemins détournés, à travers les *gheyt* (jardins) et les cours des maisons, dans une mosquée située au premier tournant de la rue, et de là faisaient feu sur la batterie et sur les grenadiers.

Ceux-ci marchèrent sur la mosquée, en enfoncèrent les portes à coups de hache, et chassant dans la rue les hommes qu'elle renfermait, les obligèrent à essuyer le feu des obusiers, en même temps qu'ils les fusillaient du poste dont eux, les grenadiers, venaient de s'emparer La rue Dupetit-Thouars fut jonchée des cadavres de ces fanatiques.

Pendant que ceci se passait à l'intérieur, les généraux Dumas (1), Lannes et Vaux étaient sortis de la ville, avec des détachements de cavalerie et d'infanterie, pour battre la campagne. Ils repoussèrent et dispersèrent une grande partie des Bédouins et fellahs qui accouraient encore de tous les côtés pour pénétrer dans le Kaire.

L'intrépide Sulkowski, aide de camp de Bonaparte,

(1) Père d'Alexandre Dumas, le romancier.

avait été envoyé, avec un détachement des guides, sur le chemin de Belbeïs. Il rentrait en ville, après avoir mis en fuite tous les partis qui se trouvaient sur son passage, lorsqu'il rencontra, à la porte d'El-Nan, la populace de ce quartier, qui s'y était rassemblée.

Trop brave pour craindre d'affronter de si misérables adversaires, quel que fût leur nombre, Sulkowski s'écrie :

— En avant !

— Hurrah ! répondent les guides.

On s'élance à travers les flots de la multitude, pour se frayer un passage vers le quartier général. Les uniformes verts à aiguillettes jaunes bondissent au milieu de cet océan de têtes, au-dessus desquelles on voit vaciller l'aigrette blanche des kolbacks à flamme rouge. Les sabres des guides tracent un sillon sanglant.

Mais le cheval de Sulkoswski s'est effrayé. Les cris affreux que poussent les révoltés tombant sous les coups redoublés du sabre de son maître l'épouvantent. Il se cabre, s'abat et renverse ce dernier. La tourbe se précipite alors sur le vaillant Polonais, qui, dans la position où il se trouve, est massacré avant que les guides aient pu le dégager.

La perte de ce jeune homme fut vivement sentie par le général en chef et par toute l'armée. Sulkowski, issu d'une des plus nobles familles de Pologne, n'avait pas voulu demeurer le témoin passif de l'asservissement de sa patrie. Comme tant de milliers de braves qui le suivirent et qui moururent sous nos drapeaux, il était venu chercher la liberté et la gloire dans les rangs des guerriers français, qu'il étonna souvent par son dévouement et par sa rare intrépidité.

La grande mosquée El-Azhar tenait toujours ; les ré-

14.

voltés paraissaient vouloir s'y maintenir jusqu'à la dernière extrémité. C'était le point dont il fallait s'emparer, pour en finir avec l'insurrection et redevenir maître de l'Égypte.

Toutes les issues de ce poste redoutable étaient barricadées et fortement gardées. Il eût fallu perdre beaucoup de monde pour tenter de s'en emparer de vive force, et encore le succès eût-il été douteux.

Bonaparte donna l'ordre au général Dommartin de se diriger vers la citadelle El-Kâlah, et d'établir plusieurs batteries sur le Mokkatam, à l'effet de foudroyer le principal repaire des insurgés.

Pendant que le général d'artillerie s'occupe de remplir cette mission importante, le général en chef envoie à plusieurs reprises des parlementaires, choisis parmi les principaux habitants restés fidèles, pour offrir aux insurgés un pardon général, s'ils consentent à déposer les armes. Il voulait épargner à la ville sainte les suites de la mesure terrible qu'il venait de prendre.

Mais cette dernière démarche de Bonaparte fut considérée par les révoltés comme un acte de faiblesse, et, se confiant dans leur supériorité numérique, ils se refusèrent à toutes les propositions qui leur furent faites. Le général en chef se vit donc forcé d'user de tous ses moyens militaires pour réduire des hommes aussi déterminés.

Des colonnes de grenadiers et de carabiniers furent formées pour marcher en avant.

Parmi les premiers, se trouvaient ceux de la 32° demi-brigade de bataille, dont nous connaissons plusieurs, et, parmi les autres, les compagnons de Martial, les braves de la 2° légère.

— Ah! ah! nous allons voir, criait à ces derniers Du-

manet, flanqué de son ami Pâquot et doublé du caporal
Landuron, le grognard. Nous allons voir cette fois si les
Français du Rhin nous valent. Nous voilà en présence.

— Ils sont vraiment drôles, ces *Français d'Italie !* répondit Treillet le Mâconnais. Ne dirait-on pas qu'il ont
avalé plus de victoires que nous ?

— Les carabiniers valent bien les grenadiers, ajouta le
Manceau Jeannot. Nous avions l'épaulette et le collet
rouges comme eux, que diable !

— Avec la même cocarde, mes enfants ! intervint le
lieutenant Martial. Laissez-les dire, et ne soyons jaloux
que de nous battre aussi bien les uns que les autres.

Le sergent Leblanc, allongeant entre ses doigts son
épaisse moustache, fit trois pas en avant, vers les grenadiers de la 32ᵉ, et, la poitrine effacée, l'arme au pied,
une de ses jambes guêtrées un peu reployée devant l'autre
dont il tend le jarret, il s'écria :

— Nonobstant... lequel donc parmi vous, les anciens
de la 32ᵉ, a vu un roi en face ?

A cette question, aucun grenadier ne put répondre.

— Il a raison, il a raison, le *citoyen Guillaume !* fit-on
parmi les carabiniers.

— Eh bien ! c'est moi, Jean Leblanc, volontaire de 92,
qui en ai vu un, vu en chair et en os... et cela sur le Rhin,
sur le pont de Francfort... A preuve, c'est que je l'ai appelé *citoyen Guillaume*, et le nom lui est resté. Vous voyez
donc bien que ceux du Rhin valent ceux d'Italie, nonobstant... C'est moi qui vous le dis, et voilà !

Là-dessus, le vétéran à la joue balafrée souleva son
fusil, porta l'arme d'une seule main avec un coup sec qui
fit résonner douille et baguette, fit demi-tour à droite et
rentra gravement dans les rangs.

— Bravo ! bravo ! s'écrièrent à l'unisson carabiniers et

grenadiers, émerveillés de la figure martiale du sergent et pleins de respect pour l'énorme cicatrice qui partageait en deux une de ses joues bronzées.

— En avant tous! ajoutèrent plusieurs, et *vive la République !*

Les colonnes étaient formées. On allait donner l'ordre de marcher. Les carabiniers se réjouissaient déjà d'avoir l'occasion de se distinguer sous les yeux des soldats d'Italie.

En ce moment, un officier d'ordonnance de Junot accourut et parla au commandant des colonnes d'attaque.

Celui-ci ordonna aussitôt à plusieurs compagnies de carabiniers de se porter en toute hâte sur un birket voisin, où l'on venait d'apprendre qu'un nouvel et fort attroupement armé venait de se montrer. On adjoignit au détachement d'infanterie un fort piquet du 20ᵉ dragons à revers jaunes.

Peu s'en fallut qu'on ne murmurât parmi les carabiniers de la compagnie de Martial, car celle-ci était de l'expédition. Il y eut même des juremets étouffés.

— Tonnerre des tonnerres ! mille millions de tonnerres ! grommela jusqu'au sergent Leblanc.

— Nous voilà encore une fois empêchés de nous montrer aux *Français d'Italie*, disait Jacquot.

— Mordious ! fit à son tour le Gascon Croustillac, on dirait que c'est fait exprès.

— Pour sûr, ajouta Jeannot, le général en chef protège la 32ᵉ .

— Silence ! et marchons ! fit une voix, celle de Martial.

On voyait au loin le birket rempli de plus d'un millier de révoltés, les uns ayant des fusils et des pistolets, presque tous des bâtons ferrés et des poignards.

— Tiens ! dit Martial, c'est la place près de laquelle

plusieurs de mes collègues et moi, nous avons notre logement. D'ici, je vois la maison de mon hôte. Nous allons
passer devant.

— Ne sommes-nous pas près du quartier des Francs ?
demanda un officier à Martial.

— Mais oui, répondit ce dernier.

— Est-ce un ami, votre hôte?

— Autant que j'ai pu en juger, oui. Un peu bavard,
comme tous ceux de sa profession, mais brave homme
au fond... un barbier du nom d'Ibn-Hâni.

— Alors, c'est une maison qui a pour enseigne un plat
à barbe.

— Justement, elle est facile à distinguer.

On avait fait halte pour prendre les dispositions d'attaque contre la place, et la porte du barbier s'entr'ouvrait précisément. Ibn-Hâni avait entendu le pas régulier
des Français.

Martial poussa la porte, qui s'ouvrit tout à fait.

— Vous, cher sidi Martial! Que je suis heureux ! s'é-
cria le digne barbier, encore tout tremblant.

— Oui. Je suis bien aise de vous voir. Quels sont ces
gens sur la place ? Sont-ils bien armés ?

— Je n'y comprends rien, vraiment. Il y a une heure
on ne voyait personne sur le birket. Mais un derviche
tout petit, habillé de brun, est arrivé, est monté sur le
comptoir de l'échoppe du pâtissier Hussein-Koséir, a
rassemblé la foule, a prêché, et l'on a couru aux armes.
Devinez pourquoi, sidi !

— Pour se joindre à ceux de la grande mosquée?

— Pour attaquer ma pauvre maison.

— Votre maison, Ibn-Hâni !

— Le petit derviche la désignait à la foule, et l'on
allait sans doute me piller, m'assassiner peut-être, lors-

qu'on est venu signaler votre approche. Vous me sauvez !

— Et à quoi attribuez-vous les projets du derviche et des révoltés ?

—Je ne sais... Peut-être le derviche avait-il appris que je logeais un Français.

— C'est probablement cela ! Mais rassurez-vous, Ibn-Hâni ! Nous allons balayer la place.

— Je l'espère bien ainsi. Qu'Allah vous rende victo-rieux !

Le commandant avait fini de donner ses instructions. L'attaque commença aussitôt.

XIII

LE RÊVE DE BONAPARTE

Les insurgés du birket avaient barricadé les étroits abords de la place, non pas avec des pavés ou des voitures, — la ville du Kaire n'est point pavée et les voitures y sont fort rares, — mais avec les débris des échoppes et des devantures des boutiques qu'ils avaient démolies en toute hâte à l'approche des Français.

Ceux qui avaient des fusils envahirent les maisons, pour tirer des ouvertures sur les soldats; d'autres, avec les révoltés armés de pistolets, de sabres, de lances, se portèrent aux barricades.

Mais nos grenadiers eurent bientôt franchi ces obstacles, et quoiqu'ils eussent affaire à une masse d'ennemis encore sur la place, ils avancèrent résolument, malgré les balles pleuvant des fenêtres.

Après une décharge générale sur la foule armée, qui en fut ébranlée et se dispersa en partie, laissant ses morts et ses blessés dans la poussière, les carabiniers fondirent, la baïonnette en avant, sur le centre de ceux qui résistaient encore, tandis que les dragons chargeaient sur les côtés.

Bientôt la place fut à peu près nettoyée.

Toutefois, derrière les colonnes de marbre et les grilles de bronze d'un de ces *hods* ou magnifiques abreuvoirs que l'on voit au Kaire, étaient concentrés comme dans une citadelle les plus résolus des insurgés.

Plusieurs de ces derniers occupaient, en outre, l'étage supérieur du monument, consacré à une école gratuite.

Cette construction était, du reste, adossée au mur d'un jardin qui pouvait servir à la retraite des défenseurs du hod.

Martial y remarqua la présence du petit derviche brun, pendant que sa compagnie se disposait à débusquer de l'abreuvoir ceux qui s'y étaient retranchés.

Le reste du détachement enfonçait les portes des maisons de la place pour en chasser les tireurs.

D'un des balcons les plus proches du hod une voix partit tout à coup.

Martial entendit le derviche brun y répondre ; il vit même sa tête se montrer à la grille.

Du treillage du balcon sortit alors un bras de femme.

Ce bras était dirigé vers Martial, et la même voix cria :

— Le voilà !

— Taïb ! c'est bien, répondit le petit derviche. Cetti ! gagnez le jardin !

Le bras avait déjà disparu de la fenêtre.

Presque aussitôt du hod partirent plusieurs coups de fusil. Les balles sifflèrent toutes aux oreilles de Martial.

— Ah ! se dit-il, c'est à moi qu'ils en veulent.

Élevant la voix :

— Carabiniers ! en avant ! commanda-t-il.

On s'élance sur le hod, malgré la fusillade, on ébranle les grilles, on les arrache, on tue les révoltés...

Martial aperçoit le derviche au moment où il atteint la crête du mur du jardin. Il a sorti un pistolet, il ajuste, il tire...

Mais le derviche brun n'est pas atteint. Il disparaît de l'autre côté du mur, après avoir lancé à Martial cette apostrophe, avec un regard foudroyant :

— Chien de Franc ! je te retrouverai.

Cette voix, ce regard, cette figure ne sont pas inconnus à Martial, mais il ne peut se rappeler où et quand il a vu ce religieux. La voix était renforcée par la fureur : était-ce bien celle d'un homme ?

Les carabiniers et les dragons étaient maîtres du terrain et entourés de morts et de blessés. On s'établit dans le birket pour empêcher de nouveaux rassemblements et maintenir la tranquillité du quartier.

Cependant Bonaparte avait fait mettre en marche les colonnes de grenadiers destinées à opérer autour de la grande mosquée El-Azhar. Ces colonnes s'avancèrent par les rues qui conduisaient à l'édifice, à l'effet de le cerner, et pour empêcher qu'aucun de ceux qu'il renfermait ne tentât de s'échapper.

A un signal donné, le général Dommartin démasqua ses batteries sur le Mokattam, le commandant de la citadelle fit également tirer les siennes, et bientôt les bombes, les boulets, les obus, renversèrent ou incendièrent plusieurs maisons, et endommagèrent la mosquée.

Le bombardement avait commencé à quatre heures du soir. Par un hasard assez extraordinaire, le ciel, presque toujours serein le jour dans cette saison, vint à s'obscurcir, et le tonnerre mêla ses bruyants éclats à ceux de l'artillerie française. Cet incident parut frapper l'ima-

15

gination superstitieuse des Égyptiens, et contribua peut-être plus que toute autre chose à ramener la tranquillité dans les autres quartiers du Kaire.

Les obus, les boulets et les bombes continuaient à faire de grands ravages sur le point de la ville où ils étaient dirigés. La crainte d'être ensevelis sous les décombres de la mosquée El-Azhar décida enfin les révoltés à implorer la générosité de Bonaparte, en lui promettant pour l'avenir une soumission exemplaire.

— Vous avez refusé ma clémence, répondit le général en chef aux envoyés, quand je vous l'offrais ; l'heure de la vengeance est sonnée. Vous avez commencé, c'est à moi de finir.

Les insurgés de la mosquée durent alors chercher dans leur désespoir les derniers moyens de salut.

Ils essayèrent une sortie et cherchèrent à se faire jour les armes à la main ; mais, reçus à la baïonnette par les grenadiers, ils ne trouvèrent que la mort.

Alors les principaux chefs de l'insurrection, se dévouant pour le salut de la multitude, s'avancèrent désarmés vers les Français et implorèrent leur pitié, se prosternant la face contre terre en criant :

— *Amman! amman!* miséricorde !

Bonaparte s'avança avec son état-major, et, satisfait d'avoir enfin réduit ce dernier et redoutable rassemblement, ordonna d'épargner les suppliants. Étendant la main, il s'écria :

— Je vous accorde l'amman. La ville sainte ne sera pas détruite.

C'est cette scène de clémence que, plus tard, le peintre Pierre Guérin choisit pour sujet d'un de ses principaux tableaux.

Il était huit heures du soir. Bonaparte fit cesser le feu,

et reçut à quartier tout ce qui restait encore de révoltés.

Ceux-ci avaient perdu trois à quatre mille hommes, et le nombre des Français tués ou mis hors de combat ne s'était pas élevé au-dessus de trois cents.

Le lendemain, deux proclamations, l'une des gens de la loi, l'autre des scheiks de la ville du Kaire, invitèrent les habitants de la ville et tous les Égyptiens à se soumettre désormais sans réserve au généreux et puissant général Bonaparte, qui aurait pu anéantir la ville sainte, et l'avait épargnée.

Quatorze scheiks et gens de la loi avaient été désignés par la voix publique comme les principaux auteurs de la sédition qui venait d'avoir lieu. Onze d'entre eux furent condamnés à mort et leurs biens confisqués au profit de la République. Six furent fusillés sur la place Ezbekyeh; les cinq autres étaient en fuite.

Parmi ces derniers se trouvait l'uléma Seyd-Mohammed el Gazhi, le parent et le prétendant de Fatouma, la belle veuve du faubourg El Karafe.

Cette dernière en fut enchantée sans doute : la fuite de l'uléma lui permettait de rester libre, sans avoir besoin d'éluder ses promesses de mariage.

La confiance ne tarda pas à renaître entre les habitants et les Français. Le soin que prit Bonaparte de ne faire peser sa vengeance que sur les principaux moteurs de l'insurrection lui ramena l'affection de la multitude.

Ce changement dans les esprits permit aux Français de se livrer à l'exécution du dessein qu'ils avaient de rendre leur séjour au Kaire aussi agréable et aussi utile que possible.

D'un palais de bey et de son jardin, on fit un Tivoli à l'instar de celui de Paris, avec salles de jeu, billards, cabinet de lecture, orchestres pour les danses, etc.

On vit paraître deux journaux imprimés au Kaire et rédigés par des membres de l'Institut : la *Décade égyptienne* et le *Courrier d'Égypte*.

Le chef du corps des aérostiers, Conté, étonna ses compatriotes eux-mêmes par la multitude de ses inventions et par ses talents en physique et en mécanique. Grâce à lui, le Kaire vit bientôt s'élever dans ses murs des fonderies, des usines et manufactures de tous genres, d'où sortirent des canons, des boulets, de l'acier, des sabres, des instruments d'optique et de mathématiques, des draps, des toiles vernissées, du carton, du papier, enfin presque tous les produits des arts européens.

L'œil étonné des Égyptiens vit pour la première fois, sur les hauteurs du Mokattam, des moulins à vent!

— Eh bien! Kléber, que dites-vous de tout cela? demandait un soir, dans le salon de sa résidence de la place Ezbekyeh, le général en chef Bonaparte.

— Je dis, général, que les Français sont taillés pour faire des prodiges.

— Comme vous pour la bataille.

— C'est à peine si j'ai encore pu déployer mes moyens.

— J'espère bien que l'occasion s'en présentera... Vous savez que j'ai organisé un nouveau divan ce matin?

— Oui, puisque quelques membres de l'ancien avaient donné dans la révolte.

— Tenez, voici un passage de ma proclamation, où j'annonce la réorganisation du divan.

Bonaparte sortit un papier et lut à Kléber la fin de cette pièce si curieuse à plus d'un titre.

« Schérifs, ulémas, docteurs des mosquées, faites connaître au peuple, — ainsi se terminait la proclamation, — que, depuis que le monde est monde, il était écrit qu'après avoir détruit les ennemis de l'Islamisme, fait

abattre les croix, je viendrais remplir la tâche qui m'a
été imposée.

» Faites voir au peuple que le saint livre du Koran
dit, dans plus de vingt passages, que ce qui arrive a été
prévu, et que ce qui arrivera est également expliqué...

» Je pourrais demander à chacun de vous compte des
sentiments les plus secrets de son cœur ; car je sais tout,
même ce que vous n'avez dit à personne.

» Mais un jour viendra que tout le monde verra avec
évidence que je suis conduit par des ordres supérieurs,
et que tous les efforts humains ne peuvent rien contre
moi. »

Il est évident que Bonaparte ne songeait nullement
alors au Consulat et à l'Empire, mais qu'il rêvait de jouer
en Orient le rôle de Cyrus et d'Alexandre, et d'y fonder
une puissance colossale, peut-être avec le levier religieux
de l'islamisme.

— Que pensez-vous de cela, Kléber? dit Bonaparte,
après avoir terminé sa lecture.

— Moi, je dis que vous feriez un excellent musulman,
meilleur à coup sûr que ce Menou, qui vient de se faire
circoncire et baptiser *Abdallah*.

— C'est vrai, au fait. On m'a dit cela : le général Menou s'est fait mahométan.

— Grand bien lui fasse ! Il rêve les richesses et le luxe
de Sardanaple.

— Ou peut-être de nombreuses et belles esclaves,
comme vous, Kléber ! C'est votre faible...

— A moi! fit le père de Zaïra.

Kléber avait tressailli. Il porta la main à son front,
puis passa ses doigts dans son épaisse chevelure bouclée,
et secoua la tête comme pour en chasser de douloureux
souvenirs.

Mais il se remit presque aussitôt, et comme si le mot *esclave* lui eût rappelé ce dont il voulait, précisément, ce soir-là, entretenir le général en chef :

— Général, dit-il brusquement, à quand le départ pour la Syrie?

— Bientôt... peut-être.

— Peut-être !... Mais la Porte va déclarer la guerre à la République! Déjà elle forme deux armées, l'une à Rhodes, l'autre en Syrie...

— Je le sais, répliqua Bonaparte.

— C'est sous les ordres de Djezzar, le pacha d'Acre, auprès duquel s'est réfugié Ibrahim-bey, que la seconde de ces armées se réunit. La laisserez-vous venir jusqu'au Nil? Ne vaut-il pas mieux la devancer et aller la chercher au pied du Liban, pour l'anéantir avant que son organisation soit complète?

— Ce Djezzar ne veut pas entendre raison. Vous savez que je lui ai déjà envoyé une lettre après le combat de Salahieh...

— Par le chef de bataillon Calmet-Beauvoisins.

— Cet officier n'a même pu obtenir audience de l'orgueilleux Ahmet. Il est revenu par mer.

— Et vous ne punirez pas ce misérable boucher (1) d'avoir dédaigné notre alliance?

— J'y songe.

— Il faut, sans tarder, aller le châtier.

Bonaparte fixa sur Kléber son regard d'aigle.

— Vous êtes diablement pressé, Kléber! dit-il lentement.

Kléber se troubla un peu.

— C'est que... c'est que... fit-il en balbutiant.

(1) *Djezzar* signifie boucher.

— Allons ! reprit Bonaparte avec un sourire, je parie qu'il y a encore anguille sous roche. N'ayant pas fait votre déjeuner sous la grande Pyramide, vous rêvez, je gage, un dîner au mont Carmel.

— Ah ! général, répondit Kléber en posant ses deux mains sur sa large poitrine, où son cœur battait impétueusement, j'ai un volcan là dedans... Il faut que je trouve Ibrahim et que je le tue.

— Patience ! je veux tenter un dernier effort auprès de Djezzar.

— Encore ?

— Mais il me faut au moins quinze mille hommes, songez-y donc, Kléber, pour une expédition en Syrie. Il ne restera que la moitié à peine de l'armée en Égypte, pour contenir le pays et les Arabes, et repousser les tentatives des Anglais.

— Ce sera assez.

— Non, je vais écrire une seconde fois à Djezzar, lui offrir mon amitié et l'engager à renvoyer Ibrahim.

— Et ce bey m'échappera avec ses femmes !

— Ses femmes !... Ah ! nous y voilà. Vous êtes de la *faction des Amoureux*, comme Berthier, qui a consacré sa tente au portrait de sa maîtresse.

— Vous vous méprenez, général. Je ne cherche qu'une femme... et celle-là est ma fille !

— Votre fille !... Voulez-vous que j'en parle au pacha d'Acre ?

— Non... Par qui allez-vous envoyer votre missive ?

— Je ne sais encore.

— J'ai votre homme.

— Qui me proposez-vous ? demanda Bonaparte.

— Le capitaine Omar.

— Mon enrôleur de Mamelouks ?

— Il est musulman, il connaît la langue, le pays. C'est l'envoyé qu'il vous faut.

— Soit, dit le général en chef.

Bonaparte écrivit la lettre à Ahmet-Djezzar, et la remit à Kléber.

Puis son regard s'enflamma, il se redressa, parut grandir d'une coudée, et s'écria d'un ton inspiré, en étendant la main vers l'Orient :

— S'il refuse, je marche sur la Syrie, je me rends maître de l'Euphrate, qui est à la fois le chemin de Constantinople et de l'Inde, où campèrent Cyrus et Alexandre... J'appelle à moi les populations du Liban, j'entraîne soixante mille hommes et je marche sur la capitale de la Turquie, où...

— Où ?

— Le reste dépend de mon étoile (1). Les grands noms ne sont qu'en Orient.

— Général, vous avez le génie de la conquête !

— Mais n'oublions rien, et ne négligeons pas de bien nous assurer la possession de ce que nous avons déjà.

— La possession de l'Égypte.

— J'ai déjà ordonné la construction et l'armement de nombreux forts et redoutes autour du Kaire et à Alexandrie. Un pont de bateaux va être établi entre la ferme d'Ibrahim et l'île de Roudah, Gizeh sera entouré d'une muraille crénelée... Je veux joindre aussi la mer Rouge à la Méditerranée (2) au moyen d'un canal par l'isthme de Suez. Les citoyens de l'Institut sont chargés de me faire un rapport... On assure du reste que du temps des

(1) Ce projet gigantesque a été attribué à Bonaparte par presque tous les historiens.

(2) Travail immense, qu'un Français, M. de Lesseps, devait entreprendre, en effet, soixante ans plus tard.

Pharaons, d'antique et glorieuse mémoire, la jonction existait entre les deux mers, et que ce canal, détruit par la main des siècles, fut entrepris de nouveau, mais non achevé, sous le gouvernement des kalifes fatimites... Ce canal rendra à l'Égypte son ancienne splendeur, et donnera à la France un avantage immense dans ses relations commerciales avec l'Afrique et l'Asie.

— Une pareille entreprise...

— Je vais la tenter. Aussi je pars pour Suez dans trois jours. Bon m'y précèdera, avec mon aide de camp Beauharnais et une colonne de quinze cents hommes.

Kléber prit congé du général en chef.

Dès le lendemain, Omar se mit en route pour la Syrie, avec la missive de Bonaparte. Une caravelle devait le transporter jusqu'à Jaffa.

— Ne pense pas qu'à toi, Omar, lui dit Kléber en l'embrassant.

— A moi ! fit l'ex-janissaire en levant sur son ami un regard étonné.

— Oui, oui. Le lieutenant Rivolet m'a dit quelque chose. A Acre, il y a le harem de Djezzar, et à ton retour de ton fameux pèlerinage de la Mecque, quand tu vins me retrouver à l'armée du Rhin, tu avais l'air d'une âme en peine...

— Le lieutenant Rivolet a eu tort d'être indiscret.

— Songe à moi aussi, à Zaïra ! Tâche de savoir où Ibrahim a conduit ses femmes...

— Compte sur moi !

— Va, mon fidèle Omar ! va... Sache où est ma fille ! Et ménage-toi, sois prudent. Ce Djezzar est un vrai Barbe Bleue : il te ferait couper la tête.

— Allah est grand !

Le lieutenant Rivolet fit également à Omar des recom-

15.

mandations pour sa sœur Louise, mais n'osa prononcer le nom de la fille de son général.

Martial aussi était là : il se contenta de serrer la main de l'ex-janissaire. Ce dernier sourit, mais comme sourit un Turc, et dit tout bas à l'oreille du jeune officier de carabiniers :

— Vous lui avez parlé au *tombeau du santon...*

Puis il enfourcha son cheval et prit le chemin de Damiette, où il devait s'embarquer.

Deux jours après, Bonaparte partit pour Suez. Il but dans ce voyage aux *Sources de Moïse*, rochers où le conducteur des enfants d'Israël fit, dit-on, jaillir les eaux vives qui les désaltérèrent. Elles servent encore d'aiguade aux navires qui visitent cette partie de la mer Rouge.

A son retour de Suez, le général en chef et son escorte coururent un danger imminent. Ils faillirent éprouver le sort du roi Pharaon et de son armée, marchant à la poursuite des Israélites.

Le gué que la caravane militaire avait passé le matin sans difficulté était couvert par la marée haute : on fut obligé de remonter vers le fond du golfe. Mais l'Arabe qui servait de guide ayant mal calculé la hauteur du flux sur cette côte extrêmement basse, le général en chef fut sur le point d'être submergé. Un guide de son escorte sauva Bonaparte, en le prenant sur ses épaules et en l'emportant avec rapidité.

Les victoires de l'armée d'Égypte, parvenues en France des contrées lointaines de l'Orient, y avaient produit une impression extraordinaire. Les campagnes d'Italie avaient paru bien merveilleuses ; la prise de la ville des Ptolémées, la bataille des Pyramides, l'occupation du Kaire, la conquête de la Haute-Égypte jusqu'à la célèbre vallée

de Thèbes et aux cataractes du Nil, parurent des événements plus merveilleux encore. Tous les regards étaient
tournés vers l'Egypte.

Le Directoire songea à conserver cette précieuse conquête. Il fit tous ses efforts pour détacher la Porte-Otto-
mane de l'alliance anglaise et russe, et voulut même
envoyer à Constantinople son plus habile diplomate,
Talleyrand-Périgord. Mais les ministres d'Angleterre et
de Russie auprès du Sultan surent prendre les devants,
et décidèrent Sélim III à déclarer la guerre à la République.

Le Sultan y fut poussé surtout par son grand-vizir
Yousouf.

Ce dernier avait, un matin, reçu la visite du santon
Abou Chanfara, envoyé, comme on se le rappelle, par
Ahmed, l'aga des janissaires.

Au nom de Kléber, de celui auquel il portait une
haine mortelle depuis la guerre de Servie, où le jeune
officier autrichien, d'origine française, avait séduit et
rendu mère son esclave Kalila, Yousouf n'eut pas de repos que le Sultan n'eût lancé à la France son manifeste de guerre. Il provoqua même l'arrestation de toute la
légation française, qui fut enfermée au château des Sept-
Tours.

Quant au manifeste, il était outrageant. On y lisait
à tout moment ces termes odieux : *les maudits! les four-
bes! les chiens enragés !* Il se terminait ainsi :

« O vous, défenseurs de l'islamisme! ô vous, héros
protecteurs de la foi! ô vous, adorateurs d'un seul Dieu,
qui croyez à la mission de Mahomet, fils d'Abder-Allah !
réunissez-vous et marchez au combat sous la protection
du Très-Haut ! Grâce au ciel, vos sabres sont tranchants,
vos flèches sont aiguës, vos lances sont perçantes, vos

canons ressemblent à la foudre... Dans peu, des troupes, aussi nombreuses que redoutables, s'avanceront par terre, en même temps que des vaisseaux aussi hauts que des montagnes couvriront la surface des mers... Il vous est, s'il plaît à Dieu, réservé de présider à leur entière destruction. Comme la poussière que les vents dispersent, il ne restera plus aucun vestige des infidèles, car la promesse de Dieu est formelle : « L'espoir du méchant » sera trompé, et les méchants périront.»

» Gloire au Seigneur des mondes ! »

Ces paroles pompeuses devaient produire de l'effet sur les Égyptiens; elles étaient propres à soulever les vaincus contre les vainqueurs. Elles excitèrent une juste indignation dans l'âme de Bonaparte, qui avait montré des dispositions si amicales à ceux qui les prononçaient.

Toutefois, les habitants du Kaire, encore sous l'influence des événements antérieurs et du prestige qui entourait ceux qui les avaient domptés, ne remuèrent plus. On dansait au Tivoli égyptien, les savants se livraient à leurs études, et les soldats mangeaient gaiement la *sainte pastèque*, comme ils disaient.

Le lendemain même du jour où l'insultant manisfeste était parvenu à la connaissance des Français, comme Kléber sortait de chez lui pour se rendre au palais de la place Ezbekyeh, qui servait de quartier général à Bonaparte, un homme, couvert de poussière, se présenta à lui.

Cet homme portait l'uniforme de janissaire,. avec de grandes moustaches grises. Mais ses vêtements paraissaient délabrés par suite d'une longue route.

— Louanges à Dieu ! dit-il en saluant et en croisant les bras sur la poitrine. Tu es Kléber ?

— Oui. Que me veux-tu ?

— J'arrive d'El-Arich.

— Du fort sur les frontières de Syrie ! Après ?

— Les troupes de Djezzar pacha viennent d'occuper ce fort au nombre de deux mille hommes.

— Que dis-tu là ? Le général Reynier est aux environs.

— Le commandant turc a laissé pénétrer les soldats du pacha. J'ai dit la vérité.

— Quels sont ces soldats ?

— Des Maggrebins de Barbarie et des Albanais.

— Des Arnautes ! s'écria Kléber.

— On nous appelle aussi comme cela.

— De bons guerriers ! je les connais. Tu en es donc, toi ?

Le janissaire se redressa et dit fièrement :

— Le *glorieux fils de l'esclave* (1) n'en a pas de meilleurs. Le grand Scanderbeg, de son temps la terreur des Osmanlis, était surnommé le *Diable blanc de Valachie.*

— Et pourquoi servez-vous aujourd'hui les Turcs ?

— Ils payent bien.

— Tu as déserté pour venir nous apporter la nouvelle. Veux-tu une récompense ?

— Non.

— Cependant tu aimes l'argent ?

— J'ai accompli un devoir.

— Un devoir ! Ton nom ?

— Abdoul-Mousa.

— Tu me connaissais donc, puisque tu t'es adressé à moi sans hésiter ?

— Il y a dix-huit ans, j'étais en Servie. Je t'ai vu à

(1) C'est le nom qu'on donne au Sultan de Constantinople, attendu qu'il est toujours né d'une mère esclave.

Belgrade. Tu es seulement devenu grand et fort. On n'oublie pas des guerriers comme toi.

— Alors tu connaissais aussi Omar ?

— C'est lui qui m'envoie vers toi.

— Lui, Omar! N'est-il pas à Acre? Tu l'as vu... Que fait-il?

— J'étais à Acca, d'où Djezzar nous a envoyés à El Arich.

— Mais encore... Omar est à Acre?

— Dans les fers.

— Quoi! Omar dans les fers!

— L'aga Ahmet l'a dénoncé à Djezzar comme un Turc renégat. Mais, par la barbe du Prophète! Omar est resté fidèle musulman.

— Omar prisonnier... dans un cachot! répétait Kléber. Pauvre ami !... Et peut-être en danger de mort?

— Allah est grand !

— Hé! je le sais bien, mais si Kléber n'est pas son prophète, du moins est-il là pour le sauver... Et je ferai tout pour cela.

— Il y a espoir pourtant qu'il ne lui sera fait aucun mal.

— Dis-tu vrai?

— Djezzar voulait d'abord le faire attacher à la gueule d'un canon, mais...

— Mais?... Achève!

— Sa kadine favorite, appuyée par un Français, qui est à Acca, et par l'Anglais Sidney Smith, lui ont représenté qu'Omar était là en qualité de parlementaire, et que, comme tel, son caractère était sacré.

— De braves gens ! Et quel est ce Français ?

— Il se nomme Phélipeaux et dirige les travaux de fortification de la ville d'Acca.

— Un émigré, je crois... Ils sont partout.

— Mais si le pacha a consenti à laisser la vie sauve à Omar, néanmoins, sur les instigations de l'aga Ahmed, il le retient dans un sombre cachot.

— Nous l'en tirerons... Et Omar ne t'a chargé d'aucune mission particulière?

— Je m'étais fait placer en sentinelle devant son cachot. Il m'a dit : « Va trouver le général Kléber; rapporte-lui où je suis. »

— Est-ce tout? demanda Kléber.

« — Ajoute que je n'ai rien pu découvrir encore de certain, mais que je suis sur la voie. »

— Sais-tu où est Ibrahim-bey?

— Il devait aussi se diriger sur El Arich, avec ses Mamelouks et de l'infanterie.

— Ah! Traîne-t-il toujours ses femmes avec lui?

— Ses femmes! dit l'Albanais, surpris d'une pareille question.

— Oui. Cette question t'étonne? Tranquillise ta conscience, bon musulman! La femme que je veux lui ravir ne lui appartient pas de droit. Il l'a volée sous mes yeux.

— Son harem est à Jaffa, mais il a toujours l'habitude de mener quelques esclaves avec lui.

— Bien, merci!... Et maintenant, suis-moi!

— Où me conduis-tu?

— Auprès de Bonaparte.

— Du Sultan de feu! Dieu est grand! Je serai heureux de voir celui qu'il protège.

Kléber arriva chez le général en chef, l'œil étincelant.

— Général! s'écria-t-il, l'heure de partir est arrivée.

— L'heure de partir? demanda Bonaparte.

— Il faut tomber comme la foudre sur les plaines de la Syrie.

— Hé! il y a longtemps que j'y songe : vous le savez bien. Mais tant qu'il reste un espoir pour la paix...

— Il n'y en a plus, puisque la guerre est déclarée !

— Le Sultan peut, d'un jour à l'autre, revenir à de meilleurs sentiments.

— Mais Djezzar le boucher...

— N'attendons-nous pas le retour de votre capitaine Omar ?

— Omar est chargé de chaînes, et les troupes du pacha d'Acre viennent d'occuper El Arich.

Bonaparte fit un pas en arrière, avec un geste de colère et d'indignation; son œil lança un de ces éclairs qui ont fait dire de lui qu'il savait foudroyer son ennemi, et il s'écria d'une voix tonnante :

— On a osé!... Qui vous l'a dit ?

— Cet homme.

L'Albanais répéta alors au général en chef les nouvelles qu'il avait apportées.

Un violent coup de sonnette qui retentit sous la main fiévreuse de Bonaparte, fit entrer aussitôt un officier d'ordonnance.

— Qu'on appelle Berthier, Junot, Murat, Beauharnais... tous, tous! Des estafettes partout !

La voix de Bonaparte avait les éclats du tonnerre.

— Ah! on ose toucher à un de mes envoyés! Ah! on ne daigne même pas répondre à une lettre de ma main ! On fait avancer ses troupes et occuper la frontière de l'Égypte !... Djezzar ! tu as prononcé ton arrêt...

Il y eut une pause. Bonaparte se promenait à grands pas, les mains derrière le dos, les doigts en mouvement. Sa longue chevelure noire s'agitait autour de ses tempes pâles. Kléber le regardait avec admiration.

— Qu'ils tardent ! s'écria tout à coup Bonaparte en

frappant du pied sur le tapis d'Ispahan. Kléber! mettez-vous là à une table, je vous prie... Ma tête brûle, mes plans s'y pressent... Soyez mon secrétaire : en vous dictant, je mettrai de l'ordre à tout cela.

Kléber s'assit et prit une plume. Il était trop ardent lui-même dans son désir de marcher sur Acre pour se préoccuper le moins du monde de son grade et de l'humble rôle que, dans son impatiente et dévorante activité, son chef l'invitait à remplir.

— Écrivez !... dit Bonaparte d'une voix rapide et saccadée... Quatre divisions d'infanterie et neuf cents chevaux... Reynier, Bon, Lannes et vous. Kléber, vous commanderez l'infanterie... Murat, la cavalerie... Division Reynier : 9° et 85° demi-brigades de bataille... Kléber : deux bataillons de la 2° légère, 25° et 75° de bataille... Lannes : 22° légère, 13° et 69° de bataille... Bon : 4° légère, 18° et 32° de bataille... Caffarelli et Dommartin à la tête de l'artillerie et du génie... En tout : 13,000 hommes. C'est assez. J'appellerai là-bas les Maronites aux armes, et des Druses je me ferai des alliés... Le corps des dromadaires marchera avec moi... Le reste des troupes, avec les Mamelouks, la légion nautique, la légion maltaise et les dépôts de cavalerie, gardera l'Égypte.

— C'est tout, général? demanda le secrétaire improvisé, en voyant que son chef se taisait.

— Je songe à l'artillerie de siège... Comment lui faire traverser le désert jusqu'aux frontières de Syrie, surtout dans le voisinage de ce lac Serbonis, avec ses dunes de sable mouvant, où l'on enfonce?... Une fausse direction, et nous perdrions tout.

— Il y a la mer, général !

— Eh oui! mais aussi les Anglais... mais il n'y a pas

d'autre moyen. D'ailleurs, *audaces fortuna juvat...* Le contre-amiral Perrée embarquera à Alexandrie l'artillerie de siège sur les frégates la *Junon*, la *Courageuse* et l'*Alceste*; il cinglera vers les côtes de Syrie. Il se mettra à Jaffa en communication avec l'armée. Le 4 février nous serons à Katieh, le 9 devant El Arich. Jaffa nous verra le 3 ou le 4 mars. Que l'amiral Perrée s'y trouve à cette date !

En ce moment, les généraux arrivaient en toute hâte.

— Citoyens généraux ! leur cria Bonaparte, nous marchons sur la Syrie.

— Qui emmenez-vous, général ? demanda-t-on vivement.

— Je viens de dresser l'effectif. Kléber a écrit. Mon plan et mon itinéraire sont dans ma tête... Junot ! nous achèverons d'écrire les détails.

— Général ! quand partons-nous ?

— Dans trois jours.

— Nous sommes prêts.

Bonaparte promena d'abord sur ses officiers un long et profond regard ; puis, étendant le bras :

— Si nous sommes vainqueurs en Syrie, s'écria-t-il d'un ton solennel et l'œil en feu, nous marchons sur Constantinople, et nous fondons le plus vaste empire qui jamais se soit étendu sur l'Asie et l'Afrique... « Dieu est grand, et Mahomet est son Prophète ! » disent les 130 millions d'hommes sur lesquels nous voulons établir cet empire, ne l'oubliez pas !

— Nous ferons-nous musulmans comme Menou ? demanda Murat.

— C'est le secret de l'avenir.

XIV

EN MARCHE POUR LA SYRIE

Reynier commandait l'avant-garde. Il partit le premier
e Belbeïs.

Kléber, avec sa division, gagna Damiette, où il s'em-
arqua pour traverser le lac Menzaleh.

Les autres divisions, avec Bonaparte et l'état-major,
iivirent la même route que Reynier, c'est-à-dire celle
u désert.

Les deux premières journées de marche, à travers les
ibles brûlants, fatiguèrent énormément nos soldats. Les
iêmes tourments, que la chaleur et la soif leur avaient fait
rouver dans la marche d'Alexandrie à Ramanieh, se
mouvelèrent dans le trajet de Katieh au puits de Messou-
ieh, oasis où l'on devait trouver enfin de l'eau.

Les soldats étaient haletants et avançaient avec peine.

La division Bon, qui suivait l'état-major, obliqua à
auche un peu plus qu'il ne fallait, et ce qu'avait
raint Bonaparte pour l'artillerie arriva à quelques-uns
e nos fantassins.

C'étaient encore nos grenadiers de la 32ᵉ qui flanquaient la gauche de la colonne, cette fois du côté de la mer.

Au loin, on voit les ruines de Peluse, aucun obstacle n'arrêtant la vue, et le château de Tineh se mirant dans les flots phosphorescents du lac Menzaleh. Au delà, la Méditerranée, sur laquelle l'Angleterre est maîtresse.

En avant, à l'horizon, avec leurs burnous flottants et leurs lances, un parti de Bédouins rôdeurs.

— Toujours ces diables blancs ! dit une voix.

— Ils nous guettent, Dumanet.

— Ils n'ont donc pas soif, ces gaillards-là ! qu'ils se plaisent tant dans le désert ? Ah ! Pâquot, mon ami, je tire la langue...

— Et moi donc !... Que je voudrais donc avoir un bon pot de cidre du pays !

— Ah ! oui, ni vu ni connu dans cette maudite Égypte. Si du moins nous avions encore une sainte pastèque !

— Fallait t'en attacher un chapelet au cou, Dumanet ! intervint de son air grognon le rébarbatif caporal Landuron.

— Si tu nous chantais une gaudriole, Pâquot, reprit Dumanet ; cela nous ferait oublier la soif et la chaleur.

— Je n'ai plus d'haleine, répondit Pâquot lamentablement.

On se tut. De parler, cela altérait davantage, et nos pauvres diables avaient déjà la langue aussi desséchée que le sable même sur lequel ils marchaient.

Tout à coup Pâquot, qui, malgré les déceptions de la marche sur Ramanieh, avait encore cru voir à sa gauche une nappe d'eau rafraîchissante, et qui avait instinctivement obliqué de côté, poussa un cri et demeura en apparence immobile.

On regarda de son côté. On le crut, comme la femme de Loth, transformé en statue.

— Mais qu'a-t-il donc, le réquisitionnaire ? demanda le caporal Landuron.

Le terme de *réquisitionnaire* équivalait alors à celui de *conscrit* de nos jours. Comme Landuron était un vieux vétéran de 92, et que le bon Manceau ne datait que de la levée de 96, le caporal se permettait de le traiter ainsi.

— Il ne bouge plus, dit un grenadier.

— Si fait, répliqua Dumanet. Il agite le bras gauche, et cherche à maintenir le mieux qu'il peut son fusil sur l'épaule droite.

— Mais il crie, il appelle au secours...

— Il faut aller voir... Courons !

Dumanet et plusieurs grenadiers s'élancèrent. Mais à peine furent-ils à quelques pas de Pâquot, qu'ils jetèrent également des cris.

— Mais j'enfonce...

— Moi aussi.

— Qu'est-ce que cela veut dire ?

— Nous sommes perdus.

Telles furent les exclamations que poussaient les grenadiers. Pâquot leur dit :

— J'en ai déjà jusqu'à la cheville.

Ils étaient au bord du fatal lac Sirbon ou Serbonis des anciens, appelé par les Arabes Sebaket Bardouil. Ce lac, aujourd'hui desséché en partie, offrait encore à cette époque des lagunes dangereuses.

Les descriptions qu'en ont faites Diodore de Sicile et Strabon lui étaient alors encore en partie applicables. Suivant Diodore, des corps d'armée entiers y ont péri dans l'antiquité. C'est un vaste marais que les vents recouvrent de sables qui en cachent les abîmes.

« Le sable vaseux, ajoute-t-il, ne cède d'abord que peu à peu sous les pieds, comme pour séduire les voyageurs, qui continuent d'avancer jusqu'à ce que, s'apercevant de leur erreur, les secours qu'ils tâchent de se donner les uns aux autres ne peuvent plus les sauver. Tous les efforts qu'ils font ne servent qu'à attirer le sable des parties voisines, qui achève d'engloutir ces malheureux voyageurs. C'est pour cela qu'on a donné à cette plaine fangeuse le nom de *Barathron*, qui veut dire *abîme*. »

C'est dans ce lac maudit que les anciens Égyptiens supposaient enseveli *Typhon*, un de leurs dieux, le principe du mal et de la stérilité, après qu'il eut été tué par son neveu Orus, fils d'Osiris, vengeur de son père, que Typhon avait fait périr dans un coffre sur le Nil. Quels bons petits dieux ! Il est vrai que leur histoire n'est qu'une allégorie.

Heureusement pour nos grenadiers, qu'ils n'étaient point des Typhons, ou plutôt que le lac Sirbon ou *Barathron* n'était plus dans toute son étendue, en 1799, ce qu'il était du temps de Diodore. D'ailleurs ils ne se trouvaient qu'au bord.

Ils finirent par se tirer de ce qui, en définitive, n'était qu'un bourbier peu dangereux. Ils en furent quittes pour la peur, et plaisantèrent à qui mieux mieux, en rejoignant la colonne des éclaireurs.

Le général Reynier avait déjà chassé les soldats de Djezzar du village d'El Arich, après avoir franchi le torrent de ce nom, et il assiégeait le château, lorsque Kléber arriva à son tour près d'un bois de palmiers qui se trouve à l'embouchure du torrent.

On bivaquait et l'on se reposait sous l'ombrage, ayant en vue le formidable château, avec ses murs de trente pieds d'élévation, flanqués de tours crénelées, lorsqu'on signala au général l'arrivée, par la route de Gaza, d'Ibra-him-bey en personne.

Ce dernier venait effectivement au secours du fort, avec un corps d'infanterie et de Mamelouks, escortant un convoi destiné à l'approvisionnement d'El Arich.

— Où est-il ce voleur de femmes ? demanda vivement Kléber.

— Il vient de s'établir au delà du vallon d'El Arich, sur un plateau couvert par un ravin, répondit l'officier qui faisait ce rapport.

— Il est prudent. Mais qu'importe !... Je cours auprès de Reynier, afin de m'entendre avec lui pour attaquer le camp. Mon cheval !

Kléber s'élança en selle et partit pour gagner les hauteurs sablonneuses où son collègue avait fixé son quartier général.

Au milieu de la nuit, Reynier met silencieusement en mouvement une partie de sa division, commandée par le général de brigade Lagrange. Cette colonne marche de manière à tourner la gauche du ravin qui couvrait le camp ennemi.

Déjà les Français se trouvaient à deux cents pas sur un des flancs du camp d'Ibrahim, lorsque quelques indices leur font soupçonner que l'ennemi est prêt à les recevoir de ce côté.

Le général ordonne alors à deux compagnies de grenadiers d'attaquer le camp au pas de charge et la baïonnette en avant, et lui-même continue à s'avancer sur les derrières du camp avec le reste des troupes, formées en colonnes serrées.

Les Mamelouks n'avaient point débridé leurs chevaux pendant la nuit. Cependant les grenadiers se précipitèrent sur eux avec tant d'impétuosité, que les premiers de ces cavaliers furent surpris et tués.

En un clin d'œil la panique se répand dans le camp. Les Mamelouks s'enfuient en désordre, Ibrahim le premier. Il a le bonheur de gagner la route de Gaza, avec quelques cavaliers.

Le reste veut suivre. Mais Kléber est arrivé, fermant le passage.

La terreur s'empare alors de toute cette troupe, et, pour échapper à une mort qui leur paraît certaine, les Mamelouks se précipitent dans le ravin qui borde leur camp. Quelque bons cavaliers qu'ils soient, ils ne peuvent arrêter leurs chevaux, qui, entraînés par la pente du terrain, se culbutent les uns sur les autres.

Un désordre épouvantable, une mêlée horrible ont lieu dans le fond du ravin. Les Français, poursuivant leurs ennemis la baïonnette aux reins, descendent après les Mamelouks : tous ceux de ces derniers qui refusent de se rendre sont massacrés.

Un officier des guides s'est élancé dans le camp, au milieu des ténèbres.

Kléber ne s'en est même pas aperçu : avec ses troupes, il ferme toujours la plaine, pour qu'aucun fuyard ne puisse s'échapper par là.

— Avez-vous aperçu des femmes dans le camp? crie l'officier aux grenadiers de Reynier qu'il rencontre.

— Non, lieutenant, fut-il répondu.

— Si vous en rencontrez, ne touchez pas même à un de leurs cheveux.

Il y en eut qui grommelèrent en entendant cet ordre : le butin leur eût paru bien plus beau, s'il leur eût été permis de plaisanter un peu avec les jolies esclaves.

Cependant l'officier a fait bondir son cheval à travers es tentes.

L'une de ces dernières, plus grande que les autres et dossée à un gros palmier, attire ses regards. Il lui emble, en approchant, entendre des lamentations s'en chapper. Il saute à terre.

Deux masses informes se dressent à ses côtés en pousant des rugissements rauques. Ce sont des dromadaires nquiets de tout ce bruit autour d'eux, et qu'on n'a pu mmener.

Il pénètre sous la tente. Dans le dernier compartinent, éclairé par une lampe, et richement garni, une louzaine de femmes sont couchées sur un tapis, la face ontre terre, pleurant et gémissant. Il appelle :

— Zaïra! Zaïra! êtes-vous ici?

Personne ne répondit; les femmes continuaient à se amenter.

— Rassurez-vous, leur dit-il en arabe, il ne vous sera ait aucun mal; les Français respectent toujours les emmes.

Sa voix était douce, quoique émue; quelques-unes evèrent la tête. Elles étaient blanches et belles. L'une 'elles s'enhardit assez pour lui répondre.

— Seigneur, dit-elle en se redressant, nous sommes es esclaves d'Ibrahim.

— C'était donc bien lui qui commandait le camp?

— Oui, seigneur, c'était lui.

— L'avez-vous suivi depuis le Kaire?

— Nous n'avons pas quitté le bey.

— Parmi toutes les autres femmes, n'avez-vous pas eu onnaissance d'une Servienne du nom de Zaïra?

— Celle dont vous parlez fut emmenée par lui à Bel-eïs.

I.   16

— Et où l'a-t-il conduite?

— A Jaffa d'abord, où se trouve encore son harem.

— D'abord! Il l'a donc menée ailleurs?

— Oui, seigneur. Avec plusieurs autres, il lui a fait prendre le chemin d'Acca, pour la vendre au pacha Djezzar.

Un cri de rage s'échappa des lèvres de l'officier des guides, cri qui effraya tellement les malheureuses femmes, qu'elles se roulèrent les unes sur les autres, au comble de l'épouvante.

Quand un pareil cri sortait de la bouche de leurs maîtres habituels, elles avaient tout à redouter de sa colère.

Mais ce fut bien pis quand, au dehors, s'éleva tout à coup un grand bruit d'armes, et que les toiles de la tente parurent secouées, comme si on y pénétrait violemment. Elles poussèrent toutes des cris si stridents, que les décharges de la mousqueterie mêmes en furent couvertes.

C'était Kléber qui avait trouvé la tente d'Ibrahim.

Il s'était impatienté de ne pas voir le bey cherchant à se frayer un passage, car il ignorait qu'Ibrahim eût déjà pris la route de Gaza, et il venait, lui aussi, chercher Zaïra parmi les femmes.

— Vous m'avez devancé, Rivolet! dit-il à son officier d'ordonnance.

— Je... je... cherchais... Oui, général, je devinais vos désirs, et je... Mais Zaïra est loin d'ici.

Kléber le regardait fixement. Il avait balbutié, le lieutenant, et ce n'était pas son habitude. Sous ce regard, Charles Rivolet avait rougi.

— Je devine, se dit Kléber.

Il reprit aussitôt l'air franc et ouvert qui lui était habituel, et tendit la main à son jeune officier, qu'il aimait et qu'il estimait.

— Trouvons-la d'abord, dit-il.

— Elle est à Acre, auprès de Djezzar, à qui Ibrahim l'a vendue. Une de ces femmes vient de me l'apprendre.

— Tant mieux! s'écria Kléber.

— Comment! tant mieux, mon général.

— Parce que nous marchons tout droit sur Acre, et que nous prendrons cette ville.

— Mais... mais... Djezzar! fit douloureusement Charles Rivolet. Elle est dans son harem!...

— Tant mieux encore! Plutôt lui qu'un autre.

— Pourquoi, général? demanda le jeune officier.

— C'est un vieillard... Près de quatre-vingts ans!

Charles respira. L'observation du général le rassurait.

— Laissons ces femmes, lieutenant, et voyons si nous ne mettrons pas la main sur ce misérable Ibrahim. Que du moins je me venge sur lui!

Le frère de Louise eût bien voulu questionner encore les esclaves d'Ibrahim, et leur demander si elles n'avaient pas entendu parler d'une Française enlevée à Masr. Mais il ne lui fut pas possible de tirer le moindre renseignement de ces pauvres créatures désolées, qui croyaient que leur dernière heure était venue.

Elles n'avaient certes rien à craindre de pareil. Le général fit établir un poste devant la tente, pour les garantir contre toute velléité galante de la part des soldats.

Par un Mamelouk qui s'était rendu, Kléber apprit que le bey avait pris la route de Gaza dès le commencement de l'attaque, et qu'il devait déjà être loin.

— Le lâche! il fuit toujours... Ah! que n'ai-je les ailes du vent! se dit-il.

Il achevait à peine, qu'un singulier bruit se fit entendre sur le versant occidental du plateau, vers l'Égypte.

Ce bruit, entremêlé toutefois d'un cliquetis d'armes pareil à celui que produit une troupe de cavalerie, tirait sa singularité de ce qu'on n'entendait nullement le retentissement ordinaire de sabots ferrés, mais bien une marche précipitée qu'on eût pu prendre pour le résultat d'une multitude de semelles battant le sable.

— Qu'est-ce que cela? fit Kléber. Ce ne peut être une bande de Bédouins.

— Cela vient de la route que nous avons suivie, fit observer Rivolet.

— Ce n'est pourtant pas notre cavalerie.

Un *hurrah* français bien accentué et des formes confuses qui ressemblaient, à la lueur des étoiles, aux vagues de la mer, firent bientôt reconnaître cette troupe bizarre.

— Ils arrivent comme marée en carême, s'écria le général. A moi les dromadaires!

C'était effectivement une partie du régiment des dromadaires que Bonaparte, campé à une journée de marche d'El Arich, avait envoyé à la poursuite d'un parti d'Arabes du désert. Or, ce piquet ayant entendu la fusillade, après avoir atteint et anéanti les Bédouins, arrivait au plateau dans l'espoir d'être encore de quelque secours sur ce point.

En deux mots, Kléber mit le commandant des dromadaires au courant de ce qu'il attendait de lui. Ce dernier ne demandait pas mieux. Il fit descendre d'un des *djemmel* (chameaux) les deux hommes qui le montaient, et à leur place se mirent Kléber et son officier d'ordonnance.

— Ah! pour le coup, s'écria le général, me voilà chamelier! Je ne l'aurais jamais cru... C'est égal: en avant et rattrapons ces coquins!

Le singulier escadron reprit sa course légère et rapide, et vola bientôt sur la route de Gaza.

Ce corps de dromadaires mérite vraiment qu'on en parle, à cause de sa singularité.

Peu de temps après la révolte du Kaire, Bonaparte songea à mettre un frein aux incursions continuelles des Arabes bédouins, qui venaient jusque dans les faubourgs de la ville commettre des vols et des assassinats, et qui échappaient presque toujours aux poursuites de la cavalerie française, en raison de la vitesse de leurs chevaux, que ceux qui étaient montés par nos cavaliers ne pouvaient suivre.

Il choisit dans les régiments de l'armée les hommes les plus hardis et les plus intrépides, et en forma un corps particulier, auquel il donna des dromadaires pour montures.

On sait que cette espèce de chameau, que les Égyptiens appellent *mahari* ou chameau de course, marche avec une vitesse non moins remarquable que celle des chevaux arabes et se prête avec docilité à toutes les manœuvres qu'on veut lui faire exécuter.

Les dromadaires, exercés par les Français, remplirent les espérances que le général en chef avait conçues de leur utilité. Deux hommes placés dos à dos montaient le même dromadaire, qu'on chargeait en outre de munitions et de vivres renfermés dans de longues poches qui pendaient de chaque côté de la selle. Cette dernière était double, et chaque partie creusée dans le milieu. Elle avait aux deux arçons un morceau de bois arrondi, placé verticalement, qu'il fallait saisir fortement dans les courses rapides, pour se tenir. Une lanière de cuir suffisait pour fouetter l'animal.

Lorsqu'une tribu arabe, dans les engagements journa-

16.

liers qui avaient lieu autour du Kaire, était parvenue à échapper à la poursuite de la cavalerie ordinaire, on mettait à ses trousses le corps des dromadaires. Or, comme cet animal peut aisément fournir une course de vingt-quatre heures, sans s'arrêter et sans prendre de nourriture, il était rare qu'on n'atteignît point les Arabes, dont les chevaux étaient fatigués d'un trajet aussi long.

Quand les soldats français avaient joint les Arabes de cette manière, ils s'étudiaient particulièrement à entourer la tribu ou le détachement. Les dromadaires fléchissaient le genou, permettaient à leurs cavaliers de descendre, d'attaquer l'ennemi, et de le prendre avec ses femmes, ses enfants et ses bestiaux.

Les plus grands succès justifièrent bientôt l'emploi de ce nouveau moyen militaire, qui épouvanta les Arabes bédouins, les força de renoncer à leurs brigandages, et à implorer une trêve, qu'ils rompirent rarement par la suite.

Ce corps devait rendre les plus grands services pendant la campagne de Syrie.

Deux aides de camp de Bonaparte, Beauharnais et Colbert, avaient fait le premier essai de cette étrange cavalerie.

Kléber et ses dromadaires coururent tout le restant de la nuit. Mais le général, peu habitué à voyager de la sorte, en eut bientôt assez.

Ce mode de locomotion est, en effet, fatigant à l'excès : les reins sont brisés par les secousses rudes et précipitées du dromadaire, dont l'allure est un trot allongé ; les mains deviennent bientôt gonflées et très douloureuses, étant forcées de serrer continuellement le bois des arçons.

Cependant, on cite des courses extraordinaires. Sonnini parle d'un Bédouin qui a fait en cinq jours la route du Kaire à la Mecque... Quatre cents lieues ! La grande caravane emploie plus de trente journées à faire le même trajet.

Le jour commençait à poindre, et l'on ne voyait aucun cavalier devant soi. Ibrahim et ses hommes montaient d'excellents coursiers, qui, du reste, s'étaient reposés au camp.

— Commandant ! dit Kléber, j'y renonce. Retournons !

— A vos ordres, général !

On reprit la route d'El Arich, où un grand butin avait été le partage des Français. Des chameaux et des chevaux, des munitions de guerre, des vivres en abondance, les équipages des Mamelouks furent la proie des vainqueurs. On prit neuf étendards, dont deux de beys, et l'armure complète de Kassan-bey, qui fut tué, ainsi que nombre d'agas et de kachefs.

Ainsi furent anéantis à El Arich les Mamelouks d'Ibrahim, comme dans la Haute-Égypte l'avaient été les Mamelouks de Mourad. Il ne restait plus à ces deux anciens maîtres de l'Égypte que quelques cavaliers démoralisés.

Bonaparte et le gros de l'armée arrivèrent à El Arich le lendemain.

Après des pourparlers qui durèrent plusieurs jours, le fort capitula, et une partie des Maggrebins de Djezzar demanda et obtint la faveur de servir dans l'armée française. Les Mamelouks prisonniers et les drapeaux furent envoyés au Kaire.

Ceux du fort, après avoir juré solennellement par Moussa (Moïse), Ibrahim (Abraham), et par le Prophète, ainsi que par le Koran, de ne point servir d'une année dans l'armée de Djezzar-pacha, prirent la route de Bagdad.

Quatre jours après la prise de possession de ce fort important, l'armée s'ébranla de nouveau.

Kléber, avec sa division, obtint de former l'avant-garde. Il voulait le premier pénétrer en Syrie, où son cœur le devançait.

Sa précipitation faillit causer sa perte dans le désert, où il s'égara et erra deux jours, et, par contre-coup, celle de Bonaparte lui-même. Voici comment :

Le général en chef qui croyait trouver Kléber à Kan-Younès, s'était avancé plein de confiance; mais, au lieu des Français, il ne vit en approchant de ce village que les débris du corps des Mamelouks.

Il hésita un moment sur le parti qu'il devait prendre en cette occurrence critique. Il n'avait avec lui que ses guides à cheval et un faible détachement de dromadaires; son armée était loin.

L'audace seule pouvait le tirer de ce mauvais pas.

Se mettant à la tête de ses guides, le sabre à la main, Bonaparte fondit sur le village de Kan-Younès. La fortune seconda cette résolution téméraire.

Les Mamelouks prirent cette faible escorte pour l'avant-garde de l'armée et s'enfuirent à toute bride vers le camp d'Abdallah-pacha, qui se faisait apercevoir à une lieue de là, sur la route de Gaza.

Cet Abdallah était pacha de Damas. Il avait reçu du grand-vizir Yousouf l'ordre de marcher avec un corps de troupes, pour s'opposer à l'invasion de la Syrie par les Français. Le corps d'Abdallah était le noyau de l'armée que la Porte préparait contre Bonaparte. Ibrahim-bey et les Mamelouks qui lui restaient s'y étaient réunis.

On avait donc devant soi de nouveaux ennemis, les Turcs.

Le 24 février, l'armée était rassemblée à Kan-Younes. Kléber s'avança le même jour pour attaquer les Turcs. Mais Abdallah leva prudemment ses tentes et se replia en toute hâte sur Gaza.

Les Français trouvèrent dans le camp turc des approvisionnements, dont ils profitèrent avec empressement, comme bien on pense.

Soixante lieues d'un désert aride et brûlant venaient d'être franchies par l'armée française, et ce fut avec des cris de joie que nos soldats mirent le pied sur les terres fertiles et verdoyantes qui environnent Gaza, et qu'ils aperçurent les sommets des montagnes boisées de la Syrie, de l'antique Judée..

Voilà bien la terre promise, ce pays de Chanaan, dont Moïse a pu dire, en sortant du désert, lui aussi, qu'il y coulait du lait et du miel, et que deux hommes avaient de la peine à porter les grappes de raisin qui y poussaient...

Une pluie abondante vint à tomber tout à coup et rafraîchit l'air, ce qui augmenta encore le charme qu'éprouvait l'armée au sortir du désert qu'elle venait de traverser.

C'était une de ces pluies diluviennes que le ciel, habituellement si pur en Syrie et en Palestine, verse quelquefois avec tant de profusion, que les torrents et les rivières en débordent et que les plaines en sont inondées.

Nos soldats, se dépouillant de leurs vêtements, reçurent avec délices cette ondée bienfaisante, que le ciel semblait leur envoyer pour les rafraîchir et les purifier.

C'étaient des cris de joie indicibles. La manne dans le désert ne devait pas paraître plus délicieuse aux Hébreux, quand ils regrettaient encore les gros oignons de l'Égypte.

On se reposa une journée, pour continuer gaiement la route, le long de la mer, au milieu de lentisques, de palmiers et de nopals. Plus loin, vers les montagnes, on voyait autour des mûriers de riants vignobles, des oliviers et de grands sycomores, avec des bosquets naturels de chênes verts, de cyprès, d'andrachnes et de térébinthes. Plus haut encore, le sol se couvrait de romarins, de cistes et de tubéreuses. Enfin, sur les flancs mêmes du Liban, se dressent les cèdres séculaires, et au lointain horizon, vers le nord, de blanches taches indiquent les neiges éternelles amoncelées dans le creux des vallons élevés.

Nos soldats suivaient le même chemin que leurs ancêtres les *Croisés ;* seulement, ils venaient, eux, au nom de la liberté, au lieu de venir au nom de la religion. Les idées se transforment en apparence ; mais, au fond, les soldats de Bonaparte croyaient avoir mission d'affranchir, comme ceux de Godefroi de Bouillon.

Les hymnes républicains d'alors, ces chants tyrtéens par lesquels la victoire était fixée depuis si longtemps sous les enseignes françaises, retentissaient dans les mêmes plaines où les chevaliers chrétiens faisaient jadis entendre les cantiques de la foi. Au lieu du cri : *Dieu le veut!* les échos du Liban répétaient les refrains de la *Marseillaise,* après un silence de cinq cents ans...

Le souvenir de leurs aïeux, toujours à la tête de ces héroïques expéditions du moyen âge, enflammait encore davantage l'ardeur des guerriers français. L'amour de la liberté, la gloire de la patrie, provoquaient dans leurs cœurs enthousiastes le même élan qu'avaient fait naître chez les croisés l'espoir de conquérir le saint sépulcre, et l'ardent désir de faire triompher la religion du Christ. A droite, au nord-est, parmi les derniers contreforts du

Liban, on devinait le mont des Oliviers et le Golgotha ;
à leurs pieds, Jérusalem, et tout alentour la Judée, la
vieille terre biblique.

C'est dans cette disposition d'esprit que l'armée aperçut, vers deux heures du soir, un corps ennemi placé
sur les hauteurs en avant de Gaza la *forte*, où Samson se
fit écraser sous les ruines du temple avec trois mille
Philistins. C'étaient les troupes d'Abdallah.

Aussitôt, suivant la tactique adoptée, on se forma en
carrés. Celui de Kléber marcha le premier.

Mais Abdallah se retira presque sans combattre, et les
habitants de Gaza s'étant empressés d'envoyer une dépu-
tation, qui fut reçue par Bonaparte avec la plus grande
affabilité, les Français occupèrent la ville.

— Faites savoir partout, avait dit le général en chef
aux envoyés, que nous venons comme amis des Syriens,
et non comme ennemis.

Après avoir formé dans l'ancienne capitale des Philistins un divan pareil à celui du Kaire, pour rendre la justice au nom des Français, et organisé l'administration,
Bonaparte se remit en marche pour Jaffa, où l'on venait
de lui apprendre que l'ennemi rassemblait ses forces.

Le pays avait complètement changé d'aspect.

De Gaza à la Joppé des Juifs, c'est une plaine immense,
aride et couverte de petits monticules de sable mouvant,
que la cavalerie surtout ne put franchir qu'avec peine.

Les chameaux eux-mêmes, habitués à la marche du
désert, ne traversaient que très lentement et avec effort
cette masse de poussière, au milieu de laquelle se dressent encore les remparts, les temples et les maisons
d'une ville qui cependant ne compte plus une âme. Cette
ville, c'est Ascalon. Les chacals en sont les seuls habi-

tants; on les voit se promener en longues bandes par les rues et par les places publiques.

C'est dans cette plaine désolée que l'intrépide Kléber s'élança le premier. Ses soldats le suivirent en chantant.

Pendant l'espace de trois lieues, on fut obligé de tripler les attelages de l'artillerie, et souvent même il fallut que les soldats poussassent à la roue, pour dégager les pièces et les caissons.

A Ramleh, à Lidda, on trouva comme à Gaza des magasins de vivres et de munitions, abandonnés par l'ennemi qui s'y trouvait posté.

Les Orientaux, en général, ne connaissent point l'usage européen d'évacuer les magasins à l'approche de leurs adversaires; et, comme leurs troupes ne se retirent d'un poste militaire qu'à la dernière extrémité, elles n'emmènent avec elles que leurs chevaux, leurs bagages et leurs armes.

Ces bagages, il faut le dire, ne sont pas tels qu'on pourrait l'imaginer d'après ceux des Européens. Chaque cavalier ou soldat porte avec lui les siens, et souvent ses provisions pour plusieurs jours. Les bagages dont nous parlons consistent presque exclusivement en objets de campement.

La veille du jour où l'on arriva devant Jaffa, Kléber causait sous un figuier, au bivouac de Ramleh, village habité presque en entier par des chrétiens, avec le citoyen Vivant-Denon, savant qui, par goût pour les arts, avait voulu accompagner l'armée en Syrie.

Il vit se présenter à lui le lieutenant Martial, accompagné par Charles Rivolet, son officier d'ordonnance, et suivi d'un carabinier flanqué du janissaire Abdoul-Mousa, l'Albanais déserteur du fort El Arich.

— Citoyen général, dit l'officier des guides en présentant son ami, nous désirons vous parler.

— Qu'y a-t-il? Bonjour, lieutenant Martial.

— Nous avons une demande grave et sérieuse à vous adresser, général.

— Parlez, mes amis!

— Il s'agit de...

— Je devine, interrompit Kléber en fronçant les sourcils, pour se dérider presque aussitôt.

— De Zaïra d'abord... de ma sœur Louise ensuite. Quelque chose me dit que ma sœur aussi a été emmenée en Syrie.

— Voyons! De quoi s'agit-il?

— De nous déguiser, Martial et moi, ainsi que ce brave carabinier qui veut suivre son lieutenant, et cet Albanais, l'ami d'Omar, qui connaît l'arabe comme moi... pour pouvoir pénétrer dans Acre.

— Y songez-vous?

— Sérieusement, je vous jure.

— Mais c'est impossible : la mort vous y attend.

— Nous l'avons bravée maintes fois.

— Mais c'était alors celle de braves, sur le champ de bataille, et à Acre, le féroce Djezzar vous ferait subir celle des espions.

— Ce n'est pas pour espionner, vous le savez bien, que nous voulons nous y rendre, mais pour...

— Non, non. Jamais je ne permettrai cela. Acre renferme les deux êtres que je chéris le plus en ce monde ; mais, quelle que soit l'affection que je leur porte, quelque désir que j'aie de les voir sauvés ou seulement d'avoir de leurs nouvelles, je ne puis me résoudre d'accepter le sacrifice de cœurs dévoués comme les vôtres, de braves soldats que j'estime et que j'aime aussi.

1.   17

— Général, cet Arnaute auquel nous avons soumis
notre dessein l'a approuvé immédiatement. Il connaît
Acre et se fait fort de nous y loger et de nous faire parler,
« si Dieu le veut, » comme il dit, au brave Omar.

— Mais, insensés que vous êtes, comment feriez-vous
pour atteindre Acre à travers ces lignes et ces postes ennemis qui couvrent la campagne?

— Nous avons notre plan, toujours d'après l'indication
de l'Albanais.

— Votre plan!... Et quel est ce plan?

— Au lieu de nous rendre en ligne directe à Acre, nous
prenons à droite par Jérusalem, nous franchissons la
chaîne du Liban, nous remontons le Jourdain, qui coule
au fond de la *Syrie creuse*, la vallée formée par le Liban
et l'Anti-Liban. Au-dessus du lac de Génézareth, au point
où cette dernière chaîne se détache du Liban et se dirige
vers le sud-est, c'est-à-dire entre Damas et Sidon, nous
franchissons de nouveau les montagnes, nous redescen-
dons vers les bords de la Méditerranée, et en nous présentant par mer aux portes d'Acre, nous avons l'air
d'arriver de Beyrouth ou de Tripoli, comme des marchands de l'une de ces deux villes.

— Plan chimérique!

— Permettez, général!

— Bon tout au plus pour vous, Rivolet, et pour cet Arnaute, qui parlez arabe. Mais Martial et ce gros garçon,
qui m'a tout l'air d'un joyeux Bourguignon...

Il montrait le carabinier, qui porta aussitôt la main à
la plaque de son bonnet à poil.

— De Mâcon, mon général, dit-il.

— Je m'en doutais; quoique ce nez ait été privé depuis
longtemps du plaisir de plonger dans un verre, il a
conservé pourtant quelque chose de la couleur vermeille

du cru... Eh bien ! que ferez-vous de ces deux compagnons-là?

— Il est convenu qu'ils sont nos esclaves, répondit Rivolet.

— Peste ! et ils y consentent ?

— Que ne ferais-je pas, s'écria Martial tout feu, pour...

— Pour?

Le jeune officier se calma soudain, pour ajouter avec bien moins de fougue :

— Pour vous, mon général, et pour ceux que vous aimez.

— Allons ! allons ! pas trop mal, comme changement de front... Rivolet! votre sœur est jolie, dit-on... Votre ami Martial ferait un excellent mari, j'en suis sûr.

— Comment donc, mais j'en serais enchanté. Quant à moi, je donne mon consentement à deux mains. Restent mon père et ma sœur...

— S'ils se sont parlé, elle et Martial, l'affaire doit être en bonne voie.

— Oui, mon général, ils se connaissent.

— En ce cas, je suis bien sûr qu'il ne s'agit plus que du consentement du papa Rivolet, n'est-ce pas?... Mais avant tout, il faut la retrouver et la reprendre à ses ravisseurs.

— Ainsi, général, vous consentez à notre entreprise?

— Mais pas le moins du monde... Dans tous les cas, c'est impossible pour le moment.

— Pourquoi? demanda le lieutenant Rivolet.

— Parce que le pays est couvert de partis turcs et de Bédouins.

— Toujours ces Bédouins !

— Ceux de Syrie maintenant... Tenez! les voyez-vous là-bas, au bout de la plaine, à côté de ces ruines?... Le

général en chef a dû hier organiser de nouveaux détachements de dromadaires, pour leur donner la chasse
nuit et jour. Ces brigands ont eu l'audace, l'avant-der-
nière nuit, au bivouac du puits d'Azote, de se faufiler
jusqu'au milieu d'un de nos campements formés pourtant en carrés, et de nous enlever quelques bagages...
Comment voulez-vous traverser la plaine, tant qu'ils seront là?

— Que pourront-ils nous voler? Pas grand'chose.

— Il vous faut bien de l'argent, pourtant, afin de vous
faire passer pour des marchands.

— C'est vrai, je le reconnais.

— Attendez au moins que nous ayons Jaffa. Il y a
moins d'Arabes de ce côté, nous ont dit les habitants de
ce village.

Ici le citoyen Vivant-Denon, qui, tout en examinant, à
l'aide d'une longue-vue, les ruines qu'on voyait au loin,
n'avait rien perdu de cet entretien, crut devoir interve-
nir, ne fût-ce peut-être que pour faire preuve d'érudi-
tion.

— Général, dit-il, permettez-moi de signaler à ces
jeunes gens quelques-uns des dangers de l'entreprise
dans laquelle ils paraissent si déterminés à s'engager.

— C'est cela ; dites-leur bien à quoi ils s'exposent.

Le savant archéologue, futur directeur général des
musées de l'Empire, ayant pris une pincée dans sa taba-
tière d'argent, l'aspira d'abord délicatement, puis commença ainsi :

— Il faut que vous sachiez, citoyens, que la Syrie, ce
berceau du christianisme, est le pays qui renferme le
plus de religions et de sectaires. Depuis les Ansariés ou
Nosaïres, à peu près idolâtres encore, jusqu'aux Maronites, qui sont catholiques romains, toutes les peuplades

de la Syrie, sédentaires ou nomades, sont constamment en hostilité plus ou moins ouverte entre elles.

— Quels sont ces Ansariés ? demanda Rivolet.

— C'est une secte qui remonte aux vieilles traditions syriennes. Leurs retraites sont presque inaccessibles ; ils ne payent même pas de tribut aux Turcs et à leurs pachas. Ils ne sont ni chrétiens, ni musulmans : ils adorent encore le soleil et croient à la métempsycose. Après eux, viennent les Kourdes, nomades sauvages et presque indomptables ; ils sont presque tous mahométans, mais il y a aussi des chrétiens nestoriens parmi eux.

— Et les Druses ?

— Leur vrai nom est *Durzi*. Ils habitent les vallées les plus centrales et les montagnes les plus élevées du Liban, comme les Maronites catholiques. Les Durzi ont une religion à part : c'est un assemblage bizarre de pratiques empruntées à tous les cultes, de croyances mystiques et de superstitions. Leur émir est presque un président de république.

— Ils sont hospitaliers, dit-on.

— Ils pratiquent l'hospitalité dans sa plus large acception. Un hôte est sacré pour eux. Quant aux Maronites chrétiens, ils sont braves et généreux comme les Druses ; souvent ces deux peuples se font la guerre. Maroun, un moine, leur fondateur, prit au sixième siècle parti pour les Occidentaux, dans les querelles de ces derniers contre les chrétiens de Constantinople. Les deux peuples mènent une vie frugale et sobre.

— Et les Bédouins ?

— Ils viennent des déserts de Bagdad et de Palmyre, comme de l'Arabie, faire des incursions continuelles. Mais il y a une peuplade plus étrange...

— Laquelle ? demanda-t-on.

— Celle des Yezidis, qui est fort peu connue. Elle se tient du côté d'Alep, et ses tribus s'étendent jusqu'en Arménie et en Perse. Comme les Druses, ils ne sont ni chrétiens ni musulmans ; mais tandis que ces derniers penchent vers l'islamisme, eux en sont profondément ennemis. Rien n'égale même leur antipathie pour la religion de Mahomet. Des légendes nombreuses en font foi. Je pourrais vous conter celle du fameux Mourgo...

— Parlez-nous plutôt des Ismaéliens, citoyen Denon !

— Ah ! voilà la pire espèce du Liban. Les Croisés connurent cette tribu guerrière et fanatique. On appelait aussi ces sectaires les *Haschischins* ou *Assassins*, à cause du *haschisch*, préparation de chanvre dont ils faisaient usage. Ils étaient gouvernés par le *Vieux de la Montagne*, dont parle l'historien Joinville.

— On dit, citoyen, qu'il en existe encore.

— Hé ! oui. Leur fanatisme s'est même réveillé, à ce qu'il paraît, depuis que nous sommes en Égypte. Il en est parvenu quelques vagues rumeurs aux oreilles du général en chef. Ils ne vous pardonneraient pas, ceux-là, d'être Français, et leurs poignards...

— D'après ce que j'ai lu sur ces Ismaéliens, ils préparent leurs adeptes, par le jeûne et le *haschisch* enivrant, qui surexcite les nerfs et donne des rêves extraordinaires, à frapper ceux dont ils veulent la mort... Ils ont de la sorte fait assassiner des pachas, des grands-vizirs, des princes, et jusqu'à des kalifes et des sultans.

— N'est-ce pas dans des jardins ravissants qu'ils montrent, à leurs jeunes gens, des femmes pareilles aux houris du Prophète, et qu'ils préparent ainsi le meurtre, en promettant à ces insensés les beautés qui les charment ?

— En effet, ils y transportent, pendant le sommeil, les

fédavis ou sacrés, qui trouvent à leur réveil tous les en-
chantements de la volupté.

— Où sont ces jardins, citoyen ?

— On suppose qu'autrefois ils étaient dans *Éden* sur
le Liban, près des grands cèdres. *Éden* signifie paradis
(jardin). Autour du village de ce nom s'étendent effectivement des vallons délicieux, à la fois pleins d'ombrages
et de parterres de fleurs. On y trouve des retraites mystérieuses, dignes du *jardin des délices* dont parle le
Koran.

— Et les réunions de ces fanatiques, où se tiennent-
elles ?

— Tantôt dans un endroit, tantôt dans un autre, mais
toujours ou dans ces grottes profondes qu'on rencontre
à tout moment dans les montagnes du Liban, ou dans
des ruines écartées, ou dans des temples souterrains.

— Qui désigne la victime que doit frapper le bras du
fédavi ?

— Celui qu'on appelle le Scheik-al-Djebel, ou le Vieux
de la Montagne, quelquefois le Seigneur des Couteaux.
Lorsque ce dernier a résolu la mort de quelqu'un, il fait
venir devant lui un fédavi, et lui demande s'il veut qu'il
lui donne le paradis et la houri qui l'a charmé. Sur la
réponse du *sacré*, qu'il est prêt à exécuter ses ordres, le
Vieux lui remet un poignard et lui nomme la victime...
Ils vinrent une fois cent vingt successivement pour tuer
un Sultan ; cent dix-neuf y périrent, mais le dernier
réussit.

— Qui fonda cette secte abominable ?

— Un nommé Haçan, fils de Sabba, chiite ou partisan
de la doctrine d'Ali, vers l'an 1103. Elle devint bientôt
puissante. Ses châteaux couronnèrent les pics des montagnes de Perse, puis ceux du Liban. Pendant cent cin-

quante ans, tous les kalifes et princes tremblèrent devant les Ismaéliens, qui rêvaient la domination universelle.

— Saint Louis n'eut-il pas des relations avec le *Vieux de la Montagne*?

— Il osa mépriser ses menaces et en reçut des présents, parmi lesquels un échiquier à lames d'argent que l'on conserve encore au Garde-Meuble, à Paris (1). Enfin, en 1258, les Mongols, sous Houlagou, vainquirent le *Vieux de la Montagne*, Rokneddin, le septième successeur de Haçan, et le mirent à mort. Les Assassins, recherchés dans toute l'Asie, furent impitoyablement massacrés, partout où il fut possible de les trouver. Mais je le disais tout à l'heure, il en existe encore aujourd'hui en Perse, sur les bords de l'Indus et surtout en Syrie.

S'ils ont perdu leur puissance, ils ne tentent pas moins, de temps en temps, de la ressaisir et de rassembler leurs tronçons épars sous un nouveau *Vieux de la Montagne*... Je vous le répète, citoyens, redoutez notamment ces fanatiques Ismaéliens, car ils vous immoleraient impitoyablement, si vous veniez à vous égarer dans les montagnes qu'ils habitent. C'est la tribu la plus farouche du Liban.

— Amen ! murmura l'officier des guides, quand le savant eut enfin terminé ses explications sur les populations de la Syrie.

— Ainsi, mon général, dit Martial, vous nous permettrez, après la prise de Jaffa.....

— Vous n'avez donc pas entendu ce que vous a raconté le citoyen Denon ?

— Si fait. Ce qu'a dit le citoyen sur l'hospitalité pa-

_____

(1) Aujourd'hui au Musée de Cluny.

triarcale des montagnards du Liban ne peut que nous fortifier dans notre résolution. Nous avons deux fois le Liban à escalader. Ces braves gens nous recevront bien.

— Eh bien ! nous verrons...

Sur cette parole d'espoir, nos jeunes officiers prirent congé de Kléber.

Le lendemain, la division de ce dernier, formant toujours l'avant-garde, arriva sous les murs de Jaffa.

17.

XV

LA PESTE A JAFFA !

Jaffa, la *Joppé* des Juifs, c'est-à-dire la *belle, l'agréable* est bien nommée.

Elle est bâtie en amphithéâtre au bord de la mer, sur une colline que domine sa citadelle ; des jardins délicieux, remplis d'arbres fruitiers, donnent à ses environs un aspect charmant.

Presque toutes les villes syriennes ont du reste le même charme, que leurs murailles blanches soient ombragées par des amandiers, des orangers, des citronniers, des mûriers auxquels grimpent les festons de vigne, ou qu'elles contrastent, comme l'antique Damas, avec le vert sombre des cyprès et le feuillage des peupliers élancés.

Joppé, s'il faut en croire la tradition, serait encore plus ancienne que Damas, mentionnée pourtant dans la Genèse. Elle était déjà ville du temps de Josué, et Noé, dit-on, y construisit son arche. Plus tard, Salomon y fit débarquer les matériaux pour la construction du temple de Jérusalem. Les pèlerins pour les lieux saints y ont abordé de tout temps. Égyptiens, Assyriens, les Macchabées, les Romains, les Croisés, les Sarrasins, les Turcs se la disputèrent, en la ravageant et en la saccageant. On y place même l'aventure de Persée et d'Andromède.

A la vue de la division Kléber, Adballah et les Mamelouks d'Ibrahim rentrèrent précipitamment dans la ville.

Un nommé Abou Saab y commandait un ramas de soldats de tous pays : il y avait des Maggrebins, des Albanais, des Kourdes, des Alepins, des Damasquins, des Natoliens, des Caramaniens et des Nègres. Mais tous ces mercenaires ne manquaient pas de résolution ; et il fallait en avoir pour essayer de défendre une place aussi mauvaise que Jaffa.

Cette ville, dont le sort devait être si terrible, n'était protégée que par une muraille sans fossé, qui pouvait facilement être renversée à coups de canon. Mais le fanatisme religieux animait toute cette milice, et elle ne craignit point d'attendre l'armée française derrière un aussi faible rempart.

Toutefois, il fallut ouvrir des tranchées pour tirer sur la place et former la brèche. Cette opération dura plusieurs jours.

Avant d'ordonner l'assaut, Bonaparte, voulant éviter de perdre des soldats à l'attaque d'une bicoque, essaya les négociations. On envoya une sommation au commandant de Jaffa.

Pour toute réponse, Abou Saab fit couper la tête au parlementaire et jeter son corps à la mer.

Pendant que l'artillerie battait les murs, quelques soldats de la division Bon, en rôdant le matin autour d'une fausse attaque, avaient découvert une espèce de brèche sur le bord de la mer, et ils en avaient profité pour pénétrer audacieusement dans la place, mais on les égorgea pour la plupart.

Ceux qui étaient parvenus à s'échapper coururent au camp de la division, en criant :

— Vengeance ! vengeance !

C'était au moment où Bonaparte venait d'ordonner l'assaut.

Rien ne put résister à la fureur de nos soldats, résolus à venger leurs camarades. On escalada les murs, on se battit de rue en rue. La garnison, cernée, pressée de toutes parts, refusa de se rendre.

Alors commença l'épouvantable carnage des troupes de la garnison et des habitants de Jaffa.

Il devint impossible aux généraux français de faire entendre la voix de l'humanité, de faire respecter leur autorité. Les soldats ne s'arrêtèrent que lorsqu'ils furent las de tuer et épuisés par la fatigue.

Bonaparte s'entretenait avec le général Lannes, assis sur une petite pièce de trois, devant la principale brèche, quand on lui amena les débris de la garnison qui avaient fini par demander quartier. Il accorda l'amman à ces malheureux, qui se croyaient sauvés...

L'armée victorieuse bivouaqua dans l'intérieur de la ville, sur ces trophées de carnage qu'elle venait d'élever à sa vengeance.

Faut-il le dire ? le pillage des maisons fut continué pendant toute la nuit, et se prolongea jusqu'au surlendemain.

Peu de villes prises d'assaut ont présenté un spectacle plus hideux des dévastations et des tristes résultats de la guerre.

Quelques historiens militaires ont voulu expliquer l'horrible carnage qu'on fit ensuite de la garnison prisonnière de guerre. Cette mesure barbare, a-t-on dit, était dictée par la nécessité. On avait à peine de quoi subvenir aux besoins de l'armée, et l'on ne pouvait nourrir plusieurs milliers de prisonniers aux dépens de nos soldats. D'un autre côté, on savait qu'on ne pouvait se fier à leur parole, et ils seraient allés grossir l'armée de Djezzar et du Sultan, déjà supérieure de beaucoup à celle des Français... Contre ce froid raisonnement, fait pour disculper d'une détermination atroce dont on eut à se repentir bientôt, s'élèvera toujours la voix de l'humanité.

On réunit les infortunés prisonniers sur la grève, près de la mer, sous prétexte de leur donner des aliments, et l'effroyable exécution eut lieu.

Nos soldats eux-mêmes en furent frappés d'horreur.

Bonaparte se boucha les oreilles, dit-on, quand il entendit la fusillade.

« Jamais, écrivit-il à ce sujet, jamais la guerre ne m'avait paru plus hideuse. »

Son cœur d'homme protestait contre de prétendues nécessités imposées par la guerre au chef d'armée.

Nous venons de dire que l'on eut à se repentir bientôt des excès auxquels on s'était livré.

En effet, cette conduite des soldats français, vainqueurs si généreux en Égypte, que le motif de la vengeance ne peut pas même justifier, ne devint pas moins funeste à ceux-ci qu'aux malheureux qui en étaient les victimes.

La peste, la terrible peste, ce fléau de l'Orient, commença, dès le lendemain même de la prise de Jaffa, à exercer ses ravages sur l'armée.

Quoique l'épidémie régnât à cette époque sur les côtes de la Syrie, les Français avaient été assez heureux pour ne pas éprouver ses atteintes. Mais, joint aux cadavres de tant de victimes, le pillage effréné auquel se livrèrent les soldats développa en un instant les miasmes délétères que contenaient les fourrures et les vêtements qui tentaient leur cupidité. L'effet mortel en fut rapide.

C'est la peste !

Ce cri effrayant se répandit dans l'armée, et vint frapper de terreur les courages les plus indomptés, les imaginations les plus vigoureuses.

On raconte que l'adjudant général Grézieu s'abandonna tellement à ce sentiment d'effroi, qu'il sortit de sa tente pour aller s'enfermer dans une maison, d'où il ne voulut communiquer à l'extérieur que par une espèce de guichet. Cette précaution devint inutile : il mourut le lendemain.

On créa à la hâte un hôpital spécial : en peu de temps il fut rempli.

Un sombre désespoir s'empara de l'esprit des soldats. Ils venaient d'échapper aux vents et aux sables du désert de la Palestine, qui avaient failli vingt fois les dévorer comme les soldats de Cambyse, et, après tant de périls, ils allaient mourir de la peste comme au temps des croisades étaient morts les compagnons de Richard Cœur-de-Lion et de saint Louis. C'était le comble de la fatalité !

La peste, cette plaie asiatique, dont le nom seul faisait frémir, ce mal inconnu qui souvent frappe et tue en un jour : c'était pour eux la mort la plus affreuse, la mort sans gloire de l'hôpital.

On venait de battre dans les rues de Jaffa le rassemblement pour l'appel du jour.

De tous côtés, officiers et soldats se rendent sur une des places de la ville, désignée pour l'inspection. Mais leur démarche est lente, leur visage morne, leur regard inquiet. On se parle à peine.

Sur la place, il y a déjà des groupes... Mais plus de cris joyeux, plus de propos qui provoquent au rire, plus de gambades, plus de ces jeux auxquels se livrent, comme de vrais enfants, les soldats dans l'attente !

On est assis tristement sur son havresac, le front dans les mains, les yeux fixés devant soi...

Quelques-uns ne lèvent la tête que pour jeter un regard anxieux vers le milieu de la place, où deux hommes en uniforme de chirurgien sont entourés par quelques officiers généraux à la figure consternée, auxquels les premiers parlent avec une certaine animation.

L'un de ces hommes est le médecin en chef Desgenettes, l'autre un officier de santé, son aide.

Desgenettes est venu pour rendre compte au général en chef des mesures prises, à l'effet de soigner les pestiférés à l'hôpital et de combattre le fléau.

Sur un des côtés de la place, les soldats de la 2e demi-brigade légère attendent qu'on forme les rangs.

Nos vieilles connaissances, les carabiniers de Martial, sont accroupis à quelque distance d'un bazar.

Martial lui-même vient de sortir de ce bazar avec son ami Charles Rivolet, l'officier des guides.

— C'est singulier, disait Martial, voilà que cela me reprend.

— Encore ! fit Rivolet.

— Je me sens faible, plein de lassitude...

— Un malaise passager ! Prends encore un verre de vin de Saint-Jean-de-Bethléem, comme tout à l'heure. Cela te remettra.

Tout à coup Martial se mit à claquer des dents.

— Tu frissonnes ? lui dit son ami.

— Oui, j'ai le frisson... et ma tête, c'est comme si l'on me frappait avec un marteau sur le crâne...

— Décidément, Martial...

Mais ce dernier se secoua vivement, comme pour se débarrasser du malaise, et reprit avec un sourire forcé qui se jouait sur ses lèvres pâlies :

— Si j'avais peur, je pourrais croire que...

— Que croirais-tu ?

— Que c'est...

— Que c'est ?

— La peste.

Instinctivement Rivolet recula de deux pas ; mais il eut bientôt honte de ce mouvement et tendit le bras à son ami.

— Appuie-toi sur moi, Martial. Je vais te reconduire chez toi.

— Non, je me sens mieux... La peste, m'a dit hier un de nos officiers de santé, n'a pas ce prélude-là. On n'a remarqué jusqu'à présent que des cas presque foudroyants.

— Aussi, je suis complètement rassuré sur les innocents symptômes dont tu viens de te plaindre, et...

Rivolet n'acheva pas. Martial chancelait comme un homme ivre.

— Viens, rentre... rentre vite ! dit vivement l'officier des guides.

Mais son ami s'affaissa tout à coup.

Il ne tomba pas comme un homme qui perd connaissance ; mais ses genoux avaient fléchi, ses bras s'étaient allongés, et ses mains étendues ayant touché le sol, il s'en aida machinalement pour amortir sa chute graduelle.

Néanmoins, cette chute fut encore assez rapide pour que Charles Rivolet n'eût pas le temps de venir à son secours. Ce dernier avait fait plusieurs pas pour chercher quelque chose qui pût servir de siège.

— Mon pauvre ami! dit Rivolet en se rapprochant vivement et en soulevant la tête de Martial.

Mais il fut effrayé à l'aspect de ces traits déjà profondément altérés.

— A moi, les carabiniers! cria-t-il.

Les soldats s'avancèrent rapidement.

— Le lieutenant! s'écria Jacquot Treillet.

— Qu'a-t-il donc? demanda à son tour Jeannot.

— Il faut le porter chez lui, dit d'un ton de commandement le sergent Leblanc. Allons, les enfants!

Cependant, le mouvement qui s'était fait devant le bazar, où s'était aussitôt réunie la foule des soldats, avait attiré l'attention des officiers généraux et du médecin en chef.

Desgenettes accourut, écarta les soldats, envisagea le malade.

Le visage de Martial offrait l'expression de l'hébétude et de la stupeur.

Le regard abattu, les paupières à demi closes et laissant entrevoir un œil terne et sec, la bouche béante, les traits contractés, la peau de la face devenue jaunâtre, la tête inclinée sur la poitrine, les bras ballants le long du corps, le pauvre jeune homme était là accroupi, comme la figure allégorique de la Maladie, telle qu'on la voit, à côté de la Mort, dans quelques peintures à fresque du moyen âge.

Desgenettes ne se trompa point à ces symptômes alarmants. C'était bien la peste!...

Toutefois, il voulut continuer son diagnostic. Lui-même déboutonna et retira l'uniforme de Martial, entr'ouvrit la chemise : des rougeurs se montraient déjà aux aisselles... Il défit la guêtre : l'éruption était même plus prononcée au creux du jarret... Il la toucha : la tumeur soulevait déjà la peau...

Desgenettes se redressa.

— Quatre hommes pour porter le lieutenant ! ordonna le médecin en chef.

Il y en eut vingt qui s'offrirent, tant Martial était aimé.

— Où faut-il le porter, citoyen major ? demanda le sergent Leblanc.

— A l'hôpital des pestiférés !

Une bombe eût éclaté au milieu des soldats, qu'elle n'y eût pas produit un effroi pareil à celui qu'y excitèrent ces paroles de Desgenettes. Le lieutenant Rivolet lui-même s'était écarté instinctivement.

— Vous tremblez ! s'écria de sa voix énergique le citoyen Desgenettes. Ai-je peur, moi ?... Tenez, regardez et rougissez !... Je ne suis pas soldat, moi, et je ne crains rien... voyez plutôt !

La tumeur au jarret grossissait rapidement. Desgenettes sortit sa trousse, en tira une lancette, la plongea dans la tumeur, puis se fit à lui-même deux légères blessures à l'aisselle.

Cet acte de témérité de Desgenettes, poussé par un de ces élans généreux qui caractérisent une âme douée d'un profond amour de l'humanité, remplit d'abord les soldats de stupeur (1).

Puis, voyant leur médecin en chef se rajuster et se

(1) Pendant trois semaines, Desgenettes eut deux petits points d'inflammation correspondant à ces piqûres, et ces points enflammés étaient encore apparents, lorsque, pendant la retraite, il se baigna en présence d'une partie de l'armée dans la baie de Césarée.

reboutonner tranquillement et l'œil serein, ils battirent des mains, en criant :

— Vive Desgenettes !

Ce dernier était parvenu à son but. Il avait rassuré les soldats, en s'inoculant publiquement la peste pour leur montrer que le fléau n'était point contagieux, mais seulement épidémique.

— Allons ! s'écria-t-il de nouveau en voyant tout effroi dissipé sur le visage des soldats. Lesquels de vous sont des braves ?

— Tous ! tous ! s'écria-t-on.

Le sergent Leblanc, Jacquot Treillet, Jeannot et Croustillac revendiquèrent l'honneur de porter leur lieutenant, comme étant les plus anciens de la compagnie.

Ils soulevaient le précieux fardeau, lorsque le roulement des tambours fit prendre les rangs aux différents corps.

Le triste cortège allait quitter la place, quand apparut le général en chef, suivi de son état-major et des guides. On battit aux champs.

— Qu'est-ce que cela ? demanda Bonaparte en s'arrêtant devant les quatre carabiniers, chargés de leur malade.

Charles Rivolet, qui accompagnait le triste convoi, répondit d'une voix sombre :

— Un officier, un ami, que la peste vient de frapper...

— Sur la place ?

— Sur la place même, citoyen général !

Bonaparte fronça d'abord les sourcils : il redoutait l'effet moral de cet événement sur l'esprit des troupes. Mais la réflexion lui vint : ces quatre hommes qui portaient le pestiféré n'avaient donc pas peur de la contagion ?

En ce moment, Desgenettes se présenta devant le général.

— Vous avez vu cet officier? demanda vivement Bonaparte au médecin en chef.

— C'est bien la peste, répondit ce dernier.

— Et vous avez pu déterminer nos soldats à le porter à l'hôpital... Jusqu'à présent nous forcions les habitants de se charger de la besogne.

Desgenettes raconta simplement comment il les avait décidés.

— Vous avez fait cela, citoyen Desgenettes! s'écria Bonaparte, plein d'admiration. Votre main!

— Vous n'y songez pas, général! répliqua le médecin en souriant. Si réellement la peste était contagieuse, elle serait déjà en incubation chez moi, et alors...

Pour toute réponse, Bonaparte se pencha sur son cheval, saisit la main du courageux praticien et la pressa vivement.

— Vous me dictez ma conduite, Desgenettes! s'écria-t-il. Junot! rassemblez tous les officiers généraux.

Les généraux ne tardèrent pas à faire cercle autour de Bonaparte.

— Citoyens, leur dit celui-ci, qui aime l'armée me suive!

— Où allons-nous? demanda Berthier, qui avait son franc-parler.

— A l'hôpital des pestiférés!

Il y eut un mouvement dans l'entourage. On se regardait avec stupéfaction.

— Quel est votre dessein, citoyen général? demanda Desgenettes.

— D'arrêter, par une démarche éclatante, la contagion

morale qui s'est emparée de l'armée, et qui commence à faire plus de ravages que le mal lui-même.

Mais il voyait l'hésitation peinte sur le visage de tous.

— Sommes-nous des soldats ou non ? s'écria-t-il d'une voix vibrante. Qui recule me fera croire qu'il n'est qu'un fanfaron de courage sur le champ de bataille... Citoyens ! allons cette fois, de sang-froid, braver la mort en face !

Aussitôt Bonaparte éperonna son cheval.

Ses guides le suivirent, et les généraux, piqués au point d'honneur, se mirent également en selle et rejoignirent l'escorte. Desgenettes était déjà aux côtés du général en chef, sur le cheval d'un guide.

Parvenu à l'hôpital des pestiférés, avec son état-major, Bonaparte visita toutes les salles, s'arrêta devant le lit de chaque malade, adressa à chacun d'eux des paroles de consolation et d'encouragement, et, pour montrer que la maladie n'était pas contagieuse, il toucha plusieurs pestiférés.

Charles Rivolet et nos quatre carabiniers arrivaient en ce moment avec leur cher malade.

Ils se rencontrèrent avec Kléber, qui, ayant appris la résolution du général en chef, était accouru, lui, sans la moindre hésitation.

— Martial ! s'écria-t-il.

— Hélas ! oui, mon général... frappé subitement !

Desgenettes désigna immédiatement un lit, où l'on porta le lieutenant.

Comme les carabiniers se montraient un peu embarrassés, Bonaparte s'approcha en disant à Kléber :

— Vous, le brave des braves, aidez-moi à placer ce jeune homme !

Et tous deux prirent Martial des mains des soldats, le

déposèrent sur la couche, l'arrangeant commodément, lui parlant affectueusement, respirant son haleine.

Mais le malheureux, s'il les entendait, en était arrivé au mutisme qui constitue une des phases de la peste.

— Que pensez-vous de lui ? demanda à demi-voix Bonaparte au médecin.

Celui-ci ne répondit pas d'abord. Il examinait silencieusement l'état du malade. Pendant qu'il étudiait ainsi les signes de la maladie, un vomissement abondant, qui se fit presque à l'insu du patient, fit reculer tous les assistants.

— Voilà une crise, dit Desgenettes.

Et répondant alors seulement à l'interrogation du général en chef, il ajouta :

— Dans un quart d'heure je vous dirai, général, si cet homme doit mourir.

Bonaparte reprit sa tournée.

Il ne voulut pas se contenter d'avoir touché un pestiféré comme Martial, dont la maladie n'avait encore, en définitive, rien de hideux. Il poussa plus loin le courage dont il voulait faire preuve, dans le but de rassurer son armée.

Un pestiféré venait d'expirer dans d'affreuses convulsions. On allait l'emporter de son lit. Le général aida à soulever ce cadavre tout souillé par l'ouverture d'un bubon pestilentiel et d'ulcères charbonneux rongés par la gangrène, et qui exhalait une odeur repoussante. Ces symptômes horribles indiquent la dernière période de la peste.

En voyant leur général se dévouer de la sorte et toucher un cadavre qu'eux-mêmes eussent craint d'approcher, les malheureux atteints du fléau et couchés tout alentour se levèrent avec effort, le visage hâve et conracté, afin de saluer celui qui bravait ainsi la mort pour 'occuper de leurs souffrances.

Une tête toute livide, celle d'un moribond, se dressa resque aux côtés de Bonaparte... Deux bras décharnés oulevèrent un drap qui faisait l'effet d'un linceul, deux nains de squelette s'entrechoquèrent pour applaudir, et me voix caverneuse grommela :

— Vive la République !

Puis la tête retomba avec un râle... L'effort avait tué e malheureux.

D'autres bénissaient ; aucun d'eux ne songeait à mau‑ ire l'audacieux chef qui les avait entraînés si loin de la atrie, pour les faire mourir si misérablement.

Le peintre Gros, dans un de ses meilleurs tableaux, a endu avec une vérité saisissante cette scène effrayante t sublime.

La visite de Bonaparte à l'hôpital des pestiférés dura ne heure et demie.

— Eh bien ? demanda-t-il à Desgenettes, qui le recon‑ uisait. Et ce jeune officier auquel s'intéresse tant Kléber ?

— J'ai bon espoir, répondit le médecin.

— Ah ! tant mieux : vous me soulagez le cœur, Des‑ enettes ! Il paraît que c'est un brave.

— La période de réaction est commencée. Déjà les ccidents nerveux se sont calmés ; la figure a perdu son xpression de stupeur, l'œil s'est injecté et agité. Le ouls même est redevenu plus régulier en ce moment.

— Il est sauvé alors ?

— Pas encore, général ! Dans la peste surtout, les echutes sont mortelles.

— Guérissez-le, citoyen Desgenettes ! intervint Kléber. e vous en aurai la plus vive reconnaissance.

— La science ne peut qu'aider la nature; mais je vous promets qu'elle ne négligera aucun de ses moyens.

— Si elle triomphe, quand ce jeune homme nous sera-t-il rendu?

— Dans quinze jours.

L'action de Desgenettes et la visite de Bonaparte aux pestiférés, jointes à la mort de l'adjudant général Grezieu, qui montrait que les précautions ne servaient à rien et ne faisaient, au contraire, qu'aggraver la maladie, remontèrent promptement le moral de l'armée.

Les Français imitèrent le fatalisme des Turcs, et retrouvèrent ainsi leur énergie. Ils raffermirent leur esprit contre un mal qui, dès lors, eut pour eux des suites moins funestes.

Bonaparte avait hâte d'arriver sous les murs de Saint-Jean d'Acre. Il profita des meilleures dispositions de ses troupes, et se mit en marche le 14 avril.

Avant de partir, Kléber, qui devait toujours être de l'avant-garde, alla voir Martial avec son officier d'ordonnance.

Le jeune homme allait de mieux en mieux. Les tumeurs étaient déjà guéries. Il se levait, et le lendemain il devait quitter l'hôpital pour reprendre son logement de ville.

Mais on lui défendait de sortir de Jaffa avant la huitaine révolue. C'était l'ordre du médecin en chef.

— Général! dit Rivolet, je vous en conjure, laissez-nous tenter l'aventure à laquelle nous sommes résolus. Je resterai auprès de Martial, si vous le permettez. Nous garderons le carabinier Treillet et l'Albanais Abdoul-Mousa, qui doivent nous accompagner, et dans huit jours nous pénétrerons dans les montagnes du Liban.

— Mais encore une fois, c'est insensé! répondit Kléber

— Non ; une voix intérieure me dit que nous réussirons, que nous verrons Omar, que nous le sauverons avec Zaïra... Zaïra, votre fille, mon général !

A ce nom si cher, Kléber fut vaincu. Il voyait, du reste, que c'était une idée fixe chez ces braves jeunes gens.

— Allons ! soit, dit-il. J'accorde tout... Au surplus, chacun a son étoile, comme dit le général en chef, qui croit fermement à la destinée... Néanmoins, soyez prudents, les enfants !... Songez à moi, qui attendrai avec impatience de vos nouvelles... N'oubliez pas non plus votre sœur, Charles !

— Ah ! ceci est mon affaire aussi, répliqua vivement Martial.

— Compris, fit Kléber en souriant.

On se quitta en se souhaitant réciproquement bonne chance. Kléber remit à Charles Rivolet une bonne et grosse bourse de sequins, que le jeune homme ne se fit certes pas prier d'accepter.

Quoique l'armée, en marchant sur Acre, eût derrière elle une place qu'on avait mise promptement en état de défense, et que, grâce à la prochaine arrivée de l'amiral Perrée, qu'on attendait dans la rade de Jaffa, on pût compter sur des communications faciles avec Damiette et Alexandrie, néanmoins le mouvement sur Acre n'était pas sans inconvénient.

On était, il est vrai, à peu près sûr des populations qu'on laissait derrière soi, et des proclamations engageantes avaient été adressées par Bonaparte aux habitants de Naplous (l'antique Sichem) et de Jérusalem, qu'il laissait à sa droite.

Mais l'armée s'avançait pour assiéger une ville qui se préparait à une vigoureuse résistance, et elle avait sur

1.   18

ses flancs des masses qui se réunissaient et qui pouvaient, d'un moment à l'autre, venir l'attaquer.

Abdallah-pacha essaya encore, avec sa cavalerie de Mamelouks et de dehlis, d'inquiéter les Français à Quâquoun ; mais à la vue des deux carrés de Bon et de Kléber, marchant avec détermination sur lui, il battit en retraite.

Enfin, on atteignit la plaine en avant du mont Carmel, et l'avant-garde campa à Caïffa, au pied même du mont.

Caïffa, avec son château, défendait les approches d'Acre ; mais Djezzar, voulant concentrer toutes ses forces dans cette dernière place, venait de retirer sa garnison de Caïffa. On y trouva de grands magasins de riz et de biscuit, que le pacha n'avait pas pris le soin de faire évacuer ou de détruire.

Bonaparte y mit garnison, y fit construire des fours, organiser des hôpitaux.

On aperçut en mer la division anglaise qui croisait sur les côtes de Syrie, sous le commandement du commodore Sidney Smith.

Le 18 mars, toute l'armée était devant Saint-Jeand'Acre, situé au fond du golfe du Carmel.

Bonaparte se porta aussitôt sur une hauteur qui domine la ville, et fit l'examen de la place avec une attention particulière. La Syrie tout entière lui appartenait, une fois maître de la ville de Djezzar.

Les troupes du pacha occupaient tous les jardins. L'ordre fut donné de les attaquer et de les rejeter dans la ville, ce qui eut lieu immédiatement.

L'armée s'avança alors sur la même hauteur d'où le général en chef venait de faire une première reconnaissance d'Acre.

Cette position s'étendant au bord de la mer et se prolongeant au nord jusqu'au cap Blanc, domine, à l'ouest, une plaine bornée par la chaîne des montagnes qui sont entre la ville et le Jourdain.

On occupa, en outre, le château de Chefanner, clef des débouchés de la route de Damas, qu'il était important d'éclairer. L'armée dite des *pachas* s'assemblait à Damas, derrière l'Anti-Liban.

Les Français étaient remplis d'une héroïque ardeur et se confiaient dans les événements de cette nouvelle guerre. Les derniers succès avaient encore exalté leur courage, et l'aspect des murs de Saint-Jean d'Acre ne pouvait point ralentir leurs espérances. En effet, les fortifications de cette place paraissaient aussi faibles que celles de Jaffa, et l'on devait présumer que le siège en serait tout aussi court, et se terminerait d'une manière aussi heureuse.

Mais les circonstances n'étaient malheureusement pas les mêmes. Nous allons savoir pourquoi.

Il est temps, en effet, de pénétrer dans la ville du vieux Djezzar, la *terreur du Liban*.

Quelques mots d'abord sur Acre, où vont se passer des événements si importants sous le rapport politique et militaire, et où vont aussi se dérouler plusieurs scènes de notre drame intime, ses murs renfermant le brave Omar, la belle Zaïra et Adigué, la Circassienne, la grande kadine de Djezzar-pacha, avec laquelle nous aurons à faire connaissance.

Acre ou *Acca* n'est autre que l'ancienne et célèbre *Ptolémaïs*, qui était bien plus étendue que la ville actuelle. C'est par les croisés qu'elle reçut le nom de Saint-Jean-d'Acre, d'une magnifique église qu'y construisirent les chevaliers de Saint-Jean de Jérusalem.

Elle s'élève près d'une baie semi-circulaire, formée par les ramifications du mont Carmel.

A l'époque des croisades, elle fut prise et reprise par les chrétiens et les Sarrasins. Saladin, Philippe-Auguste et Richard Cœur-de-Lion s'en emparèrent tour à tour. Les croisés la possédèrent pendant plus de cent ans.

En 1749, elle appartenait aux Ottomans. Daher, scheik des Druses, la prit d'assaut à cette époque et en garda le gouvernement. Le commerce et l'industrie prospérèrent sous son administration.

Acre redevint en peu d'années une ville si importante, que le gouvernement turc résolut de s'en emparer de nouveau, et l'emporta, après l'avoir attaquée par terre et par mer.

Défait par les Turcs, Daher eut la tête tranchée.

Ahmet-pacha, qui commandait les troupes du grand-seigneur, fut investi du gouvernement d'Acre.

Bientôt on surnomma ce dernier *Djezzar* (le boucher), à cause de ses cruautés. Il ne protégea pas moins le commerce et la navigation, et fit construire de magnifiques bazars, les bains qui passent pour les plus beaux de l'Orient, et la mosquée Zékie.

Les rues d'Acre sont étroites et tortueuses comme celles du Kaire, mais les maisons sont mieux bâties; celles-ci sont presque toutes en pierre.

Devant la porte principale du vaste sérail ou palais du pacha Djezzar, gardée par des Albanais à la calotte rouge, aux longues capotes grises, chaussés de socques, armés de fusils de chasse et d'énormes pistolets, un derviche est accroupi, égrenant son chapelet et fumant son chibouk.

De temps en temps, il jette dans l'intérieur des murs — car le sérail du pacha ressemble à une forteresse —

un regard interrogateur, comme s'il attendait quelqu'un qui devait en sortir.

Ce derviche n'est autre que notre vieille connaissance, Abou-Chanfara, le santon qui guettait Omar devant la boutique du barbier Ibn-Hâni, au Kaire.

Son visage est devenu encore plus jaune, presque couleur de suie, par suite de son long voyage au soleil et dans la poussière; ses jambes nues sont encore plus grêles et son caftan n'a plus ni couleur ni forme.

Mais que lui importe! il se sent sous la ceinture une grosse bourse de sequins et de piastres, provenant et de la générosité du grand-vizir Yousouf et des abondantes aumônes qu'il a recueillies en route. Il espère même voir la bourse se gonfler encore et se réjouit d'avance des délices que lui procurera tout cet or, une fois de retour à Masr.

Qu'il ait seulement achevé de fumer sa pipe, et il chantera quelque cantique à la *serrat-couly* (milice) du pacha et à ses spahis, qui lui jetteront leurs paras de cuivre.

Toutefois, Abou-Chanfara vient de faire une affreuse grimace.

Il a vu apparaître, venant de la rue voisine, un rival, un concurrent, un autre derviche.

— Par la barbe du Prophète! se dit il, que nous veut celui-là, avec son caftan brun, tout neuf? Il n'a guère que la taille d'un enfant, et sa barbe est noire et luisante.

— Gloire à Dieu! prononça le petit derviche en saluant Abou-Chanfara.

— Que le feu de la géhenne te consume! murmura le jaloux santon en regardant de travers l'intrus.

— Je t'ai vu à Masr, ce me semble, reprit ce dernier.

18.

— Possible ! répondit sèchement Abou-Chanfara, sans regarder son interlocuteur.

— J'en arrive. Une caravelle m'a conduit à Jaffa, où j'ai vu les Français, et de Jaffa j'ai suivi le sultan de feu.

— Que n'as-tu péri dans l'abîme des mers, grommela encore le santon, ou de la peste à Jaffa !

— Ne pourrais-tu me renseigner sur Ahmed, l'aga des janissaires ? demanda le petit derviche. Est-il encore à Acca ?

Cette fois le santon daigna lever la tête.

— Tu le connais donc ? demanda-t-il à son tour.

— J'ai à l'entretenir de la part de Seyd-Mohammed...

— L'iman de la mosquée El-Azhar?

— Comme tu dis, compère.

— Tu es venu exprès pour cela?

— Pour cela et pour autre chose... Je voudrais parler aussi au pacha.

— Tu es bien petit de taille, ta voix est bien fine pour un derviche... et tes prétentions sont bien grandes.

— Je n'en suis pas moins bon *tourneur*, et je chante aussi bien que toi... et, pour preuve, je vais montrer mon savoir-faire à ces Arnautes.

— Là ! je m'y attendais, rognonna encore Abou-Chanfara. Puisses-tu tourner jusqu'en enfer et y hurler avec les *djinn* (démons) !

Le petit derviche s'était mis à tourner lentement sur ses talons, les bras étendus.

— Pas mal, marmotta le santon, pas trop mal... Mais ce bonhomme a encore besoin de savants exemples... Je vais lui donner une leçon.

Abou-Chanfara voyait le peuple de la rue, les Albanais, les spahis et les dehlis du palais s'assembler autour de son rival, et il en était jaloux. Déposant son chibouk, il pénétra dans le cercle et commença, lui aussi, sa danse religieuse.

Le fait est qu'il connaissait mieux le métier que son jeune confrère. A son tour, ce dernier fut jaloux.

— Si ce vieux mendiant parvient à absorber toute l'attention, murmura-t-il, adieu mes projets ! Il faut que tout le sérail sorte et veuille me voir. C'est le seul moyen que j'aie de piquer la curiosité de Djezzar, et de pouvoir lui parler.

Aussitôt, il sortit de dessous son caftan un *tumbelek*, espèce de cymbale en bois, recouverte de la peau d'un tambour, frappa sur la peau avec ses petits doigts nerveux et changea complètement d'allure.

Ce fut alors une danse aux mouvements et aux poses les plus étranges, une vraie danse d'almée, à laquelle se livra le prétendu religieux, et il s'y livra avec frénésie.

Chacun battit des mains, et le vieux santon fut abandonné.

— Taïb ! taïb ! c'est bien ! criait-on, et les dehlis turcs de marquer leur contentement par ce mouvement vertical des poings fermés, qui est le seul signe d'applaudissement que, dans leur gravité, ils croient devoir se permettre.

Ce que le jeune religieux avait prévu arriva.

Du sérail sortit toute sa population, sauf les femmes bien entendu ; et Djezzar qui, dans son sélamlik, donnait en ce moment congé à deux personnages, dont l'un, l'aga Ahmed, nous est déjà connu, et dont l'autre devait jouer le plus grand rôle dans la défense d'Acre, demanda à son entourage quelle était la cause de tout cet empressement.

— C'est un jeune derviche qui danse merveilleusement, ô illustre pacha! répondit un kachef de *topdjys* (artilleurs).

— Qu'on le fasse entrer aux écuries, où on lui servira le *pilau* (plat de riz et de viande). Après le *scherbet* (sorbet) on me l'amènera.

Le kachef, qui s'était empressé d'obéir à cet ordre de l'impérieux pacha, arrivait à la porte du sérail au moment même où les deux personnages qui venaient de quitter Djezzar y parvenaient également.

A la vue de l'aga des janissaires, les deux danseurs s'arrêtèrent à la fois.

— Sidi aga! dit le santon, me voici à tes ordres.

— C'est bien, répondit l'aga. Je viens de remettre au pacha la lettre que tu m'as apportée de la part du grand-vizir. Ahmet se défendra jusqu'à la dernière extrémité, en attendant l'armée de Damas et l'armée turque qui doit venir par mer... Le sidi que voilà est investi de toute la confiance d'Ahmet et du commodore Sidney Smith. Il s'occupe de faire d'Acre une forteresse inexpugnable.

Celui que désignait l'aga était un homme de taille moyenne, à l'œil vif et intelligent. Son costume était français, et sa chevelure frisée et poudrée se terminait en une petite queue qui frétillait sur le collet de son habit à chacun de ses mouvements.

C'était Picard de Phélippeaux, ancien camarade de Bonaparte à l'école de Brienne. Il émigra en 1791, fit la campagne de 1792, organisa une insurrection royaliste dans le Centre en 1795, fut pris et enfermé au Temple, d'où il fit évader avec lui Sidney Smith, fait prisonnier à Toulon après l'incendie de la flotte française.

Phélippeaux était un habile ingénieur, et le gouvernement anglais venait de le nommer colonel d'artillerie.

Nous verrons par la suite quel adversaire redoutable ce devait être pour l'armée française.

L'ingénieur ayant pris le bras d'un officier anglais qui l'accompagnait, se dirigea vers le port, où l'on débarquait du *Theseus* et du *Tigre* l'artillerie, les munitions et les matériaux nécessaires pour augmenter et compléter les moyens de défense de la place.

A son tour, le petit derviche s'était présenté devant Ahmed-aga. Le kachef d'artillerie venait de lui transmettre les ordres de Djezzar.

— Qu'Allah te protège, ô aga! dit le petit derviche.

— Que le Prophète soit avec toi! Que me veux-tu? demanda l'aga.

— J'arrive de Masr.

— Qu'est-ce qui t'amène dans Acca?

— Voici une lettre de l'uléma Mohammed.

Le derviche tendit sa missive, en ajoutant :

—Sa tête est menacée...

— Que m'apprends-tu là?

— Par ces Français maudits. Il se cache dans les environs du Kaire.

L'aga lut la lettre et demanda :

— Retournes-tu à Masr? Je te donnerai la réponse.

— J'ai encore affaire à Acca.

— Est-ce pour notre sainte religion?

— Non, pour la vengeance. Je veux parler à Djezzar. Quand je me remettrai en route pour Masr, tu pourras me confier tes paroles.

— Ce ne sera guère que vers la moitié de la lune que tu pourras me revoir. Je pars pour le Liban ce soir même...

Le petit derviche eut un éclair sauvage dans ses yeux noirs.

— Pour le Liban ! s'écria-t-il.

— Pour Balbeck, la *Ville du Soleil*, ajouta l'aga.

— Veux-tu servir ma vengeance et celle de ma maîtresse ?

— Cela dépend... Tu as donc une maîtresse, derviche ?

Celui-ci montra ses mains, qui étaient fines et délicates, souleva son caftan, sous lequel l'aga reconnut une poitrine qui n'avait rien de masculin, enfin dérangea quelque peu sa barbe postiche.

— Tu es une femme ! s'écria Ahmed.

— Cetti Fatouma est la plus riche veuve de Masr et du Delta. Elle te sera reconnaissante, ô aga ! D'ailleurs, en la vengeant, tu feras un acte méritoire, un acte de bon musulman.

— De quoi s'agit-il ?

— D'un Français qu'il faut immoler.

— Si ce n'est que cela !

— J'ai débarqué à Jaffa. Dans cette ville j'ai cherché, j'ai vu, j'ai écouté.

— Explique-toi !

— Tu sais qu'une légion d'*el ahfrit battel* (de diables bien mauvais) s'est abattue sur le pays et y a propagé la peste... Aussi ai-je eu soin, moi, de me munir d'un petit sachet consacré par les *chaikrs* (docteurs)... L'infidèle avait sans doute aussi un talisman de ses prêtres, car le chien a échappé à la peste,.. La veille il était sorti de l'hôpital. J'ai entendu son entretien avec un autre kachef français...

— Ah ! que se sont-ils dit ?

— Tous deux, accompagnés d'un soldat — que la géhenne le brûle également ! — et d'un traître albanais, doivent sous peu de jours, envoyés par leur pacha Kléber, pénétrer dans le Liban, remonter le Jourdain, puis revenir vers la mer et se rendre ici, déguisés en marchands de Tripoli...

— S'ils vont jusqu'à Tripoli, ils passeront par Balbeck, ou non loin d'Eden, fit remarquer Ahmed.

— Justement, ô aga!

— Ils tomberont entre les mains des Ismaéliens. Je saurai les attirer... J'en fais mon affaire... Où te retrouverai-je, à mon retour?

— Devant ce palais ou dans l'intérieur.

— C'est bien. Qu'Allah te fasse trouver un mari généreux, ô femme!

Sur ces mots, l'aga Ahmed s'éloigna avec Abou-Chanfara.

En pénétrant dans le sérail monumental du puissant Djezzar, Mirzane, la vindicative almée, murmura :

— Taïb! s'il échappe à l'aga, je le retrouverai ici... et Djezzar le tuera comme un chien qu'il est.

XVI

JÉRUSALEM ET L'ÉMIR DRUSE

Montés sur d'excellents chevaux, quatre hommes sortent de Jaffa au soleil levant, en se dirigeant vers les montagnes de Judée. Ils sont habillés en marchands syriens.

Un cinquième, le *moucre* ou guide, les accompagne à pied.

Respirant avec délices l'odeur embaumée des jardins d'orangers et de grenadiers, deux des cavaliers surtout, ceux qui marchent en tête, semblent heureux de quitter la triste Joppé, infestée par le fléau meurtrier; d'autant plus heureux qu'ils vont courir l'aventure dans un pays inconnu, quoique célèbre, que les aventures sourient toujours à l'imagination de jeunes gens comme eux, et que leur voyage a pour but le salut d'être chéris.

Des deux autres cavaliers, l'un promène son regard mobile du paysage d'alentour à ses vêtements orientaux, et ne peut revenir de son étonnement de se voir affublé de la sorte. L'autre s'est mis à fumer gravement dans sa

houka turque, après l'avoir bourrée de tabac syrien, qu'il
a puisé dans la boîte de cuir suspendue à la selle.

— Si la route continue à être de la sorte, belle et bonne,
dit un des premiers cavaliers, nous n'aurons pas à nous
plaindre, Rivolet!

— C'est vrai : un sable qui a été humecté par la pluie
de cette nuit, et des figuiers qui bordent le chemin de
haies si formidables que les boulets de canon oseraient
seuls se permettre de les traverser... Et tenez, Martial!
voyez donc cette jolie fontaine moresque.

— Un vrai bosquet de féerie! L'ombrage y est disposé
comme pour une salle de danse, en plein air, dans nos
villages d'Alsace.

Mais l'aspect du pays changea bientôt. Pendant trois
heures de marche du pas des chevaux — les distances
se comptent ainsi en Syrie — c'est une plaine sans acci-
dent, sans animation, mais fertile et cultivée. De temps
en temps, quelques troupeaux de chèvres et de moutons
à large queue.

—- Où la première halte? demanda Rivolet au moucre.

Les moucres sont vêtus de la robe des anciens juifs, et
marchent toujours nu-pieds.

— Au tombeau du prophète Gad, répondit le guide.
Nous en approchons, seigneur.

On atteignit bientôt le tombeau aux dômes ovoïdes,
orné d'une fontaine, de platanes et de verdure. Un petit
vase noir, pendu aux parois de marbre, servit à puiser
de l'eau pour les voyageurs et leurs bêtes. Une nouvelle
plaine, au bout de laquelle on voyait des ruines, et devant les ruines une caravane de chameaux qui passait,
s'ouvrit devant nos Français.

— Que le diable t'emporte! cria une voix, qui fit retourner la tête à Martial et à Rivolet.

I.   19

Ils virent le pauvre Jacquot Treillet tombé de cheval, la jambe en l'air.

Après la pluie, il se forme dans ces plaines de petits gouffres qu'il faut éviter à chaque instant. Jacquot était fantassin, hélas! et son cheval, qu'il guidait mal, avait mis un pied de derrière dans un de ces trous, et lui avait fait perdre l'équilibre.

On rit; Jacquot, après avoir fait la grimace, finit par rire également de sa mésaventure, et l'on continua la route.

A Ramlé, on coucha au couvent grec. Ces couvents servent ordinairement d'étape et de gîte aux pèlerins des lieux saints.

On se remit en selle avant l'aube. C'est encore la plaine qui s'étend au loin. L'alouette y abonde et annonce par ses ramages le lever du soleil; quelques gazelles s'enfuient éperdues; près d'une haie, un chacal déjeune d'un animal mort.

Plus loin, un ravin, des rochers. A l'horizon, toujours les montagnes de Judée, mais plus rapprochées : le soleil s'y montre dans toute sa splendeur de pourpre.

— Seigneur, dit le moucre, voyez-vous ce ravin?

— Je le vois parfaitement : des rochers le bordent, répondit Rivolet.

— Les Bédouins s'y cachent quelquefois, pour attaquer les pèlerins.

— Il y en a peut-être qui guettent.

— Non; votre *Sultan de feu* les a rejetés dans le désert.

— C'est un danger de moins pour nous.

Cependant, l'endroit périlleux cachait des ennemis, et bien firent nos cavaliers d'inspecter l'amorce de leurs pistolets.

Ils n'étaient plus qu'à vingt pas du ravin , qu'une dizaine de faces bronzées, aux longs vêtements gris ou blancs, surgirent des rochers et bondirent vers eux, qui le pistolet au poing, qui le poignard, qui le sabre.

— Sus à ces brigands! cria Rivolet.

Et il s'élança sur les Syriens avec ses amis. D'un coup de pistolet, il en abattit un. Plusieurs autres détonations suivirent.

Quand la fumée, qui avait de la peine à se dissiper dans le calme de l'atmosphère, eut disparu, on vit les assaillants fuir dans toutes les directions, laissant trois des leurs sur le sable. Aucun de nos voyageurs, au contraire, n'avait été atteint.

Les Syriens ne s'étaient pas attendus à une défense, encore moins à une attaque. D'ordinaire quatre marchands cherchent leur salut dans une prompte fuite, quand ils sont surpris ainsi à l'improviste.

Des trois adversaires gisant à terre, l'un était mort, l'autre ne valait guère mieux ; le troisième avait l'épaule fracassée.

— De quel pays êtes-vous? demanda Rivolet à ce dernier, qui était un adolescent habillé de blanc. Parle, ou je t'achève !

— Nous habitons au pied du mont Sinaï, répondit le blessé d'une voix faible.

— Et que faisiez-vous dans ces parages?

— Nous voyagions, seigneur.

— Où alliez-vous de la sorte?

— A Balbek, la *Ville du Soleil.*

— Quoi faire?... Allons, réponds !

— Nous avions reçu des ordres secrets, moi et mes frères.

— A quelle race, à quelle tribu appartenez-vous donc ?

— Nous sommes des Ismaéliens.

— Ah! des Haschischins!... Des bêtes fauves comme vous, on devrait les écraser... Mais j'ai pitié de ta jeunesse. Puisse le ciel avoir la même compassion et te sauver dans cette solitude!

On abandonna le blessé et son compagnon expirant à leur sort, et le mort aux chacals.

A la fin du jour, on atteignit la montagne, le puits de Job entouré de pierres, puis un village assis au milieu de chênes verts, de figuiers et de vignobles. Une église du temps des croisades y servait d'étable à des bêtes à cornes. On fit dans ce village un bon repas avec un agneau rôti, arrosé d'assez bon vin ; pour dessert, on eut du raisin délicieux.

Le lendemain, après des montées aussi raides que des pentes fort rapides, on passa à côté de Modin, la patrie des Macchabées, d'Emmaüs, où les disciples de Jésus rencontrèrent leur maître ressuscité, et l'on s'engagea dans la vallée de Térébinthe avec son torrent de Cédron, traversé par un pont de pierre et bordé de beaux fourrés d'orangers et de citronniers d'un vert superbe. C'est là, dit-on, que David prit ses cailloux pour tuer le géant Goliath. Les pierres, en effet, n'y manquent pas. Sur la rive escarpée du torrent s'élève le couvent de Saint-Saba.

Le Cédron franchi, on est en Terre Sainte ; une heure de marche sépare de Jérusalem.

En été et en automne, les environs de Jérusalem sont tristes et arides ; les ardeurs du soleil ont tout dévoré. La désolation règne dans ces montagnes calcinées aux crevasses profondes ; la gazelle même ne s'y hasarde pas.

Mais on est au printemps, et tout est couvert de fleurs et de verdure. De distance en distance, sur une colline, quelque vieille tour d'observation du temps des Hébreux,

Enfin, voici Jérusalem !

Des murailles crénelées l'entourent. Au-dessus se dressent les dômes du Saint-Sépulcre et de la mosquée d'Omar (*el Sakhara*) et les flèches élancées des minarets. Ce monticule semé d'arbustes épineux, c'est le Calvaire, le Golgotha ; plus loin le mont du Mauvais Conseil, et à côté Hakeldama ou le Champ du sang ; ailleurs la vallée de Josaphat, puis le mont des Oliviers ; au pied de celui-ci quelques tombeaux de rois et de prophètes ; enfin la tour de David, la porte des Poissons, la piscine de Bethsabée. Souvenirs bibliques, chers aux pèlerins ! Murs sacrés, roches vénérables, au milieu desquels semblent retentir encore les cris de la foule enthousiaste qui, cinq cents ans auparavant, accompagnait au tombeau du Christ Pierre l'Ermite et Godefroy de Bouillon !

Nos voyageurs, ne voulant pas faire connaître leur nationalité, ne se rendirent pas, comme les pèlerins, au couvent de Casa-Nuova, proche de l'église du Saint-Sépulcre. Ils se logèrent dans un caravansérail, où Martial et son grenadier firent les muets et pour cause : Rivolet et l'Albanais communiquèrent seuls avec les musulmans.

On ne devait séjourner que le lendemain à Jérusalem. On profita de la journée pour visiter l'église du Saint-Sépulcre, fondée par sainte Hélène, et si singulièrement mystérieuse par ses lampes dont la lueur perce à peine l'obscurité des différentes nefs bâties sur un terrain inégal.

Des prêtres chrétiens de toutes les sectes habitent les diverses parties de l'édifice. Du haut des arcades où ils sont nichés comme des colombes, dit Chateaubriand, du fond des chapelles et des souterrains, ils font entendre leurs cantiques à toutes les heures du jour et de la nuit.

L'orgue du religieux latin, les cymbales du prêtre abyssin, la voix du diacre grec, la prière du solitaire arménien, l'espèce de plainte du moine cophte, frappent tour à tour ou tout à la fois votre oreille. Vous ne savez d'où partent ces concerts, vous respirez l'odeur de l'encens sans apercevoir la main qui le brûle : seulement vous voyez passer, s'enfoncer derrière des colonnes, se perdre dans l'ombre du temple le pontife qui va célébrer les saints mystères, aux lieux mêmes où ils se sont accomplis.

On vit le catafalque sous le dôme du Saint-Sépulcre, et dans le catafalque, réduit sacré éclairé par une multitude de lampes, le tombeau du Christ en marbre blanc, simple de forme et servant d'autel aux religieux catholiques.

Malgré la guerre, il y avait quelques pèlerins, pèlerins chrétiens pour le Saint-Sépulcre, pèlerins mahométans pour la mosquée d'Omar.

En sortant de l'église chrétienne, nos Français se dirigèrent vers cette mosquée.

Sur la magnifique plate-forme, au centre de laquelle, à la place même où s'élevait jadis le temple de Salomon, est construite la mosquée, ils aperçurent plusieurs groupes : des musulmans prosternés et des pèlerins chrétiens auxquels leur curiosité faisait admirer le splendide édifice, mais que la défense d'approcher tenait à distance sous un bouquet d'oliviers.

— Avançons ! dit Rivolet, en faisant un pas.

— Mais ne m'avez-vous pas dit, fit observer Martial en l'arrêtant, qu'il est défendu aux chrétiens de pénétrer dans la mosquée sous peine de mort ?

— Oui, mais ne sommes-nous pas des musulmans aux yeux de tous ? Qu'ils soient tranquilles, du reste, les

soupçonneux sectaires! nous n'y demanderons pas à
Dieu qu'il expulse de la terre sainte Mahomet qui l'a
conquise, prière qui, suivant la tradition, serait exaucée,
du moment qu'un chrétien la formerait dans cette mosquée.

— Pourquoi, puisqu'ils ont si peur d'une simple prière,
les musulmans laissent-ils venir à Jérusalem tant de pèlerins chrétiens?

— En effet, il en vient par caravanes nombreuses de
toutes les contrées : hommes, femmes, jeune filles, enfants. Cela rapporte énormément aux Turcs. Tout est
calcul en ce monde. Le gouvernement exige de chacun
une redevance, et l'on se garde bien de persécuter les
pèlerins, qui payent si bien. Les chrétiens mêmes qui
vivent en Palestine ne sont jamais inquiétés.

— Ne leur impose-t-on pas quelquefois de ces dures
avanies dont ne se privaient pas les Mamelouks en
Égypte?

— A part certains droits réguliers, légitimés par la
conquête, les Turcs laissent presque autant de liberté aux
chrétiens dans l'exercice de leur culte, qu'ils en prennent
pour eux-mêmes.

— Mais on a cité des excès commis à plusieurs épo-
ques.

— Ceux auxquels les Turcs se sont portés avaient leur
origine dans l'abus de la force et dans une administration arbitraire bien plus que dans l'intolérance. Ils ac-
ceptent toutes les traditions bibliques, vénèrent la mémoire de Jésus et respectent son tombeau. Le Christ est
à leurs yeux un grand prophète, un législateur auquel
Mahomet donnait, après lui-même, le premier rang.
Dans les nombreux monastères latins, grecs, arméniens,
qui se retrouvent dans toutes les villes de la Palestine,

les moines venus de tous les pays chrétiens du monde se livrent sans obstacle aux pratiques de leur religion. Les Israélites seuls ont à se plaindre des musulmans; ils sont relégués à Jérusalem dans le quartier le plus dédaigné, et ils végètent dans une misère profonde, vivant d'aumônes. La pauvreté de ceux des juifs qui, malgré la sentence de bannissement, ont persisté à habiter la ville de leurs pères, tient surtout à ce que la situation de la triste Jérusalem prive cette ville des ressources du commerce.

— La principale industrie, je m'en suis déjà aperçu, consiste dans des chapelets, des petits modèles du Saint-Sépulcre et de menus objets de dévotion qui sont vendus aux pèlerins.

— Le seul point sur lequel les Turcs sont intraitables à Jérusalem, c'est l'interdiction de l'entrée de la mosquée faite aux chrétiens... Allons! présentons-nous gravement, mais prosternons-nous d'abord!

Charles Rivolet s'agenouilla, et fut imité par Martial et Jacquot. Déjà l'Albanais avait commencé ses *soudjoud*. A voir nos trois Français déguisés, la face contre terre, nul n'aurait soupçonné en eux un lieutenant des guides et deux carabiniers de la 2ᵉ légère.

Tandis qu'ils étaient ainsi prosternés, une vingtaine de Syriens arrivèrent sur la plate-forme et se mirent à l'ombre sous des cyprès voisins de nos voyageurs.

Ces hommes étaient armés, les uns de mousquets, d'autres de sabres, de lances, de poignards, de pistolets.

Quelques mots échangés par deux d'entre eux rendirent nos amis attentifs.

— Balbek est-il encore loin? demandait l'un.

— La *Ville du Soleil* est à quatre journées de marche de Jérusalem.

— De Hébron jusqu'ici nous avons déjà mis deux jours.

— C'est que le chemin est pénible dans les montagnes, et notre contingent ne pouvait passer par la plaine, à cause des Français.

— Les autres rejoindront-ils ce soir le corps des Naplousins?

— Je le pense : ils prendront avec lui le chemin de Damas, où s'assemble l'armée sainte.

— Les nôtres ont crié, en nous voyant les quitter pour nous diriger sur Jérusalem. Ils nous ont honnis...

— Qu'importe ! Nous suivons des ordres sacrés...

— Ce *rékif* coureur, accompagné du *fédavi* blanc, nous a dit que les frères étaient partis dans toutes les directions pour transmettre les ordres du *daï-kébir* dominant... Les Ismaéliens vont comme le vent.

— Avant le sixième jour, tous nos frères de Syrie doivent être réunis au Temple du Soleil.

— C'est le lieu choisi pour nos saints et redoutables mystères.

— Reposons-nous et rompons le pain !

— Nous n'allons pas prier dans la mosquée?

— Dans la mosquée d'Omar! Ne sommes-nous pas disciples d'Ali, le sublime ?

Les deux hommes s'accroupirent à côté de leurs compagnons, déjà occupés de leur frugal repas.

— Encore des Assassins! murmura Rivolet en se relevant.

— Ils vont tous à Balbek, repartit Martial. Où donc est cette Ville du Soleil?

— Au nord, au pied du mont Liban, le point culminant des montagnes. Balbek est comme ensevelie dans les ruines imposantes de l'ancienne Héliopolis.

— Que vont-ils faire là, tous ces Ismaéliens?

19.

— Cela commence à m'intriguer comme vous, Martial. Peut-être vont-ils y préparer quelque abominable assassinat... Tenez, leur voisinage me fait mal... Allons à la mosquée!

La mosquée d'Omar, appelée aussi El-Haram et Sakhara-Allah (la roche sacrée) est un monument vraiment admirable de l'architecture arabe.

C'est un bloc de pierre et de marbre d'immenses dimensions à huit pans. Chaque pan est orné de sept arcades plus rétrécies, terminées par un dôme gracieux, autrefois doré. Les murs du temple sont revêtus d'émail bleu. A droite et à gauche s'étendent de larges parois ornées de légères colonnades mauresques, correspondant aux huit portes de la mosquée. De hauts cyprès disséminés comme au hasard, quelques oliviers et des arbustes verts et gracieux croissent çà et là, relevant l'élégante architecture de l'édifice et la couleur éclatante de ses murailles par leur forme pyramidale et leur sombre verdure qui se découpent sur la façade du temple.

Au moment où ils allaient pénétrer dans la mosquée, ils aperçurent un vieillard à barbe blanche et portant le turban vert des descendants de Mahomet, qui, s'étant prosterné trois fois le front sur le seuil de marbre de la porte, se relevait et se dirigeait vers sa mule, qui broutait patiemment les feuilles d'un arbuste.

— Tiens, tiens, tiens! fit le carabinier Treillet, je reconnais ce vieux papa.

— Tu le connais, Jacquot? demanda Rivolet.

— Eh oui! c'est un brave homme du Kaire, ou plutôt de Gizeh... C'est à la porte de son jardin que ce damné Arabe a enlevé la citoyenne votre sœur, lieutenant Ri-

volet : c'est le citoyen Mustapha-effendi, auquel j'ai depuis rendu une visite avec les camarades.

— Adressons-lui la parole, dit vivement Martial. Qui
sait ! il a peut-être des nouvelles à nous donner de votre
sœur.

— Et même, reprit Jacquot, il adore le général Kléber,
qu'il appelle le *Sultan grand et généreux*, parce que le général est intervenu en sa faveur. Il nous a dit qu'il priait
tous les jours, pour lui, Allah et son cousin Mahomet.

— Raison de plus alors, fit Rivolet.

Il s'avança vers le vieux schérif, en compagnie de ses
amis.

— Que Dieu soit avec vous ! dit-il en saluant le vieillard.

— Et que Mahomet te protège ! répondit Mustapha.

— Merci du souhait, ô vieillard, quoique nous ne
soyons pas ce que nos habits pourraient faire croire...
Nous sommes compatriotes et amis de Kléber.

— Du Sultan grand ! Que toutes les bénédictions du
ciel descendent sur le glorieux chef des Francs ! Et que
faites-vous dans la sainte ville de Jérusalem ?

— Nous vous adresserons la même question, digne
schérif ! Votre présence ici est plus surprenante que la
nôtre : notre armée n'est qu'à quelques journées d'ici...
Mais vous, à votre âge, quel motif si puissant a pu vous
faire entreprendre un pareil voyage ?

— Hélas ! mon fils, ce que je croyais hier encore le
devoir m'avait fait seller ma mule... Je me rendais à
Balbek, la Ville du Soleil !

— Balbek ! toujours Balbek !... Vous aussi, qui me paraissez un bon et saint vieillard, craignant Dieu, vous
êtes donc un Ismaélien ?

— Je le suis de nation, je le suis de naissance.

— Vous appartenez à cette secte homicide !

— J'ai toujours condamné ses pratiques et ses tendances que Dieu réprouve... Mes études m'ont porté du côté des *sunnites*, disciples d'Abou-Beker et d'Omar, et m'ont éloigné des *chyites* partisans d'Ali, parmi lesquels les Ismaéliens.

— Pourquoi alors vous rendez-vous à Balbek, où nous avons appris que vont se réunir tous les Assassins ?

— Un ordre pressant du daï-kébir m'a été apporté par un rékif, qui m'a présenté l'anneau d'or d'Ali.

— Mais puisque vous ne reconnaissez plus Ali, mais bien Omar ?

— J'ai hésité d'abord. Mais il s'agissait, m'a-t-on dit, de réélire solennellement un scheik ou chef suprême des Ismaéliens. Je finis par me décider à faire le voyage. « Si Dieu le veut, me disais-je, il me fera arriver à Balbek : s'il m'arrête en route, que sa volonté soit faite ! »

— Je sais que c'est là votre doctrine fataliste. Et Dieu vous laisse accomplir le voyage...

— Écoutez !... Hier soir, en arrivant à Jérusalem, je me rendis à la mosquée d'Omar. Là, au pied de la *Roche-Sacrée*, sur laquelle le patriarche Jacob reposa sa tête, et qui porte encore l'empreinte du pied de notre saint Prophète (dont je suis le descendant) depuis le moment qu'il y pria dans la nuit où la jument *El-Borak* le transporta au ciel, je me prosternai pieusement et fis ma prière. N'est-ce pas le lieu où les prières des hommes sont le plus agréables à Allah ? Je priai Dieu de m'éclairer.

— Dieu a-t-il fait descendre la lumière sur vous, ô saint schérif ?

— Il m'envoya le sommeil, pendant lequel j'eus une vision.

— Une vision ! s'écrièrent Rivolet et ses amis.

— Mahomet — qu'Allah lui soit propice et le conserve ! — m'apparut dans un manteau blanc comme la neige, tel qu'il est à la droite du Seigneur des sept cieux et du trône sublime. Le bras appuyé sur l'épaule d'un homme au port majestueux qui tenait un cimeterre, le Prophète me dit : « Mustapha, mon fils ! écoute bien mes paroles. Voici Omar, mon kalife que j'aime. Lui seul et ses descendants sont mes successeurs sur la terre. Ma main s'est détournée à jamais d'Ali, d'Ismaël et de leur race, dont les allégories sont contraires à la morale et à la religion. Il n'est pas d'autre loi que le Koran, et les préceptes qui me furent dictés par l'archange Gabriel sont les dogmes de l'Islam, comme Omar fut mon seul *Emir al Moumenim*, le seul chef des croyants. J'ai dit, et je retourne au septième ciel qu'habite Allah, le grand, le clément, le miséricordieux. » Je me réveillai : j'étais éclairé...

— Ainsi, vous renoncez à votre voyage ?

— Oui, il est terminé : je retourne à Masr.

— Vous êtes véritablement un saint homme !

— Dieu le veut ! répondit le digne musulman.

Nos amis baisèrent la main du pieux vieillard, l'aidèrent à monter sur sa mule, qui descendit lentement, à travers les oliviers, la rampe de la plate-forme du temple de Salomon.

— Ah ! ils veulent nommer un scheik, un nouveau *Vieux de la Montagne !* dit le lieutenant des guides. Il me prend une envie, Martial !

— Je devine : d'aller jusqu'à la Ville du Soleil.

— Hé ! elle se trouve sur notre chemin. Ce que je veux, c'est assister au conciliabule même de ces Assassins.

— Pourquoi pas ? Mais comment faire ? demanda Martial.

— Nous verrons. *Dieu est grand !* comme ils disent.

— On n'entend que cela dans ce pays.

— Mais j'y songe : nous avons oublié de demander à ce brave homme de nouveaux renseignements sur ce maudit Arabe, qui a enlevé ma sœur Louise.

— C'est vrai... Je vais courir après lui.

— Ne courez pas, Martial ! Vous oubliez que vous êtes musulman : un musulman ne court pas. Essayons de le rattraper sans courir.

On parvint à rejoindre le schérif, dont la mule allait au pas. Le vieillard n'hésita pas un instant à répéter que l'Arabe syrien en question était un Ismaélien, et qu'il se nommait Soleyman-el-Halebi, ainsi qu'il l'avait déjà fait connaître à Omar. Soleyman serait sans nul doute à Balbek avec ses frères.

Nos Français pénétrèrent enfin dans le temple musulman, qui est moins une mosquée qu'un groupe de mosquées. La principale a sept nefs soutenues par des piliers et des colonnes de marbre brun.

La mosquée Sakhara a un superbe escalier ; l'intérieur en est décoré avec une magnificence non pareille. Des milliers de lampes y versent constamment une abondante lumière. La Roche-Sacrée est entourée d'une haute grille en fer doré et surmontée d'une coupole élégante.

— Dieu ! que c'est beau ! s'écria en français l'imprudent Jacquot.

Un iman qui passait tourna brusquement la tête à cette exclamation.

— Prosternons-nous ! dit vivement Rivolet.

Il fallut, par de nouveaux *rik'as*, se fatiguer les genoux. Pour réparer sa maladresse, le carabinier étendit même coup sur coup les bras et faillit se casser la tête, à force de la frapper contre le marbre. L'ombrageux uléma, en voyant tant de ferveur, sentit ses soupçons s'évanouir et s'éloigna.

— Nous l'avons échappé belle ! murmura Rivolet en sortant. Ce malheureux Jacquot a manqué de nous vendre.

— Toujours pas, mon officier, pour trente deniers, comme Judas.

— Très bien ! Jacquot. C'est de la couleur locale. Tu te sens à Jérusalem.

— A vrai dire, citoyen lieutenant, j'aimerais mieux être à Mâcon et revoir la couleur de notre vin.

Le lendemain, nos quatre aventuriers se remirent en route. Ils étaient désormais réduits à leur seule perspicacité : le moucre n'avait promis de les guider que jusqu'à Jérusalem.

On parcourut des montagnes tantôt grises et poudreuses, tantôt colorées d'une teinte rouge et ardente, aux flancs desquelles, pendant quelque temps, les mousses mêmes ne croissaient pas, mais qui peu à peu se couvrirent pourtant de figuiers sauvages aux feuilles noircies par le vent du midi. On laissa derrière soi les vallées de Josaphat et de Jérémie, après avoir foulé le *Tombeau des Rois*, au sortir de la porte de Damas, et l'on atteignit Jéricho conquise par Josué.

Mais au lieu de cette muraille célèbre qui défiait les armées, nos voyageurs n'y virent plus qu'une haie de bois sec.

On remonta le même jour la rive droite du Jourdain, qui se jette dans la mer Morte, dont les rivages sont couverts des ruines de villes construites en blocs de laves non équarris, et où se voient encore celles de Sodome et de Gomorrhe.

Du haut d'un plateau sur lequel passaient nos amis, ils furent, vers le soir, témoins d'un spectacle magnifique.

Un orage violent venant de l'ouest avait franchi le Liban ; passant au-dessus de la mer Morte, il était venu fondre sur la plaine de Moab. Au couchant, le ciel était parfaitement dégagé de vapeurs ; à l'orient, il était de la teinte la plus sombre ; au pied des montagnes de Moab, la mer bitumeuse semblait une vaste nappe de plomb fondu, et les montagnes elles-mêmes, noires à leur base, étaient d'un rouge de feu depuis la moitié de leur hauteur jusqu'à leur sommet. Dans une plaine, deux ou trois blocs de lave se dressaient géants et miroitaient sous les éclairs : on se ressouvint de la femme de Loth, changée en statue de sel, suivant la Bible.

Les trois Français poussèrent ensemble un cri d'admiration : c'était l'incendie de la Pentapole qui recommençait sous leurs yeux. L'Albanais marmottait un verset du chapitre du Koran, intitulé : *les Signes célestes*.

On coucha dans un village avant d'arriver à Naplouse. L'antique Sichem fermait ses portes le soir, à cause des Français : les Naplousins, après avoir fait mine de vouloir s'entendre avec Bonaparte, venaient de lever un corps de troupes qui devait se joindre à l'armée de Damas.

Les femmes de ce village syrien, quand nos amis y arrivèrent, revenaient d'une fontaine voisine avec leurs cruches pleines d'eau. Elles avaient encore le même costume que celui de la fille de Laban. Une corde qui leur ceignait les reins retenait leur robe de laine flottante. Plusieurs avaient des anneaux aux bras et aux chevilles.

Leur longue chevelure était nattée, et aucune d'elles n'était voilée comme dans les villes, où le voile est attaché à une espèce de chapeau d'argent ou de laiton, ressemblant à un cône ou à une assiette. Les hommes portaient l'habillement arabe. Leur hospitalité fut simple, mais sincère.

On passa le lendemain devant Naplouse et sa citadelle, assises sur le penchant du mont Garizim et entourées de vignes et de mûriers, non loin du puits où Jésus s'entretint avec la Samaritaine. Il y a encore à Naplouse des Samaritains ou juifs schismatiques qui ne portaient pas leur hommage à Jérusalem. Ces juifs adorent toujours Jéhovah.

Vers le soir, après avoir dépassé Cana près du lac de Génézareth ou mer de Galilée, nos Français quittèrent la rive du Jourdain un peu au-dessus du point où il se jette dans le lac pour le traverser.

Ils laissaient à regret le fleuve sacré qui, en cet endroit, roule une eau limpide à l'ombre de beaux arbres et s'égare en capricieux détours, avant d'alimenter de ses eaux le lac des Apôtres. Mais ils avaient hâte de se rapprocher des montagnes du Liban, dont les rampes pittoresques, tantôt couvertes de pistachiers et de chênes, tantôt effondrées par des ravines aux flancs de roche, tantôt coupées par des vallées fertiles, tantôt enfin animées par de beaux villages, semblaient les appeler de loin et leur promettre un gîte hospitalier.

Un nombreux bétail qui paissait au pied des montagnes attira leurs regards. Il était gardé par un homme et un enfant, vêtus de robes de laine et couverts de chapeaux de paille pointus.

Au moment où Charles Rivolet allait s'approcher de ces pasteurs pour leur adresser la parole, un cavalier monté sur un magnifique étalon débouchait d'une gorge de la montagne, et accourait vers le troupeau.

Ce cavalier, que suivaient deux autres à distance, portait également une robe de laine blanche, mais elle était d'une finesse remarquable et serrée au corps par une ceinture de cachemire. De plus, le manche éclatant d'un long et large poignard de Damas sortait des plis de la robe à la hauteur de la poitrine. Il avait l'œil vif et pénétrant, le teint frais et animé, une barbe noire et ondoyante. Il pouvait avoir une trentaine d'années.

En apercevant les voyageurs, il alla droit à eux.

— Soyez les bienvenus dans le pays de mes pères ! leur dit-il avec un sourire franc et loyal. Avez-vous faim? avez-vous soif? Venez sous mon toit !

Surpris de ce ton cordial et bienveillant, les Français s'entre-regardèrent. Rivolet répondit :

— Vous paraissez un grand chef de ces montagnes. Quel est votre nom, ô scheik?

— Vous ai-je demandé quel était le vôtre, de quelle région vous veniez, à quelle foi vous obéissiez? Vous êtes voyageurs, et la nuit va descendre. Mon château est proche.

— Êtes-vous Maronite, ô chef? demanda Rivolet, chez qui la prudence l'emportait en ce moment sur les convenances.

Le cavalier fronça les sourcils et fit un geste d'humeur.

— Je suis l'émir Abbas-el-Daher, fils d'Omar-Daher, de la nation des Druses, répondit-il brusquement. Vous me suivrez, ô étrangers, si vous daignez accepter l'hospitalité du fils d'Omar, le vainqueur du sultan de Stamboul.

— Quoi ! c'est vous le fils du grand Daber, dont ce misérable Djezzar...

Le visage du jeune émir druse devint sombre comme un ciel d'orage.

— A fait trancher la tête, acheva-t-il avec une fureur concentrée, que mitigeait la douleur.

Puis il leva le bras au ciel et s'écria :

— Mais l'heure de la vengeance a sonné..... C'est pour cela que je suis descendu de mon château.

S'adressant alors au pâtre, et sans s'occuper davantage des voyageurs, il ordonna qu'on choisît dans le troupeau les chevaux les plus vigoureux, les chameaux les plus capables de supporter la fatigue et les meilleurs mulets. Ses deux compagnons et le pasteur se mirent aussitôt à l'œuvre ; lui-même de temps en temps les aidait dans leur choix.

Quand le troupeau d'élite fut ainsi formé, le pâtre et les deux autres Druses le mirent en marche avec le seul effort de la voix, laissant le reste sous la garde de l'enfant.

— Venez-vous de la plaine, ô étrangers? demanda Daher en se dirigeant également vers la montagne et en voyant ces derniers le suivre pour accepter son hospitalité.

— Nous l'avons quittée il y a quatre jours, répondit Rivolet.

— Avez-vous vu l'armée des Français devant Acca?

— Certes, nous l'avons vue et admirée.

— Ah!... Elle est nombreuse et brave, n'est-ce pas?

— Si elle est brave! s'écria l'officier des guides. Brave comme pas une au monde!

— Vous me paraissez bien enthousiaste!

Rivolet se mordit les lèvres.

— Diable! pensa-t-il, j'ai commis une bévue, peut-être.

Mais il fut aussitôt complètement rassuré, car le jeune émir dit vivement :

— Tant mieux, si vous aimez les Français... je suis leur allié.

— Vous! s'écria le lieutenant au comble de la surprise.

— J'ai écrit au *Sultan de feu*, Bonaparte, que je lui offrais le secours de la nation druse. Il a accepté, et demain matin, avec tous les guerriers du Liban que j'ai pu rassembler, je me mets en route pour le camp devant Acca.

— Alors, ô scheik ! voici ma main.

— Pourquoi? demanda le jeune chef druse.

— Nous sommes Français, répondit Rivolet.

La joie de Daher fut grande à cette révélation inattendue, et le jeune chef ne se sentit que plus heureux d'avoir à exercer l'hospitalité envers quelques-uns de ses nouveaux alliés.

On venait de pénétrer dans les montagnes.

La nation des Druses est agricole comme celle des Maronites ; elle habite les mêmes contrées, mais elle en diffère par l'organisation civile et militaire autant que par les croyances religieuses, qui, chez les Druses, tiennent à la fois du christianisme et du mahométisme.

Comme leurs voisins, les Druses ont su par leur industrie transformer en un terrain fertile le sol aride des rochers.

D'étage en étage, jusqu'aux dernières crêtes, jusqu'aux neiges éternelles, Charles Rivolet et ses compagnons voyaient s'élever des murs de terrasses formés avec des blocs de roche roulante. Sur ces terrasses, le Druse a porté le peu de terre végétale que les eaux entraînaient dans les ravines ; il a pilé la pierre même pour rendre sa poussière féconde, en la mêlant à ce peu de

terre, et il a fait du Liban tout entier un jardin couvert
de mûriers, de figuiers, d'oliviers, de vignobles et de cé-
réales, et qu'arrosent de nombreux ruisseaux, des cas-
cades intarissables.

Nos amis ne pouvaient revenir de leur étonnement,
en gravissant les parois à pic qui n'étaient qu'un bloc
de rochers, quand ils se virent tout à coup en face d'un
beau village bâti de pierres blanches, peuplé d'une nombreuse et riche population, et couché dans l'enfonce-
ment d'une gorge élevée.

Au-dessus du village, sur le plateau d'une montagne
pyramidale, se dressait un château moresque ; au pied
du village un torrent roulait sa blanche écume, et tout
autour ce n'était qu'un horizon de végétation et de verdure, où les pins, les châtaigniers, les mûriers, ombra-
geaient la vigne ou les champs de maïs et de riz.

Plus loin, d'autres villages blancs au milieu des arbres,
les uns sur les autres suspendus presque perpendicu-
lairement ; on devait pouvoir jeter une pierre d'un village dans l'autre, et s'entendre avec la voix. Néanmoins
la route de la montagne exigeait tant de sinuosités et de
détours pour y suivre le sentier de communication,
qu'on devait bien employer une heure ou deux pour
passer d'un hameau au hameau voisin.

On gravit, à la suite de l'émir, la rampe qui menait
au château, formé d'énormes quartiers de grès et ayant
le roc même pour fondement.

La porte ogivale de ce château était garnie de vignes
au feuillage vert ; les pampres s'enlaçant aux figuiers et
aux grenadiers en fleurs formaient, en avant du porche
gothique, un antre naturel plein d'ombrage et de senteurs. Au milieu d'une vaste cour où l'on pénétra, s'éle-

vait une fontaine en marbre rose flanquée de colonnes, de jasmins et de chèvrefeuilles.

Il y avait déjà dans la cour de nombreux guerriers druses, les uns accroupis et fumant, les autres réunis en cercle et causant. Leur habillement, leurs armes, leurs chevaux de race, les harnais, les chameaux couchés sur le ventre en étirant leurs longs cous, tout cela formait un ensemble des plus pittoresques.

Dans le divan du sélamlik, où Daher introduisit lui-même ses hôtes, plusieurs petites tables en bois de santal odorant furent bientôt couvertes de mets simples et naturels et de vins du pays.

Les Druses boivent du vin et mangent du porc, contrairement aux musulmans. Cependant leur vie est très frugale, et il règne une grande simplicité dans leurs mœurs. Jamais on n'a vu un Druse ivre.

Autour des tables s'assirent nos Français et s'accroupirent quelques-uns des chefs druses sur des piles de coussins en tapisserie, et le repas eut lieu. Nos amis y firent honneur.

Après le repas, le dessert, composé de fruits de toute espèce, et l'indispensable café. Aucune des femmes de l'émir ne parut ce soir-là, comme d'ordinaire, à cause des étrangers présents et des préparatifs guerriers.

Le Druse est jaloux à l'excès.

Ce qui frappa de quelque étonnement Rivolet et ses compagnons, ce fut un jeune veau blanc, entouré de lampes, couché sur une sorte d'estrade d'honneur et surchargé d'ornements. L'Albanais leur apprit que le veau était l'objet d'un culte particulier chez les Druses. Le *veau d'or* de la Bible montre que ce culte remonte à la plus haute antiquité. Les Druses croient en outre à la métempsycose, comme les Indiens.

Quelles que soient les croyances des Druses, cette nation peu nombreuse ne représente pas moins, et seule en Turquie, la dignité de la nature humaine. Républicains par l'austérité de leurs mœurs, toujours redoutés comme rebelles ou respectés comme vassaux libres par les pachas turcs du voisinage, ils obéissent pourtant à un prince héréditaire. Quand la famille régnante est éteinte, un autre prince est élu par les suffrages du peuple entier. Plusieurs familles jouissent d'honneurs particuliers, et parmi elles celle de Daher; mais une noble simplicité les rapproche tous dans la vie sociale.

L'heure du repos étant venue, l'émir frappa dans ses mains, et un serviteur nègre conduisit les hôtes de Daher dans un des sveltes kiosques qui s'élevaient dans l'enceinte, au milieu de fouillis de verdure.

Au point du jour, un bruit d'armes et le hennissement des chevaux réveillèrent nos amis.

L'émir Daher était déjà sur son coursier, en tête de son petit corps d'armée qui garnissait tous les abords du château.

Rivolet remercia le chef druse de la noble hospitalité que lui et ses compagnons en avaient reçue, et le pria de se charger pour le général Kléber d'une lettre qu'il écrivit avec le calame de roseau de l'effendi.

Un quart d'heure après, toute la troupe descendait le versant occidental de la montagne, accompagné des femmes et des enfants, et par les gorges boisées, le long des flancs déchirés et rocheux, au pied des pics tourmentés du Liban, gagnait la plaine où s'élevait Acre, assiégée par l'armée de Bonaparte.

Nos amis, après un court déjeuner, se remirent également en route vers le nord-ouest. Un enfant druse les guida jusqu'au sortir des montagnes et leur indiqua la direction de Balbek.

On ressortait du Liban, à l'endroit même où l'Anti-Liban, se détachant de la chaîne principale, court vers le sud-est pour former le bassin du lac de Génézareth et du Jourdain, bassin qu'on venait de parcourir.

— Voilà Sidon devant vous, tout là-bas, au bord de la mer ! leur dit le petit Druse.

— La *Ville du Soleil* est-elle encore loin ? demanda Rivolet.

— Vous pourrez l'atteindre demain soir... Aujourd'hui, avant le coucher du soleil, si vous suivez le pied des montagnes, vous arriverez à la plaine d'El-Sahhel... Le village d'Eden sera à votre droite.

— Eden, le village d'Eden ! s'écria-t-on.

— Le jardin, le paradis !... Derrière Eden vous verrez les grands cèdres.

— Les cèdres du Liban !... fit Martial ; quel dommage que nous n'ayons pas le temps d'aller les voir.

— Il y en a d'énormes : dix hommes, en se tenant la main, ont de la peine à les entourer.

L'enfant retourna dans son village, sans même vouloir accepter une pièce de monnaie.

— A Balbek ! s'écria l'officier des guides.

— A la Ville du Soleil ! répéta Martial.

— Pourvu qu'on y trouve d'aussi beaux et d'aussi gros raisins qu'au château de l'émir ! fit le Mâconnais Treillet.

L'Albanais Abdoul-Mousa tournait son chapelet, en murmurant une prière.

FIN DU PREMIER VOLUME

TABLE DES CHAPITRES

PREMIÈRE PARTIE

LES VOLEURS DE FEMMES

I. — Le Kaire sous les Mamelouks. 1

II. — Un sombre personnage. 17

III. — Le harem de Mourad-bey. 32

IV. — Où un Cophte donne des nouvelles de la belle Servienne. 50

V. — Kléber et Omar. 74

VI. — Le désert et la bataille des Pyramides. 97

VII. — Un descendant de Mahomet et les grenadiers de la
32ᵉ demi-brigade.. 117

VIII. — Le drame de la terrasse de la rue Kanatar-el-Sebaa. 139

IX. — Le secret d'Omar 162

X. — Le tombeau et le scheik du désert. 184

XI. — Une aventure au bazar. 202

XII. — La révolte du Kaire. 227

XIII. — Le rêve de Bonaparte. 251

XIV. — En marche pour la Syrie. 271

XV. — La peste à Jaffa. 298

XVI. — Jérusalem et l'émir druse. 324

FIN DE LA TABLE DU PREMIER VOLUME.

F. Aureau. — Imprimerie de Lagny.

www.ingramcontent.com/pod-product-compliance
Lightning Source LLC
Chambersburg PA
CBHW070323030726
47505CB00004B/1068